Astrid Ruppert

Wenn's am schönsten ist

Astrid Ruppert

Wenn's am schönsten ist

Roman

Marion von Schröder

Marion von Schröder ist ein Verlag
der Ullstein Buchverlage GmbH

ISBN 978-3-547-71196-7

Gesetzt aus der ITC Legacy Serif
bei LVD GmbH, Berlin
Druck und Bindearbeiten CPI books GmbH, Leck
Printed in Germany

Du kannst Deinen Kindern Deine Liebe geben,
nicht aber Deine Gedanken. Sie haben ihre eigenen.

Khalil Gibran

Lukas mag es überhaupt nicht, wenn sie ihn bis zum Bahnsteig begleitet, um gemeinsam mit ihm auf den Zug zu warten. Er mag diesen undefinierten Zustand von Übergängen nicht, und durch die besorgten Blicke, die seine Mutter ihm immer wieder zuwirft, wird dieser Zustand noch verstärkt. Nicht mehr zu Hause und noch nicht unterwegs. Wenn er nur endlich unterwegs wäre.

Seufzend beobachtet er, wie der Sekundenzeiger der Bahnhofsuhr sich Strich für Strich voranarbeitet, wie in Zeitlupe. Immer noch drei Minuten, das ist ja endlos. Der Zug ist nicht in Sicht. Noch nicht einmal eine Durchsage. Am Ende hat der Zug Verspätung, und er muss noch eine halbe Stunde hier stehen und dem bedeutsamen Schweigen seiner Mutter zuhören.

Das stumme Warten ist ihm peinlich. Es soll jetzt losgehen. Jetzt. Der Moment des Aufbruchs, wenn er in den Zug steigt, der Moment des kleinen Abenteuers, den er zu Beginn einer Reise spürt, auch wenn sie nur in eine kaum zweihundert Kilometer entfernte Stadt führt, dieser Moment soll nun endlich kommen. Außerdem bläst ein kalter Wind den Bahnsteig entlang, der in ihre viel zu dünnen Jacken fährt, und sie stehen schlotternd und schweigend nebeneinander. Warum zieht es an Bahnhöfen immer? Lukas kann sich nicht erinnern, dass der Wind vorhin, als sie das Haus verlassen haben, auch schon so kalt blies wie jetzt.

»Du kannst ruhig schon fahren. Der Zug kommt doch gleich. Du musst ja nicht mit frieren.«

Sabine schüttelt den Kopf, ringt sich ein schwaches Lächeln ab. »Schon gut.«

Heute ist ihr besorgter Blick besonders intensiv. Lukas sieht, wie sie immer wieder Luft holt, um etwas zu sagen, was sie dann doch in letzter Sekunde herunterschluckt. Er weiß ganz genau, was seine Mutter ihm sagen will. Aber er hat überhaupt keine Lust, es zu hören, und tut so, als ob er es nicht bemerkt. Sie will ihm zum gefühlt dreihundertsten Mal sagen, was sie davon hält, dass er diese Reise antritt: Nichts. Und weil er das weiß, schaut er jedes Mal konzentriert in eine andere Richtung, wenn sie kurz davor ist, es auszusprechen. Ihm ist ja selbst ganz mulmig zumute. Er weiß nur, dass er jetzt auf dem Weg ist und dass er nicht mehr anhalten kann. Und dass er am Ende dieses Weges, in zwei, drei Stunden, aller Wahrscheinlichkeit nach seinem Vater begegnen wird.

Vater. Allein das Wort zu denken bereitet ihm Schwierigkeiten. Vater. Wenn Pauline »Vater« sagt, dann meint sie einen gutmütigen, an vielem interessierten Mann, wegen dessen Macken Paulines Mutter oft die Augen rollt. Er zerbricht sich den Kopf über die oft unmöglichen Hausaufgaben, die seine Kinder aufbekommen, und er und seine Frau küssen sich zur Begrüßung. Wenn Pauline »Vater« sagt, dann meint sie etwas Gemütliches, total Verlässliches.

Wenn Lukas »Vater« sagt, hat er das Gefühl, ein falsches Wort auszusprechen, ein Unwort. Das Unwort seines gesamten bisher achtzehnjährigen Lebens. Er hofft immer, dass bei ihm zu Hause niemand das Unwort benutzt, denn dann kippt die Stimmung, und er fühlt sich schlecht. Seine Mutter schaut sofort gequält zu ihm herüber, und er mag diese Stille nicht, die sich dann um sie legt wie ein Mantel, die sich um den Sessel legt, in dem sie sitzt, die sich um das ganze Wohnzimmer legt, um die Wohnung, das Haus, und die Welt verstummt. Ist taub und stumpf, und er will am liebsten schreien. Verbotene Flüche, die man nicht schreit. Die man auch nicht leise sagt. Gerade weil diese Wörter immer genauso verboten waren wie das Wort »Vater«, glaubt er, dass sie vielleicht etwas bewirken. Er weiß nicht, mit welchen Worten man dieses Gefühl wegschreien könnte. Er hat es noch nie versucht. Eine Weile hat er ihn nur noch seinen »Erzeuger« genannt. Aber dabei sind irgendwann zu viele Bilder des Aktes seiner Erzeugung in ihm entstanden. Das half ihm, wenn er ehrlich war, auch kein bisschen weiter. Er hat sich dann mit sich auf so etwas wie »mein biologischer Vater« geeinigt. Das klingt nicht ganz so technisch und lässt ihm dazu einen kleinen Raum für Erinnerungen, die er hütet wie bunte Murmeln, obwohl er das nicht will. Aber sie hüten sich anscheinend selbst, gegen seinen Willen.

Als die Einladung zum Geburtstag seiner Großmutter, die er fast so lange nicht gesehen hat wie seinen biologischen Vater, vor ungefähr vier Wochen im Briefkasten lag, hat er sie erst ignoriert. So lange, bis es ihm schließlich gelungen war, sie zu vergessen. Seine Mutter hat ihn nicht daran erinnert. Wer ihn letztlich wieder daran erinnert hat, war Pauline. Sie kann sich einfach nicht vorstellen, wie es ist, wenn man einen wichtigen Teil seiner Familie nicht kennt. Vor allem kann sie sich überhaupt nicht vorstellen, wie es ist, wenn man den eigenen Vater nicht kennt.

Lukas hat ihn so viele Jahre nicht gesehen, dass es tatsächlich so ist: Er kennt ihn nicht. Klar, er weiß, wie er aussieht. Es gibt Fotos, es gibt Erinnerungen. Er weiß, dass er Bühnenbildner am Theater und ein bisschen verrückt ist, er weiß, dass er sehr laut und ausgelassen lacht, dass seine Anwesenheit die Atmosphäre eines ganzen Raumes füllen und verändern kann. Lukas kann sich an den Geruch seines Rasierwassers erinnern, und er erschrickt immer, wenn er es an jemand anderem riecht. Der überschwängliche Geruch der Begrüßungsküsse, der herbe Geruch der Abschiedsküsse und das seltsame Bauchweh, das durch beides ausgelöst wurde. So ein Ziehen im Innersten, das er immer noch spüren kann. Von seiner Mutter weiß Lukas, dass sein biologischer Vater ein Idiot ist und ihr schlimmster Fehler, ihr persönlicher Super-GAU, und dass er ihr Leben verpfuscht hat und seines gleich mit, obwohl Lukas jetzt nicht findet, dass sein Leben verpfuscht ist. Denn bis auf die Schwierigkeiten, die er mit dem Wort »Vater« hat und allem was dazugehört, ist sein Leben eigentlich okay.

Es ist alles sehr überschaubar bei ihnen, und das ist gut so. Es gibt die Wohnung, in der seine Mutter und er leben, Küche, Wohnzimmer und ein eigenes Schlafzimmer für jeden und ein Balkon, auf dem seine Mutter Kräuter zieht, die jeden Sommer Läuse bekommen, weshalb er Kräuter im Essen nicht mag. Es gibt einen Flur, der ein ständiger Stein des Anstoßes ist, weil er anscheinend zu viel darin herumliegen lässt. Seine Mutter müsste mal den Flur bei Pauline sehen. Zehn Paar Schuhe auf dem Boden verteilt, mindestens, ein Durcheinander aus Taschen, Jacken, Schals, alles bunt und wild. Bei Pauline ist es nicht so still und aufgeräumt wie bei ihnen. Immer ist irgendein Besuch da, immer summen Stimmen in der Küche, und immer kocht irgendetwas auf dem Herd, das für alle reichen wird, die noch vorbeikommen könnten. Lukas hütet sich, seiner Mutter von Paulines Haus zu erzählen. Manche Fehler macht man nur einmal.

In einem guten halben Jahr macht er Abitur, und er kann es kaum abwarten. Es ist ein bisschen wie am Bahnhof stehen und auf den Zug warten: Lukas weiß, dass er bald kommen wird, aber es dauert ihm viel zu lange. Er will jetzt sofort mit dem Abitur fertig sein, damit er sich voll aufs Klavierspielen konzentrieren kann. Weiter denkt er eigentlich noch nicht. Bei Pauline ist das anders. Sie kann es kaum abwarten, das Abitur zu haben, damit sie endlich zu Hause ausziehen kann. Sie malt sich schon genau aus, wie es sein wird, in einer WG zu wohnen, alles anders zu machen als zu Hause. Ganz anders. Wenn sie davon redet, wird sie ganz hibbelig und leuchtend vor Vorfreude. Er macht sich darüber gar nicht so viele Gedanken. Pauline schaut ihn dann oft enttäuscht an und findet ihn komisch. Das Schweigen, das dann für einen Moment zwischen ihnen liegt, ist unangenehm. Aber er kennt das, schließlich finden viele ihn komisch. Pauline findet ihn im Vergleich zu den anderen noch relativ selten komisch, denn sie kann es akzeptieren, dass das Klavier sein Leben ist.

Lukas' Handy vibriert in seiner Jackentasche. Bestimmt eine SMS von Pauline. Wenn er sie jetzt sofort liest, werden die Sorgenfalten im Gesicht seiner Mutter noch strenger, lieber wartet er damit, bis er im Zug sitzt.

Endlich die Durchsage. Als er auf die Uhr schaut, stellt er erstaunt fest, dass der Zug sogar pünktlich ist. Während die Bremsen laut durch den Bahnhof schrillen, lässt Lukas sich von seiner Mutter küssen, lässt sich noch einmal besorgt anschauen und steigt ein.

Als der Zug sich in Bewegung setzt und aus dem heimatlichen Kleinstadtbahnhof rollt, ist es endlich da: das Gefühl von Abenteuer, weil irgendwo in dieser Welt etwas auf ihn wartet. Es breitet sich langsam in seinen Schultern aus und kribbelt bis in die Fingerspitzen, die jetzt auf dem Polster des Sitzes Klavier spielen. Er setzt die Kopfhörer auf und hört Bach. Glenn Gould spielt für ihn Bach.

– Hast Du Mathe kapiert? Mein Hirnchen widersetzt sich.
– Erklär ich Dir morgen, kannst in der Pause abschreiben.
– Schatz.
– Selber.

Lukas schaut aus dem Zugfenster, hört die klaren Töne. Die Musik gibt ihm Zuversicht, sie gibt ihm das Gefühl, dass es Türen gibt, durch die man treten kann. In neue Räume. Andere Räume. Andere Leben.

Als Peter in die Siedlung Am Birkenhain einbiegt, steht in einem einzigen Augenblick seine ganze Kindheit vor ihm. Die nach Fichten und Buchen und Ahorn benannten viel zu ruhigen Wohnstraßen, alles Sackgassen, die in einem Wendehammer enden. Ihm ist zumute, als führe er zurück in seine Kindheit, mitten hinein in diese Welt der Panoramafenster und Südbalkone, der Ziertannen, Heckenscheren und an Sommersamstagen surrenden Rasenmäher. Er findet es mühsam, dass er es sich jedes Mal aufs Neue sagen muss, dass er nun erwachsen ist und überhaupt nicht mehr fliehen muss. Ganz im Gegenteil. In zwei, drei höflichen Stunden kann er ja schon wieder gehen. Nur zwei, drei Stunden, sagt er sich. Dann wird er wieder in sein Auto steigen, das Fenster herunterkurbeln und losfahren. Schnell, vielleicht sogar zu schnell zurückfahren in sein eigenes Leben. Wegfahren. Nichts wie weg. Er findet es noch immer schwer, diesem Fluchtimpuls zu widerstehen, und die leichte Atemnot, die damit einhergeht, ist immer überzeugender als sein Verstand. Als ob die Erinnerung, die sich auf seine Brust legt, schwerer wiegt als das, was sein Kopf behauptet. Dazu kommen die Bilder. Alles, was er sieht, verbündet sich sofort mit seiner Erinnerung. Die sauber geplättelten Wege, die zu den Haustüren aus Eiche rustikal führen. Solide deutsche Wertarbeit. Das schmiedeeiserne Gartentor, dahinter der Rhododendron, Mutters ganzer Stolz, in seinem exakt aus dem Rasen ausgestochenen Erdkreis, in dem kein Unkraut je eine Chance hatte. Schau doch nur, wie schön der wieder blüht! Und jedes Mal aufs Neue die Geschichte, wie der kümmerliche, kleine Busch unter den geschickten Händen der Eltern zu großer Blüte gedieh. Der Stolz. Dieser aufdringliche elterliche Stolz, es geschafft zu haben. Ja, sie haben es geschafft. Ein Haus, ein Garten, und alles nur durch Fleiß und Disziplin. Merk dir das, Junge, nur durch Fleiß und Disziplin. Nein, das braucht er sich wahrlich nicht zu merken. So oft, wie dieser Satz von seinen wirtschaftswundergläubigen Eltern wiederholt wird, kann er ihn getrost jedes Mal aufs Neue vergessen.

Peter seufzt und atmet die Luft tief ein, die durch sein geöffnetes Autofenster strömt. Der September ist dieses Jahr schon unangenehm kalt. An Mutters Geburtstag haben sie manchmal noch draußen auf der Terrasse Kaffee getrunken. Dieses Jahr ist daran nicht zu denken. Er parkt seinen Wagen direkt vor dem Rhododendron von Nummer 16 und bleibt noch einen Moment im Auto sitzen. Neben ihm auf dem Beifahrersitz liegt das Geschenk. Er schaut das Papier an, mit dem die Verkäuferin die Bluse netterweise für ihn eingepackt hat. Verkäuferinnen tun oft, worum er sie lächelnd bittet. Frauen im Allgemeinen tun oft, worum er sie lächelnd bittet. Aber meistens will er das, was ihm so bereitwillig angeboten wird, gar nicht haben. Als die Verkäuferin das weiße Band, das sie um das blaue Papier gebunden hat, mit der Schere zu Locken kräuselte, hat sie ihn herausfordernd angeschaut. Er dachte noch, wenn er sie jetzt fragt, ob sie nach Feierabend mit ihm was trinken geht, sagt sie ja. Er hat aber nicht gefragt. Er hat sich nett bedankt und gehofft, dass die Bluse seiner Mutter wenigstens passt. Die Bluse war noch nicht einmal seine Idee. Natürlich hat er den Geburtstag nicht vergessen. Er weiß immer, wann der Geburtstag seiner Mutter ist. Sobald die Sommerferien vorbei waren, sprach die Familie von nichts anderem. Mutters Geburtstag: Das ist schon immer der eine Tag im Jahr, an dem sich die Familie erkenntlich zeigt, dass Mutter sie an den anderen 364 Tagen stets vorbildlich umsorgt. Vater wird eine Rede halten. Wie immer. Auf die gute Mutter. Mutter werden vor Rührung die Tränen in den Augen stehen, und in Peters Beinen wird es kribbeln. Wie immer. Und dieses Jahr besonders. Dieses Jahr ist es schließlich der siebzigste. Da wird die Rede zweifellos etwas ausführlicher ausfallen. Obwohl Peter wusste, dass der Tag sich näherte, hat er sich bis gestern keine Gedanken darüber gemacht. Er ist der Narr, er ist in der Familie der Gedankenlose. Die anderen machen sich schon genug Gedanken. Seine Eltern machen sich seit fast fünfzig Jahren so viele Gedanken um ihn, dass es für die ganze Familie reicht. Er hat gestern Abend noch schnell seine Schwester Marie angerufen und gefragt, was er Mutter schenken könnte.

»Sollen wir nicht irgendetwas zusammen ...«

Aber Marie hat nur gelacht. »Zusammen! Scherzkeks. Das ist doch längst erledigt. Aber ich habe einen Tipp für dich. Schenk ihr 'ne Bluse. Große 40. Mama-Style. Du weißt schon. Hellblau gestreift, oder so. Geh zum Weinert. Da kann sie umtauschen. Die kennen sie seit vierzig Jahren. Oder fünfzig. Oder siebzig?« Maries Kichern. »Und nimm ja kein Sonderangebot. Das merkt sie, wenn sie umtauschen geht.«

Marie war schon immer seine Lieblingsschwester. Die kleine Marie. Ingrid ist nur ein gutes Jahr jünger als er und hat die Fleiß-und-Disziplin-Parole der Eltern wortgetreu übernommen. Marie ist auf eine charmante Art die Freche, mit einer gewissen Distanz zu den Eltern und ihren Werten.

Aber Marie fällt es leichter als ihm, dennoch dazuzugehören. Sie kann mitspielen, sie kennt die Regeln. Er beherrscht die Regeln nicht so gut wie sie, er bleibt bei diesen Familienspielen außen vor.

Nun sitzt er im Auto, er hat ein Geschenk, er ist halbwegs pünktlich, weil er die Theaterwerkstätten ausnahmsweise mal rechtzeitig verlassen hat, er trägt sogar ein Hemd und darüber ein Jackett, ganz so, wie es Mutter gefällt. Er muss nur noch einmal tief Luft holen, um sich dann in das Haus hineinfallen zu lassen, das auf ihn wartet wie ein Aquarium, in dem es allen Fischen gut geht. Nur niemand bemerkt, dass er gar kein Fisch ist und echte Probleme mit dem Überleben hat. Peter steigt immer noch nicht aus. Irgendwie fühlt er sich müde und schwer. Dieses Jahr hat ihn das Ende des Sommers heftiger erwischt als sonst. Vielleicht, weil es schon so kalt ist. Ihm ist eher nach einer Art vorgezogenem Winterschlaf zumute als nach einem goldenen Spätsommer, der sich anfühlt wie Herbst. Er lehnt den Kopf zurück an die Nackenstütze und schließt für einen Moment die Augen.

Ein Auto biegt mit quietschenden Reifen viel zu schnell in die Straße mit den adretten Einfamilienhäusern, die auf ihren gepflegten Grundstücken stehen, die Fenster schauen stumm auf die Straße, die eine oder andere exakt geraffte Gardine bewegt sich leicht. Motorengeheul zerreißt die Stille, der Auspuff knattert, Musik wummert, die Bässe dröhnen, *no, no, no/I can't get no satisfaction.* No. Satisfaction gibt es nicht. Die Musik wird lauter, der Wind fährt durchs offene Autofenster in die langen Haare des jungen Mannes. Das ist er. Peter. Er fährt das Auto, und bevor er zur Nummer 16 kommt, zum Haus seiner Eltern, dreht er abrupt mitten auf der Straße um, wieder quietschen Reifen, das Heck schlingert, bricht aus und erwischt die Mülltonne der Nummer 14, die wie in Slow Motion langsam umfällt. Peter sieht es im Rückspiegel und lacht. Er lacht, während der Müll sich aus der Tonne über die Straße ergießt, Dosen hüpfen, Papier flattert, eine Flasche rollt bis vors Gartentor der Nummer 15, empörte Bewohner kommen aus den Häusern und schimpfen dem Auto hinterher. Peter lacht, seine Haare flattern im Wind. Das Auto ist viel zu orange, und über allem spannt sich ein weißer, heller Himmel, der keine Tiefe hat und in den die Straßenlaternen ragen wie Haken. Als ob sie ihn festhalten müssten, damit er nicht wegfliegt.

Peter schreckt hoch und weiß nicht, ob er das tatsächlich einmal getan hat, ob er es als Junge gerne getan hätte, oder ob er es bloß geträumt hat. Erleichtert stellt er mit einem Blick auf die Uhr fest, dass nur einige Sekunden vergangen sind, rafft seinen großen, schlaksigen Körper zusammen und hebt sich aus dem Auto. Er schlägt die Fahrertür zu und geht langsam durch das Gartentor auf die deutsche Wertarbeit aus Eiche zu. Los jetzt, sagt er sich und fährt sich durch die Haare, vielleicht, um sie zu ordnen, aber bei seinen störrischen Locken ist von Ordnung keine Spur. Mutter wird sich freuen, der Alte wird endlich seine Rede los, er wird am besten einfach weghören, sich nicht aufregen, über Belanglosigkeiten reden und vielleicht ein bisschen an Hanna denken. Hanna. Die viel zu junge Hanna, die bestimmt einen ganz anderen Traum träumt als er. Es ist eigentlich schon abzusehen, dass es schwierig wird mit ihr. Als er ihr vorhin gesagt hat, dass er sie heute Abend nicht treffen kann, weil er etwas vorhat, konnte er beobachten, wie sie ihn erst enttäuscht, dann skeptisch musterte. Was hat er denn vor? Was kann er schon vorhaben? Was ist denn so wichtig, dass er mich nicht treffen kann? Er sah all diese Fragen stumm über ihre Stirn ziehen, um dann mit einiger Bewunderung zu beobachten, dass sie in der Lage war, die Enttäuschung und Skepsis binnen Sekunden aus ihrem Gesicht verschwinden zu lassen, ihn anzulächeln und ihm einen schönen Abend zu wünschen. Er hätte ihr auch einfach sagen können, dass er zum Geburtstag seiner Mutter gehen muss. Aber es war ihm auch ganz recht, Hanna lieber ein wenig auf Abstand zu halten. Nicht, dass sie sich noch ernsthaft in ihn verliebt.

Gleich sind die Tantenküsse dran. Vor einigen Jahren, zumindest kommt es ihm so vor, haben sie noch mit ihm geflirtet, jetzt riechen sie plötzlich welk und alt. Ob sich der Geruch des Körpers so verändert, dass selbst das Parfum mit altert und plötzlich anders riecht? Oder nehmen ältere Damen andere Parfums? Ob Hanna in dreißig, vierzig Jahren auch riechen wird wie eine alte Frau? Er kann es sich nicht vorstellen. Hannas Duft nach frisch gemähtem Gras, in das man sich hineinlegen will. Unmöglich, dass der sich in so einen Tantenduft verwandelt.

Peter drückt den polierten Messingknopf und hört das vertraute Dingdong der Klingel durch das Haus hallen. Durch die geschlossene Tür kann er förmlich sehen, wie sein Vater auf die Uhr schaut, um gleich die Verspätung festzuhalten. Er weiß, dass seine Mutter sich die Haare mit dieser typischen kleinen Bewegung nach hinten streicht, damit sie gut aussieht für den Sohn, und dass Ingrid sich darüber ärgert und dass er diesen Ärger gleich in Ingrids Mundwinkel sitzen sehen wird, auf der einen Seite, die selten mit lächelt, wenn sie ihn sieht.

Marie wird ihm gleich um den Hals fallen. Vielleicht kann er später mit Marie abhauen. Wie früher. Mit Marie abhauen, Spaß haben, Ärger bekommen. Sie wird ihm durch die Haare wuscheln und sagen, du Kindskopf. Marie gehört zu den Frauen, die ihn gerne ermahnen, endlich mal erwachsen zu werden, davon gibt es in seinem Leben einige, aber sie zwinkert dabei und stößt ihm während Vaters Reden ihren Ellenbogen in die Rippen und schneidet Grimassen, die nur er sehen kann.

Die Tür geht auf, Peter setzt ein Lächeln auf und schaut seinen Vater freundlich an, der bei der Begrüßung kurz zögert, als ob er ihm etwas sagen will, es dann aber doch lässt.

»Hallo!« Peter wundert sich einen kleinen Moment über dieses Zögern, hat er schon wieder etwas falsch gemacht und weiß es nicht? Beim Eintreten zieht er den Kopf ein, er war schon immer zu groß für dieses Haus, in dem er überall aneckt. Beinahe erwischt er den Lampenschirm im Flur, er kann ihm gerade noch ausweichen, kaum hat er sich wieder zu voller Größe aufgerichtet, fliegt ihm etwas in die Arme.

»Da bist du ja endlich!«, ruft Marie in sein Ohr, und am liebsten würde er sie im Kreis wirbeln. »Ich hatte schon Angst, du kommst nicht mehr.«

»Hatte ich auch«, flüstert er grinsend in ihr Haar, das dunkel glänzt und nach Marie riecht. Er nimmt ihre Hand und zieht sie mit sich ins Wohnzimmer, wo er seine Mutter vermutet. Laut ruft er: »Jetzt bin ich ja da! Wo ist denn das Geburtstagskind?«

Peter steuert auf die Menschen zu, die seine Familie sind, er ist fröhlich, er ist laut, er spielt die ihm zugedachte Rolle, die ihm durch den Abend helfen wird. Tante Hilde, du wirst ja immer jünger! Und was für ein schickes Kleid. Mutter, da bist du ja. Herzlichen Glückwunsch. Er umarmt seine Mutter und spürt ihren noch immer drahtigen, zierlichen Körper. Sie hat sich schick gemacht für ihren Geburtstag, und sie lächelt ihn an, ihren Goldjungen. Er hat das Gefühl, dass sie ihn aus irgendeinem Grund besonders erwartungsvoll ansieht. Mit einem besonderen Lächeln. Sie lässt sich von ihm küssen, nimmt das Geschenk entgegen und legt es auf den Gabentisch. »Geh erst mal alle begrüßen, und dann können wir essen, aber lass dir ruhig Zeit.« Wieder dieser bedeutungsvolle Blick. Er nickt Ingrid zu, und ja, genau, da sitzt er, der Ärger, in ihrem linken Mundwinkel. Peter schaut schnell zu Ingrids Mann und ihren beiden Kindern. Tante Hilde hat er schon, Tante Leni muss noch geherzt werden, der dazugehörige Onkel Willi ebenfalls und Maries Tochter, seine kleine Lieblingsnichte Stella. Er geht hinüber ins Esszimmer, weil er dort auch jemanden stehen sieht. Und noch während er die wenigen Schritte durch den Raum geht, weiß er plötzlich, warum sein Vater am Eingang gezögert und die Mutter so erwartungsvoll geschaut hat, warum die Stimmung aufgeladener ist als sonst.

Lukas. Der junge Mann mit den blonden Locken, der vor der Ahnengalerie steht und sich die Familienbilder anschaut, ist Lukas. Sein Sohn Lukas. Es ist wie ein Faustschlag in den Magen, es macht seine Knie zu Pudding, es sträubt seine Nackenhaare, es treibt ihm die Tränen in die Augen, es macht ihn weich und hart zugleich. Und es ist zu viel von allem. Es ist zu viel für ihn in diesem Moment. Er spürt, wie eine Wut in ihm hochkocht, die nichts mit Lukas zu tun hat, nichts mit dem Jungen, der vor ihm steht und ihn stumm und trotzig, so rührend stumm und trotzig, anstarrt, nein, es ist eine Wut, die seinem Vater gilt, seiner Familie, die dieses Schauspiel veranlasst hat, die ihn hier ausliefert und nun dabei zuschaut. Er hat das Gefühl, dass die Blicke der versammelten Familie sich in seinen Rücken bohren und alle Gespräche verstummen. Er spürt es brodeln, und noch bevor es ihm gelingt, mehr herauszubringen als ein gestammeltes »Lukas«, bevor es ihm gelingt, sich über seine Locken zu freuen, die er wieder wild und lang trägt, und das gefällt ihm wirklich, bevor es ihm gelingt, auf ihn zuzugehen, hört Peter die Stimme seiner Mutter.

»Das ist doch schön, dass der Junge da ist, dann sind wir mal alle komplett.«

Und Peter muss herumfahren, sich von Lukas wegdrehen, obwohl es auch wehtut, das zu tun, weil er ihn sehen will, alles in seinem Gesicht sehen will, was es zu sehen gibt. Doch er muss sich wegdrehen, damit die Worte, die nun in ihm hochfluten, nicht zu Lukas schwappen, sondern zu seinem Vater, der wie eine Holzstatue streng und unnachgiebig in der Tür steht. »Er gehört zur Familie«, hört Peter ihn sagen, bevor er sich mit einem ungezügelten Schwall von Worten Luft macht. Er wäre erstickt, hätte er es nicht getan. Worte gegen die ewige Bevormundung, gegen das Einmischen, gegen die Oberhoheit der Familie, gegen dieses Gefühl des Ausgeliefertseins. Worte für seinen Vater, nicht für Lukas. Keine Begrüßungsworte für Lukas. Er ruft ihm zu, dass er mal Luft holen muss, und stürmt an seinem Vater vorbei, der genau in seinem Fluchtweg steht. Er stößt die Haustür auf, die solide, schwere Eichentür, und rennt hinaus in den Vorgarten.

Auf dem perfekt gestutzten Rasen tigert er unruhig auf und ab, holt immer wieder tief Luft, als ob er sich vergewissern müsste, dass es noch geht, dass genug Luft für ihn da ist. Dass er nicht erstickt. Okay, sagt er sich. Okay. Ich gehe jetzt wieder rein, ich gehe zu Lukas und ignoriere alle anderen. Ich gehe direkt zu Lukas und sage ihm, dass es schön ist, ihn zu sehen. Und dann frage ich ihn, ob wir zusammen abhauen wollen. So mache ich es. Ich nicke freundlich in die Runde, verabschiede mich, und dann machen wir zwei uns davon. Noch zwei Mal Luft holen.

Da öffnet sich plötzlich die Haustür, und Marie tritt hinaus. Aha. Sie haben Marie geschickt. Marie soll ihn holen. Er kann es deutlich hören, wie sie gesagt haben, geh du mal, Marie. Du kannst doch am besten mit ihm. Er spürt die Wut wieder brodeln, sie ist noch lange nicht aufgebraucht, das

Wutgefäß in seinem Innersten füllt sich schnell, wenn die Voraussetzungen stimmen. Und in diesem Moment stimmen sie besonders gut. Er kann nicht anders. Sein unruhiges Auf- und Abtigern wird zum Rennen. Er läuft zum Gartentor. Marie ruft ihm hinterher. Er kann sich noch nicht einmal mehr umdrehen, und der Autoschlüssel rutscht ihm wie von selbst in die Hand, steckt plötzlich in der Autotür, dreht sich um, die Tür öffnet sich und Peter lässt sich ins Auto fallen. Er lässt den Motor an, er gibt Gas, er sieht Marie, die die Arme hochreißt und etwas ruft, aber er hört es schon nicht mehr, er kurbelt das Fenster herunter, damit er Luft bekommt, damit er nicht erstickt, und da ist es wieder, das Bild mit den quietschenden Reifen und dem schlitternden Heck, aber er fährt keine Mülltonne um, er fährt einfach nur davon.

Nach einigen Kilometern hat er sich beruhigt. Und Lukas steht da jetzt noch immer, ich muss zurück, denkt er. Ich muss sofort wieder zu ihm. Er wendet den Wagen und braust zurück, doch je näher er der Kreuzung kommt, an der er links zum Birkenhain abbiegen muss, desto schlimmer wird die Vorstellung, wieder zu klingeln, angegafft zu werden, Vaters anklagende Worte, eine Schimpftirade wie einst im Mai, als er von der Schule flog, mindestens, dazu Mutters leidender Blick. Und was soll er verdammt noch mal zu Lukas sagen? Was? Als er die Kreuzung erreicht, fährt er einfach geradeaus weiter. Es scheint in diesem Moment das einzig Mögliche.

Er fährt noch eine Weile ziellos umher und gelangt dabei zu der trotzigen Überzeugung, dass er verdammt noch mal keine andere Möglichkeit hatte, dass ihm wirklich übel mitgespielt wurde. Als er spürt, dass er Hunger bekommt, fährt er in die Stadt. Ihm ist jetzt kalt, das Autofenster war die ganze Zeit offen, damit das erstickte Gefühl aus seiner Lunge weicht, und er freut sich auf einen Teller Nudeln und ein Glas

Rotwein. Direkt vor seinem Stammitaliener gibt es eine große Parklücke. Wenn das kein gutes Zeichen ist, denkt Peter und beginnt am Steuer zu kurbeln, um einzuparken. Mit seinem überlangen, alten Citroën findet er normalerweise nicht einfach so einen Parkplatz, meist stellt er sich irgendwohin, oft genug ins Parkverbot, aber er bekommt selten einen Strafzettel. Vielleicht gibt es unter den Verkehrswächtern in diesem Viertel ein paar Liebhaber, die wissen, dass sein Auto kaum in normale Parklücken passt, und die ihn deshalb verschonen. Er spürt, wie das Auto sich senkt, spürt eine bleierne Schwere in seinen Gliedern und hebt sich aus dem Wagen. Er hat das Gefühl, kaum gegen die Schwerkraft anzukommen, und wundert sich, dass er so müde ist. Der Abend war wohl doch anstrengender, als er wahrhaben will.

Als er das Lokal betritt, steht Francesco hinterm Tresen und nickt ihm freundlich zu. Es ist voll, und Peter steuert gleich auf einen der letzten freien Plätze an der Theke zu, angelt sich den Hocker und beschließt, dass alles gut so ist, wie es ist. Dass etwas anderes nicht möglich ist.

»*Rosso della casa*?«, fragt Francesco, und Peter nickt.

»Und einmal *aglio e olio*.«

»Kommt *subito*.«

Francesco, immer fröhlich, immer am Arbeiten, immer von seiner Familie umgeben. Wie machen die Italiener das bloß? Francesco wirkt alles andere als erstickt, auch wenn der alte Padrone oft genug in der Ecke sitzt und genau beobachtet, was sein Sohn Francesco macht und die Mamma und die Brüder, die ganze Sippe, und alle reden durcheinander und lachen.

Ein Stück weiter hört Peter ein Lachen, das er kennt, und schaut in die Richtung. Ein Grüppchen von Leuten, Theaterleute, er muss kurz grinsen. Immer am Gestikulieren, Argumentieren, immer auf der Bühne, immer lauter als die anderen. Einen kurzen Moment muss er sich überwinden, dann winkt er der Gruppe zu. Überspielt seine Müdigkeit, ist ein bisschen zu fröhlich. »Ich dachte, ihr macht Kostümbesprechung und ich kann hier mal in Ruhe einen trinken – wieder nichts!«

Der Regisseur, Tommi, lacht ihn breit an, und Peter denkt, das ist nicht sein erstes Glas Wein. Es kommt Peter immer so vor, als sei Tommi halb so alt wie er selbst, was natürlich nicht sein kann.

»Wir haben gedacht, wir warten auf dich, und haben alles auf morgen früh vertagt. Du entkommst uns nicht!«

Francesco stellt ihm sein Glas Roten auf den Tresen, und Peter hat das Gefühl, dass es auch bei ihm heute wahrscheinlich nicht bei dem einen bleiben wird. Er spürt die Wärme, die sich mit dem Wein in ihm ausbreitet, spürt die besänftigende Wirkung, die ein paar Schlucke Rotwein auf einen nüchternen Magen haben können, steht auf und geht zu den anderen, und da sieht er Hanna. Hanna schaut ihn an, mit ihren grünen Augen mustert sie ihn, und für einen Moment sind sie allein, in ihren Blicken gefangen, bis Hanna etwas zur Seite rückt, um ihm Platz zu machen, und dabei leise und etwas kokett feststellt, dass sie bis eben dachte, er hätte heute Abend keine Zeit. Die anderen beobachten das interessiert. Ist etwas zwischen Peter und Hanna? Und wenn ja, was? Peter weiß es selbst nicht, aber dieser Zustand ist okay für ihn.

»Hatte ich auch nicht.«

»Das sehe ich.« Hanna grinst.

»Familienfeier.« Peter zuckt die Achseln. »Themawechsel. Bitte.«

»Du hättest mich mitnehmen können. Ich liebe Familienfeiern. All die Tanten, Nichten und Neffen! Ich mach mich gut bei so was.«

Peter lacht bitter. »Keine gute Idee.«

Hanna schaut ihn von der Seite an. »Kann es denn mal eine gute Idee werden?« Peter schweigt. Niemals, würde er am liebsten sagen, nie, doch das würde Hanna jetzt völlig falsch verstehen. Ihm fällt keine andere Antwort ein. Sein Schweigen verursacht ein kleines Zucken zwischen ihren Brauen, dann glättet sich ihr Gesicht wieder. Es beruhigt ihn, dass sie ihn nicht bedrängt. Er kann sie anlächeln. Und Hanna versucht, sein Lächeln zu erwidern.

»Auf die besseren Ideen.« Hanna prostet ihm zu. Er hebt sein Glas, trinkt es zu schnell aus und dreht sich zur Theke, um bei Francesco mehr Wein zu bestellen. Er legt eine Hand auf Hannas Schulter, lehnt sich zu ihr und atmet ihren sonnigen, grasigen Geruch ein, in den er sich einfach fallen lassen will. Wie ein Kind sich in eine warme Ladung Heu fallen lässt, in einer Scheune, in der die Staubteilchen in den goldenen Sonnenstrahlen tanzen, die durch die Ritzen dringen. Peter weiß in diesem Moment, dass ihn genau das heute retten wird. Hanna wird ihn retten.

»Trinkst du noch einen Roten mit mir?«, flüstert er ihr ins Ohr, und sie nickt fast unmerklich, ohne ihn anzuschauen.

Lukas will nur noch weg. Was soll er hier eigentlich? Alle schauen ihn betroffen an, lächeln mitleidig, wollen ihm Teller vollladen, Getränke eingießen, ihn in Gespräche verwickeln, auf die er keinen Bock hat. Überhaupt keinen.

Er kommt bestimmt gleich wieder, das hat er nun bestimmt schon siebenmal gehört, aber er hat gesehen, wie der Mann, der sein biologischer Vater ist, sich in sein Auto gestürzt hat und weggefahren ist. Der kommt mit Sicherheit nicht wieder. Das sah ganz nach Flucht aus, nach endgültiger Flucht. Nach Auf-Nimmerwiedersehen-Flucht. Idiot. Was für eine blöde Idee, hierher zu fahren. Seine Mutter hatte völlig recht. Er hätte doch auf sie hören sollen. Jetzt kommt Marie auf ihn zu, den großen Besorgnisblick schickt sie schon von weitem quer durch den Raum.

»Ich hätte nicht rausgehen dürfen, ich hätte es wissen müssen. Er hätte einfach einen Moment gebraucht, allein, verstehst du, ich hab's vermasselt, es tut mir so leid.«

Lukas versucht, bitter zu lachen, es klingt sogar überzeugend. Er kann bitter lachen, das hat etwas verdammt Erwachsenes. Er findet, dass bitteres Lachen eine angemessene Reaktion auf die Begegnung mit seinem biologischen Vater ist. Er fühlt sich sicher dabei.

»Wie komme ich zum Bahnhof?«

»Willst du nicht noch ein bisschen ...«

»Nein.«

Lukas weiß genau, dass er kein bisschen von dem will, was Marie ihm vorschlagen möchte. Bleiben, essen, warten, reden. Er will weg. Einfach nur weg. Möglichst schnell. Zum Glück scheint Marie das zu verstehen. Sie versucht nicht, ihn zum Bleiben zu überreden. Sie nickt.

»Ich fahr dich hin.«

Lukas geht los, um seine Jacke zu holen und sich irgendwie zu verabschieden. Er weiß nicht, was er bloß zu seiner Oma sagen soll. Eigentlich könnte er ihr etwas Nettes sagen, sie hat heute Geburtstag und hat sich das alles bestimmt anders vorgestellt. Aber ihm fällt absolut nichts Nettes ein. Außerdem ist sie selber schuld. Es war schließlich nicht seine Idee, herzukommen und den Überraschungsgast zu geben. Sie hätte wissen müssen, dass das schiefgeht. Sie muss ihren Sohn doch kennen. Lukas spürt, wie er wütend wird. Wenn er jetzt nicht sofort geht, sagt er noch etwas ganz und gar nicht Nettes. Der Großvater klopft ihm auf die Schulter und kündigt an, Peter den Kopf zu waschen. Aber gehörig. Als wäre Peter Lukas' kleiner Bruder, der etwas ausgefressen hat. Das Handy kaputtgemacht hat. Oder Lukas' Sparschwein geplündert. Als könne er reparieren, was nicht zu reparieren ist. Mit einer Kopfwäsche. Für einen Moment malt Lukas sich aus, wie die dunkle tropfende Mähne links und rechts Peters Gesicht umrahmt wie zwei Vorhangschals und wie Peter zu Lukas aufschaut, während der Großvater mit einer zweiten Ladung Wasser kommt, um seinem Sohn den Kopf zu waschen. Peters Blick ist bittend. Es ist der Blick, mit dem er ihn angeschaut hat, als er ihn erkannte. Hilflos, verletzlich, verletzt. Lukas will nicht an diesen Blick denken. Er könnte nicht mehr bitter lachen, wenn er an diesen Blick denkt. Dieser Scheißkerl.

Im Zug presst er sein Gesicht an die kühle Scheibe und schaut zu, wie die Lichter draußen im Dunkel auftauchen und verschwinden. Straßenlaternen. Erleuchtete Fenster. Scheinwerfer. Ein Licht nach dem anderen zieht vorbei. Goldbergvariationen in seinem Ohr. Lukas konzentriert sich auf die Musik. Glasklare Töne. Unruhige, fragende Töne und Töne wie beruhigende Antworten. Beides ist ihm gleichermaßen zu viel, aber trotzdem fühlt er sich in diesen Tönen aufgehoben. Die Rückfahrt kommt ihm länger vor als die Hinfahrt. Vielleicht, weil er die Strecke heute schon zum zweiten Mal fährt. Vielleicht, weil die Erwartung fehlt. Wenn er ehrlich ist, war er auf der Hinfahrt voller Erwartung, die geplatzt ist wie ein Ballon, als sein biologischer Vater aus dem Wohnzimmer gestürmt ist. Vielleicht kommt ihm die Fahrt aber auch länger vor, weil er seiner Mutter am Ende sagen muss: Du hattest recht.

»Du hattest recht«, sagt Lukas in das erstaunte Gesicht seiner Mutter, die erschrickt, als er plötzlich in der Tür steht. Sie hat erst morgen mit ihm gerechnet. Zusammen haben sie den Zug herausgesucht, der so früh in Frankfurt losfährt, dass er halbwegs pünktlich zur Zweiten in der Schule gewesen wäre.

»Du hattest recht. Er ist einfach ein Arsch.«

Seine Mutter zuckt bei diesem Wort instinktiv zusammen. Das Wort ist verboten, aber das ist Lukas egal.

»Ist doch wahr«, setzt er hinzu und geht in sein Zimmer. Er wirft ihr noch ein knappes »Nacht« zu, weniger, um seiner Mutter eine gute Nacht zu wünschen, als um klarzustellen, dass er jetzt überhaupt gar keine Lust hat zu reden. Er dreht sich noch nicht einmal mehr um, um sich zu vergewissern, dass die Botschaft angekommen ist. Er will nur noch allein sein und sich auf sein Bett fallen lassen. Mit Kleidern, mit Schuhen, alles egal. Fallen lassen.

Als er das Licht ausgeschaltet hat, ziehen im Dunkeln Gesichter an ihm vorbei. Marie, seine Großmutter, der Großvater, auch Peters Gesicht taucht auf, zieht an ihm vorbei. Irgendwann schläft er ein.

Beim Frühstück muss Lukas wohl oder übel erzählen, wie es war und warum er gestern schon wiedergekommen ist anstatt wie geplant heute Morgen. Während er erzählt, spielt er alles ein bisschen herunter, halb so wild. Er macht das nicht, um Peter in Schutz zu nehmen, er macht es, um sich selbst in Schutz zu nehmen. Aber Sabine hört natürlich heraus, was wirklich passiert ist. Ihr besonders gut geschultes Peter-Ohr, mit dem sie eine hervorragende Fähigkeit entwickelt hat, zwischen den einzelnen Worten, die Lukas sagt, genau zu hören, was Peter alles falsch macht, ist weit geöffnet. Gleich wird sie sich aufregen. Lukas kennt seine Mutter. Doch genau darauf hat er keine Lust, das hat er alles schon so oft gehört, die ganze Litanei. Er würde am liebsten so tun, als wäre nichts gewesen, einfach weitermachen, vergessen, was er gestern erlebt hat. Wenn er nicht mehr daran denkt und niemand drüber redet, ist es auch nicht passiert. Dann ist alles viel einfacher. Während er sich ein Schulbrot macht, fällt ihm ein, dass auch Pauline ihn ausfragen wird. Er wird also noch mal alles erzählen müssen. Okay, das eine Mal bringt er noch hinter sich, dann ist aber Schluss. Ab morgen wird er aktiv daran arbeiten, Peter wieder zu vergessen. Er steht gerade vom Frühstückstisch auf, als das Telefon klingelt. Ungewöhnliche Zeit für ein klingelndes Telefon. Er bleibt in der Tür stehen, um abzuwarten, wer es ist. Sabine nimmt den Hörer.

»Hallo«, sagt sie, und Lukas sieht, wie sie erst blass und dann rot wird, und er weiß sofort, wer es ist. Er geht aus der Küche, nein, er will nichts hören, aber natürlich hört er ihre scharfen Worte trotzdem.

»Nein, kannst du nicht.«

Was kann er nicht? Etwa mit ihm sprechen? Ein Glück, dass er nicht selbst ans Telefon gegangen ist. Was hätte er sagen sollen? Er will gar nicht darüber nachdenken.

»Er aber nicht mit dir! Was denkst du dir eigentlich? Lässt den Jungen einfach stehen ...«

Lukas hat genug gehört, er nimmt seinen Rucksack und lässt das Schulbrot in der Küche liegen. Es ist noch nicht mal ein Versehen. Er will möglichst schnell weg, doch bevor die Wohnungstür hinter ihm zuknallt, hört er, wie seine Mutter laut wird.

»Hau doch einfach wieder ab! Das kannst du doch sowieso am besten. Und lass den Jungen in Ruhe! Ein für alle Mal.«

Der Knall der Wohnungstür ist wohltuend, mit dem Knall fällt er aus der Wohnung und in seinen Tag. Er übertönt die aufgebrachte Stimme seiner Mutter, und auch das tut gut.

Pauline wartet schon auf ihn, und er spürt, wie alles sofort leichter wird. Einen Moment lang kann er sie ungestört beobachten, weil sie ihn noch nicht gesehen hat, in ihren bunten Klamotten, die nie richtig zusammenpassen, aber genau dadurch ein komplettes Bild ergeben, mit ihren auf die Schnelle hochgesteckten Haaren, die ein Eigenleben zu haben scheinen, mit ihren bunten Ketten, ihrer viel zu schweren, ausgebeulten Tasche, in der sie immer alle Schulbücher mitschleppt, die sie eventuell brauchen könnte, weil sie nichts mehr hasst, als bei jemandem mit ins Buch schauen zu müssen, der ein anderes Lesetempo hat als sie. Jetzt hat sie ihn entdeckt und läuft auf ihn zu, schnell, mit offenen Armen, fragendem Blick. Als sie sich umarmen, denkt Lukas einen Moment lang gar nichts, außer so etwas wie »gut«. Er weiß, was jetzt kommt. Bevor Pauline fragen kann, erzählt er kurz, was passiert ist. In der heruntergespielten Version.

»Aber warum?« Pauline schaut ihn fragend an. Lukas blickt nach oben in die Wolken und runzelt die Stirn.

»Keine Ahnung. Der biologische Vater hatte keinen Bock auf seinen biologischen Sohn. Ist ja nicht das erste Mal.«

Stumm gehen sie eine Weile nebeneinander her. Pauline drückt seine Hand.

Lukas zuckt die Achseln, tut so, als wäre es ihm egal.

»Sieh's positiv.« Paulines Hand liegt warm in seiner. »Bei dir stressen wenigstens nicht alle beide.«

»Meine Mutter stresst locker für zwei.«

»Deine Mutter mag mich nicht besonders, oder?«

»Wenn sie nicht so eifersüchtig wäre, würde sie dich bestimmt mögen.«

»Sie wird sich dran gewöhnen müssen, dass du bald ausziehst. He. Du ziehst doch bald aus? Luki! Guck nicht so düster. Alles wird anders, wenn wir erst mal hier weg sind.«

Es war einmal.

Es war einmal fast wie im Märchen.

Zumindest begann es wie ein Märchen. Doch dann wurde alles ganz anders. Der Schlusssatz fehlt nämlich. »Und sie lebten glücklich bis an ihr Lebensende.« Dieser Satz fehlt.

An dem Tag, als die Tür hinter Peter zum letzten Mal mit einem lauten Knall ins Schloss fällt, beginnt ein Riss durch Sabine zu wandern. Unmerklich und zunächst ganz fein, nur haaresbreit, zieht er sich durch Sabines Wohnung, durch den Schuhschrank im Flur, durch die Küche, durch die Dielen im Wohnzimmer, durch das Sofa, durch ihr Bett, ihren Alltag, ihr Denken, ihr Herz.

Der Riss wird größer, ihre Welt wird brüchiger, jeden Moment kann sie einstürzen. Ihre Schritte werden unsicher. Und ihre Gedanken auch. Mit unsicheren Gedanken im Kopf lebt es sich wackeliger. Alles teilt sich in ein Davor und ein Danach. Sie ist nicht mehr heile. Immer weiter klafft der Riss auseinander, und Sabine glaubt, dass es sie zerreißen wird, es zerrt und zieht in ihr und es tut so weh, wie soll sie das bloß aushalten? Sie wird zerspringen. Ihr Innerstes, ihr Äußerstes, alles wird zerspringen.

Tagsüber versucht sie, sich in Fassung einzuwickeln, ganz fest, so fest, dass sie kaum Luft bekommt, damit sie den Tag übersteht, damit sie nicht auseinanderfällt, damit Lukas eine Mutter hat. Aber wenn es dunkel wird und wenn Lukas schläft, dann wickelt sie die Fassung ab wie einen Verband, und dann, roh und weh, verliert sie sich, und aus dem immer weiter auseinanderklaffenden Riss sprudeln ihre Tränen, Nacht für Nacht, die bittersten Tränen ihres Lebens. Sie überfluten alles wie schwarze Perlen, und bald sind sie überall. Jede Tasse, jede Schublade, jeder Winkel, alles in ihrer Wohnung füllt sich mit dunkelglänzender Trauer, und wenn sie ihren Sohn sieht, der stumm mit großen Augen zuschaut, wie ihr Leben sich verwandelt, wird ihr ganz bang.

Sabine sieht, dass auch Peter weint, wenn er geht, nachdem er Lukas besucht hat, aber seine verdammten Tränen sind hell und bunt. Das sind doch überhaupt keine Tränen. Was weiß der denn schon von Trauer? Das sind bunte Murmeln, die Lukas begeistert aufsammelt, um damit zu spielen und sich die Wartezeit zu verkürzen, bis sein Vater wiederkommt. Das ist nicht zu ertragen. Weder Peters leuchtende Augen noch Peters Tränen, noch Lukas' Freude, noch Lukas' Abschiedsschmerz.

Peter liebt sie nicht mehr.

Sie liebt Peter noch immer.

Sie kann nicht verstehen, wie man mit Liebe aufhören kann. Wenn sie es könnte, würde sie es tun. Sofort! Ihr tut alles weh, das Herz, der Bauch, die Hände, die Füße, die Haut, sogar die Haare tun ihr weh, obwohl jeder sagt, Haare hätten kein Gefühl.

Das alles war einmal.

Es ist lange her.

Und dennoch ist es nicht vorbei.

Peter sitzt noch immer im Bademantel in seinem Arbeitszimmer und starrt das Telefon an, aus dem gerade noch Sabines aufgebrachte Stimme schäumte. Lange hat er das nicht gehört. Lange. Doch das Gefühl ist sofort wieder da. Das Gefühl von damals, als ihre Wut ihn ständig traf, täglich, wöchentlich, er konnte kaum atmen, ohne damit erneut einen wutentbrannten Anruf auszulösen. Schuldig, wenn er anrief, schuldig, wenn er nicht anrief. Schuldig, wenn er kam, um Lukas abzuholen, schuldig, wenn er sich von Sabines Ausreden abweisen ließ und ihn nicht abholte. Jetzt ist die drückende Last wieder da. *Durch meine Schuld, durch meine Schuld, durch meine große Schuld.* Das Grundgefühl seines Lebens, vor dem er flieht, seit er denken kann. Mutters Lieblingsschale zerdeppert. Den Fußball ins Blumenbeet gedonnert. Vater durch schlechte Noten enttäuscht. Mutter durch schlechtes Benehmen enttäuscht. Nicht gehorcht. Gehorsam. Sich fügen. Nie gelernt. Falsche Freunde. Falsche Ausbildung. Alle haben Kummer, an dem er schuld ist, weil er alles falsch macht. Er kann nicht fassen, dass er jetzt hier in seinem Arbeitszimmer sitzt und sich durch die aufgeregte Stimme seiner Exfrau, die er vor über vierzehn Jahren nach dreieinhalb Jahren Ehe verlassen hat, das alte Schuldgefühl wieder auf ihn herabsenkt. Alles ist genauso schwer wie immer. Und alles in ihm sträubt sich. Abwehr. Igel rollen sich zusammen und richten die Stacheln auf, wenn sie bedroht werden, Schnecken ziehen sich in ihr Haus zurück, Tintenfische verdunkeln das Wasser mit ihrer Tinte, um sich unsichtbar zu machen. Jedes Lebewesen auf diesem Planeten schützt sich instinktiv, wenn es angegriffen wird. Nur er hält bereitwillig sein Ohr hin, um sich beschimpfen zu lassen. Weil er schuld ist. Verdammt. Es hört nie auf.

Peter steht auf, um sich in der Küche noch eine Tasse Kaffee zu machen. Während sich die Espressomaschine aufheizt, räumt er Hannas Tasse in die Spülmaschine. Am Rand ihrer Tasse klebt noch etwas eingetrockneter Milchschaum. Er sieht Hanna vor sich, wie sie mit angezogenen Beinen auf dem Küchenstuhl sitzt und aus der Tasse trinkt, als sie die Tasse absetzt, hat sie einen kleinen, weißen Milchbart über der Oberlippe. Sie ist nach Hause gefahren, um sich noch schnell umzuziehen, bevor sie die Besprechung für das neue Stück haben. Peter schaut auf die Uhr. Er hat noch etwas Zeit. Mit dem frisch gebrühten Espresso geht er zurück ins Arbeitszimmer, wo er zielsicher nach einer Kiste greift, die mitten in einem Stapel anderer Kisten und Bücher steht. Sein Zimmer ist voll von Dingen, die er aufbewahrt, Materialien, die er für seine Bühnenbildmodelle braucht. Die zwei Meter lange Pinnwand über der zwei Meter langen Arbeitsplatte hängt voller Bilder, Zeitungsschnipsel, Notizen, Skizzen, Fotos. Hanna hat schmunzelnd den Kopf geschüttelt, als sie sein Arbeitszimmer zum ersten Mal sah. Er bezeichnete das als seine kreative Ordnung.

»Schicker Name für so ein Chaos.« Sie hat gelächelt. »Merk ich mir. Bei mir sieht's nämlich nicht anders aus. Sind nur mehr Stoffproben dazwischen.«

Schon bei Hannas erster Produktion am Theater hatten sie

gemerkt, wie gut sie zusammenarbeiten konnten. Sie haben eine ähnliche Art, Ideen zu entwickeln. Er hätte sie am liebsten schon nach den ersten zehn Minuten ihres Kennenlernens einfach geküsst. Aber sie hatte einen Jahresvertrag, da schien es ihm ratsam, sich ein wenig zurückzuhalten. Irgendwann war es dann Hanna, die sich nicht zurückhalten wollte. Er hatte ihr gleich warnend ins Ohr geflüstert, dass er nicht unbedingt der Typ Mann fürs Leben sei, und sie hatte zurückgeflüstert, das sei gut, denn den würde sie auch nicht suchen. Das hatten zwar schon einige gesagt und ihn dann doch genau zu dem auserkoren, was er nie wieder sein wollte. Doch Hanna hatte etwas Eigenständiges, etwas Freies, etwas Bestimmtes, das in ihm so viel Neugier weckte, dass er es wagen wollte, sie beim Wort zu nehmen.

Er öffnet die Kiste und kramt darin. Alte Fotos, Vergangenheit, die er in eine Kiste gepackt hat, um ihr nicht ständig zu begegnen. Er weiß schon, was er falsch gemacht hat. Aber es ist lange nicht so viel, wie ihm die anderen aufbürden wollen. Er sucht nach einem ganz bestimmten Foto, und als er es gefunden hat, betrachtet er es lange.

Ein kleiner Junge mit blonden Locken, der in die Kamera lacht. Er pinnt das Bild an die Pinnwand. Lukas, wie er auf ihn zuläuft. Große Kulleraugen, blonde Locken, ein lachender Mund, nein, nicht nur der Mund, alles lacht in diesem kleinen Gesicht. Alles fliegt in seine Arme. Er weiß noch genau, wie es sich anfühlte, wenn er ihn im Arm hatte und diese kleine Stirn sich an seinen Kopf lehnte. Als er Sabine verlassen hat, glaubte er noch, alles, was mit Lukas zu tun hatte, ließe sich regeln. Er glaubte, sie könnten vernünftig miteinander reden. Vernunft und Reden und Können. War alles nicht vorgekommen. Stattdessen emotionsgeladenes Schweigen, emotionsgeladenes Schreien, Unvernunft und Unvermögen. Auf der ganzen Linie.

Wenn Peter Lukas nach den Papa-Wochenenden wieder zurück zu Sabine brachte und Lukas weinte, dann war es immer seine Schuld. Was hast du denn wieder gemacht mit dem Jungen? Warum regt er sich denn jetzt so auf? Ach, der Herr kommt und besucht seinen Sohn, wunderbar, und dann geht er wieder und ich kann alles ausbügeln, das dauert Tage, bis er wieder normal ist. Tage! Das halte ich nicht aus. Das halte ich nicht aus!

Das hielten sie alle nicht aus.

Peter fühlt sich so hohl und schwach, als er aufsteht, dass er sich noch einmal hinsetzen und einen Moment innehalten muss. Er ist verdammt müde in letzter Zeit. Vielleicht sollte er sich mal ein paar Vitamine holen. Keine gute Phase im Moment. An Schuld trägt man schwer, denkt er und beschließt, nie mehr bei Sabine anzurufen.

Er erinnert sich an die Stille, die in ihrer gemeinsamen Wohnung herrschte, bevor er vor ihr flüchtete und damit das Schreien freisetzte. Doch das Schweigen war noch schlimmer gewesen. Dieser stumme, vorwurfsvolle Blick hatte mehr Macht als jeder der späteren Schreie. Was hatte er alles versucht, um sie zum Sprechen zu bringen und das Schweigen zu brechen. Erst Fragen. Was ist denn? Was gefällt dir denn nicht? Geht es dir nicht gut? Was kann ich für dich tun? Dann Bitten. Kann ich nicht irgendetwas tun? Sag mir doch, was ich tun kann. Ihre großen Kulleraugen füllten sich mit Tränen, aber ihr Mund blieb verschlossen und stumm, und er fühlte sich schuldig und schlecht. Keine Erlösung. Keine Fragen. Keine Antworten. Anzusprechen, was er gerne geändert hätte, kam zerstörerischer Kritik gleich.

Warum gehen wir nie mehr irgendwohin?

Ach, genüge ich dir nicht mehr? Bin ich dir langweilig?

Warum lachen wir nicht mehr zusammen?

Man kann doch nicht immer nur Spaß haben!

Warum mache ich alles falsch? Was ist so schlimm daran, dass Lukas sein Essen lauwarm bekommt statt mittelwarm? Warum muss er stundenlang ins Bett gebracht werden, er ist doch noch gar nicht müde?

Bin ich jetzt hier die Tyrannin, weil es wichtig ist, dass Kinder einen Rhythmus haben?

Beleidigte Blicke, verletzte Blicke, vorwurfsvolle Blicke, Augen, die sich mit Tränen füllten. Und Schweigen. Schweigen, das sich wie eine dumpfe, schwere Decke über sie legte, die alles dämpfte und an der man am besten nicht rührte. Er spürte die Schwere schon, wenn er die Treppe zu ihrer gemeinsamen Wohnung hinaufging. Das Schweigen war das Schlimmste. Das Schweigen, das seine Mutter in seiner Kindheit auch so perfekt beherrscht hatte. Das ihn zum kleinen Jungen werden ließ, der verzweifelt versuchte, alles wiedergutzumachen. Manipulierendes Schweigen, machtvolles Schweigen. Schweigen, das den Angeschwiegenen bannte. Bevor er nicht alle verschiedenen Facetten des Schweigens erkannt und den Gemütszustand dahinter erraten hatte, damit er das Richtige tun konnte, ließ sich das Schweigen nicht beenden.Wie ein Zauberlehrling musste er erst den richtigen Spruch finden, damit der Bann gebrochen werden konnte.

Peter war schon immer dafür, zu reden, zu diskutieren, sich auseinanderzusetzen. Sabine hatte es so wenig gelernt wie seine Eltern. Sie sahen alle etwas Schreckliches darin.

Lass uns nicht streiten.

Doch, wollte er rufen, doch! Lasst uns streiten, lasst uns diskutieren! Nein. Das war fürchterlich für Sabine. Auseinandersetzungen machten ihr Angst.

Die Schreie, die nach ihrer Trennung auf ihn einschossen, waren letztlich genauso sprachlos wie ihr Schweigen. Aber sie bannten ihn nicht mehr. Im Gegenteil. Sie ermöglichten ihm die Flucht.

Er steht noch einmal auf, langsamer dieses Mal, schüttelt den Kopf über sich, denkt, wie ein alter Mann, noch nicht mal fünfzig und wie ein alter Mann, und geht in die Küche, um noch etwas zu frühstücken, bevor er zum Theater fährt. Er hat nicht viel da. Vorräte verursachen ihm Unbehagen. Dann hat er das Gefühl, essen zu müssen, was da ist, auch wenn er gar keine Lust darauf hat. Sein Kühlschrank ist meist eher leer, er kauft nach dem Lustprinzip ein. Oft geht er gar nicht einkaufen, holt sich nur ein Brötchen in der Kantine, geht abends zu Francesco. Im Notfall fährt er zur Tankstelle, wenn die Probe zu lange gedauert hat und es nichts anderes mehr gibt. Was er jedoch immer im Haus hat, sind Haferflocken. Köllnflocken blütenzart, die in der hellblauen Tüte. Und Kakao und Milch. Manche Dinge ändern sich nie. Eigentlich hat Peter mehr Angst vor Stillstand als vor Veränderung, doch es gefällt ihm, dass sich diese hellblaue Tüte mit den blütenzarten Haferflocken seit seiner Kindheit und seit Lukas' Kindheit kaum verändert hat. Und es müssen die blütenzarten Haferflocken sein, nicht die Echten Kernigen.

Die hat er immer mit Lukas gefrühstückt, als er noch mit ihm zusammenlebte. Während Sabine vormittags arbeitete, war er wegen seiner Arbeit am Theater zu Hause. Er war der Morgenpapa. Erst wurde ausgiebig im Bett gekuschelt, wobei Peter immer mal wieder einnickte, und dann wurde ausgiebig gefrühstückt. Dazu gehörte das »Haferflockenritual«. Es war bestimmt das einzige Ritual in seinem Leben, das er freiwillig eingeführt und durchgehalten hat. Ansonsten hält er es mit Ritualen wie mit dem Kühlschrankinhalt: Lustprinzip. Nur dieses Rituals war er nie müde geworden. Zuerst die Haferflocken. Er hält die hellblaue Packung hoch und lässt die

Flocken in eine Schüssel rieseln. Dann die Milch. Es gehört dazu, vorher einen Schluck aus der Tüte zu trinken. Dann ein großer Schwung Milch aus der Tüte in die Schüssel, bis man die Haferflocken nicht mehr sieht. Darauf kommt dann so viel Kakao, dass er sich nicht mehr auflösen kann und eine Insel bildet, so dass es staubt, wenn man den Löffel hineintunkt. Das ist wichtig. Kakao, bis es staubt. Mütter dürfen dabei besser nicht zusehen. Bei Müttern hätte diese Portion Kakao für drei Wochen gereicht. Mindestens.

Peter hat fast drei Jahre lang täglich mit Lukas gefrühstückt, dann hat er eine Zeitlang sehr selten mit ihm gefrühstückt, dann hat er plötzlich nie mehr mit ihm gefrühstückt.

Sabine ist aufgewühlt. Mein Gott, denkt sie, man sollte meinen, dass sie nach fünfzehn Jahren mal abgeklärter ist, wenn es um Peter geht. Wenn es um Peter und Lukas geht. Ist sie aber nicht. Keinen Deut. Nachdem sie das Telefon aufgelegt hat, schlägt ihr Herz schnell, sie zittert innerlich, und als sie einen Schluck aus ihrer Teetasse trinken will, zittern auch ihre Hände. Ihr ganzer Körper ist in Aufruhr, und sie ärgert sich maßlos darüber. Das darf ja wohl alles nicht wahr sein. Sie ist so wütend, sie weiß kaum, wohin mit dieser Wut, die sie so gut kennt, und beginnt, ihre ganze Wut im Haushalt abzureagieren. Auch das kennt sie. Sie fühlt sich um Jahre zurückgeworfen. Und alles nur, weil Peter angerufen hat. Weil Peter ein Idiot ist, weil er Lukas nicht guttut und sie immer noch, nach all den Jahren immer noch, genauso auf Lukas aufpassen muss wie früher. Sie räumt die Küche auf, knallt das Geschirr in die Spülmaschine, leert die Krümel aus dem Brotkasten und beginnt, die Deckel der Vorratsgläser sauberzumachen. Als sie anfängt, auch noch den Kühlschrank auszuwischen, schüttelt sie den Kopf, streckt den Rücken durch und wirft den Putzlappen in die Spüle. Wenn sie derartig aufgewühlt ist, muss sie etwas tun, in Bewegung bleiben, sich abreagieren, sich abarbeiten, laufen gehen, bis ihre Beine versagen. Ist es denn schon wieder so weit? Nach einem einzigen Anruf?

Nachdem Peter weggegangen war, blitzte ihre Wohnung stets vor Sauberkeit. All die aufgewühlten Nächte, in denen sie heulend den Küchenschrank ausgewischt, die Armaturen im Bad poliert und gebügelt hat, bis sie vor Müdigkeit das Eisen nicht mehr halten konnte. Manchmal hat sie sogar ihre Socken gebügelt, nur um noch länger damit beschäftigt zu sein, alles, was nicht glatt war, zu glätten. Ihre Freundinnen, sogar ihre beiden Schwestern, haben oft bewundernd den Kopf geschüttelt. Wie du das schaffst! Alleinerziehend, mit einem kleinen Kind, und du gehst auch noch arbeiten! Wenn es bei mir nur mal so aussehen könnte.

Nur ihre Freundin Nette wusste, dass Sabine sich von Herzen wünschte, sie könnte wie alle anderen abends einfach müde ins Bett fallen. Aber sie konnte es nicht. Nachts war die Verzweiflung besonders schwarz, ließ sie nicht zur Ruhe kommen und erst recht nicht schlafen. Weil Lukas noch so klein war, konnte sie nicht einfach die Wohnung verlassen, laufen gehen und ihn alleine zurücklassen. Deshalb arbeitete sie sich in der Wohnung ab. Nie hätte sie gedacht, dass Wäschestapel und der Geschirrschrank sie vor der Verzweiflung retten würden.

Ihre Gedanken zogen stets die gleichen Schleifen: Warum hat er das getan, es war doch alles gut? Ich bin ihm nicht gut genug. Ich bin ein Fehler. Ich bin ihm nichts wert. Jetzt ist alles vorbei. Ich werde nie wieder einen Mann haben. Nie wieder werde ich glücklich sein. Nie. Alle anderen, aber ich nicht. Es ist nicht fair, es ist verdammt noch mal nicht fair. Er hat den Spaß, und ich habe die Last. Er geht aus und lacht, und ich bin an die Wohnung gefesselt und heule. Ich könnte ihn in Stücke reißen.

Nach dem Selbstmitleid kam die Wut. Das Bügeleisen

zischte und alle Flächen wurden poliert. In Sabines Phantasie starb Peter tausend Tode. Brutale Tode, für die sie sich morgens schämte, die sie jedoch auf eine seltsame Art erlösten.

Wenn Lukas schlief und sie mit sich alleine war, war es am schlimmsten. Solange er wach war und ihre Aufmerksamkeit forderte, lenkte er sie ab und sie funktionierte. Alles war gut. Lukas war ihr Glück. Peter war einmal ihr Glück gewesen, aber Lukas war es noch immer. Wenn er ihr seine kleinen Geschichten erzählte, wenn er sich an sie kuschelte, wenn er über etwas lachte, dann konnte sie für einen Moment vergessen. Doch es reichte schon, wenn er in einem Spiel versunken war, sich ganz auf ein Puzzle konzentrierte und ihre Anwesenheit von einem Moment auf den anderen vergaß. Dann stürzte das Unglück in diesen Moment, und sofort flossen die Tränen. Wenn er aufschaute und sie weinen sah, wandte er sich sofort wieder seinem Spiel zu und tat so, als wäre nichts. In Sekundenschnelle stieg der Pegel ihrer Verzweiflung hoch und höher, und die Tränen überfluteten sie. Schleusentore weit geöffnet. Je mehr sie weinte, umso mehr verschloss sich Lukas, umso mehr musste sie weinen. Und alles wegen Peter.

Und jetzt holt sie alles wieder ein, als wäre seit damals kein Tag vergangen. Lukas fährt nach Frankfurt und kommt stumm zurück. Verschwindet in seinem Zimmer. Verlässt stumm das Haus. Peter ist schuld. Und dann wagt er es auch noch anzurufen, um mit Lukas zu reden. Als ob nicht alles schon schlimm genug wäre. Er soll Lukas jetzt verdammt noch mal in Ruhe lassen. Lass uns in Ruhe, denkt Sabine, und die Tränen schießen ihr in die Augen. Lass uns verdammt noch mal in Ruhe. Jetzt haben sie ihr Leben doch endlich eingerichtet, nach diesen Jahren voller Aufregung, Schmerz und

Tränen, haben endlich ein Leben in geordneten Bahnen. Sie haben ihren Alltag und ihre Routinen, sie haben ihre Witze und ihre Auseinandersetzungen und auch ihre Art, sie zu lösen. Sie haben ihre kleinen Marotten und ihre Wege, mit den Marotten des anderen umzugehen. Und wenn sie streiten, dann geht es um Kleinigkeiten, dann geht es um Zahnpastatuben und unausgepackte Sporttaschen und die Übungszeiten am Klavier und ihren Ordnungsfimmel. Es geht nicht um Verletzungen und Enttäuschungen. Es erschüttert sie nicht, es geht um Alltag.

Sabine hatte noch nie Angst vor dem Alltag. Im Gegenteil, sie hat immer von Alltag geträumt. Ein Familienleben in einem kleinen Haus mit einem Garten, in dem sie ein Kräuterbeet hat und ein paar Blumen, die dazwischen blühen, ein Sandkasten, in dem zwei Kinder spielen. Ein Garten, in dem sie abends mit ihrem Mann ein Glas Wein trinkt und ihm von ihrem Tag erzählt. Was die Kinder angestellt haben. Was in der Praxis los war. Ihm zuhört, wenn er von seinem Tag erzählt. Mit ihm den nächsten Urlaub plant. Vielleicht überlegt, ob man das Schlafzimmer mal neu streicht, überlegt, welche die richtige Schule für die Kinder ist. Zusammen alt werden. Die Kinder groß werden sehen. Den Enkeln beim Spielen zuschauen. Das war alles, was sie wollte. Es war anscheinend zu viel. Sie hat es nicht bekommen.

Als Peter weg war, wurde ihr Leben zu einer schmerzlich abgespeckten Version dieses Traumes, ohne Hoffnung auf Veränderung. Aus dem einen Kind würden keine zwei mehr werden, aus der Mietwohnung würde bei ihrem Gehalt als Ergotherapeutin niemals ein Haus werden. Ihr Traumgarten schrumpfte zum Balkon, auf dem sie abends, wenn Lukas im Bett war, die Kräuter aus den Balkonkästen zwischen den Fingern zerrieb, daran roch und sich vorstellte, wie alles hätte sein können, wenn Peter nicht gegangen wäre. Wie schön es hätte sein können. Sie hätte ihr gemeinsames Leben so schön gestaltet. Wenn er doch nur geblieben wäre.

Peters Stimme am Telefon hat sie bis ins Mark erschüttert. Während der letzten acht, neun Jahre, in denen sie überhaupt keinen Kontakt hatten, hat sie ihn hinter einer schweren Tür mit einem noch schwereren Schloss weggeschlossen. Doch es reicht schon, seine Stimme am Telefon zu hören, und das Schloss bricht auf, als wäre es aus Kuchen, und die Tür reißt ein, als wäre sie aus Papier. Die Wut und die Enttäuschung sind wieder da. So vehement und bitter wie eh und je.

Sie schaut auf die Uhr. Langsam muss sie sich fertig machen, um in die Praxis zu gehen. Um elf hat sie ihren ersten Termin. Sie hofft, dass die Arbeit sie ablenken wird. Am liebsten würde sie diesen Morgen vergessen und so tun, als wäre nichts gewesen. Als hätten ihre ehemaligen Schwiegereltern Lukas nicht eingeladen, als wäre Lukas nicht hingefahren, hätte Peter nicht gesehen und vor allem, als hätte Peter nicht angerufen. Das wäre am besten. Am allerbesten. Jetzt hat sie sich abgearbeitet und ausgetobt, und jetzt ist es an der Zeit, die Tür wieder zu verschließen. Gut zu verschließen. Und dafür zu sorgen, dass so etwas nicht noch mal vorkommt.

Auf dem Weg zur Praxis, die sie sich zusammen mit ihrer Freundin Nette aufgebaut hat, kommt sie an Paulines Haus vorbei. Es fällt ihr schwer, sich daran zu gewöhnen, dass jetzt ein Mädchen dazugehört. Klar ist es normal, dass Lukas eine Freundin hat, und Pauline ist ein nettes Mädchen, Sabine kann gar nicht sagen, dass sie irgendetwas an Pauline stören würde. Aber wenn sie da ist, ist es anders in der Wohnung. Dann fühlt sie sich in ihrem eigenen Zuhause plötzlich wie das fünfte Rad am Wagen.

Mama, wir wollen uns Spaghetti machen, willst du auch welche? Nein. Nein, sie will keine Spaghetti, sie hat schon

Kräuterquark gemacht, der steht im Kühlschrank. Nur die Pellkartoffeln müsste sie noch aufsetzen. Aber Pauline hat so Lust auf Nudeln. Pauline hin, Pauline her. Okay, es ist lieb von Lukas, dass er auf sie achtet, dass er dafür sorgt, dass sie sich wohl fühlt und essen kann, wozu sie Lust hat. Aber es ist nicht schön, dass er sich Sabine gegenüber immer ein bisschen anders verhält, wenn Pauline dabei ist. Distanzierter. Sie fühlt sich einsam, wenn Pauline bei ihnen ist, und fremd in ihrem eigenen Zuhause. Als sie versucht hat, mit Lukas darüber zu reden, hat er sie mit großen Augen angeschaut und vorgeschlagen, dass die beiden dann eben öfter zu Pauline gehen, wenn es sie so stört. Als ob ihr das lieber wäre! Sie ist hin und her gerissen: Natürlich findet sie es gut, dass Lukas so zu seiner Freundin steht. Dass er nicht so ist wie sein Vater. Aber wer steht zu ihr? Sie schluckt und findet sich selbst erbärmlich. Ist sie wirklich eifersüchtig auf die Freundin ihres Sohnes? Wie so eine missgünstige Kröte, die der Jugend ihr Glück nicht gönnt? Sie gönnt es ihnen doch! Sie gönnt es ihnen von Herzen. Aber es geht alles viel zu schnell. Natürlich wusste sie, dass Lukas irgendwann weggehen würde, eine Freundin haben würde, dass sie irgendwann allein sein würde im leeren Nest. Aber es kommt so plötzlich. Es wäre schön gewesen, wenn es noch etwas gedauert hätte, bis es so weit ist.

Als der Brief mit der Einladung seiner Großeltern kam, hat sie Lukas natürlich davon abgeraten hinzufahren, und nun gibt der Ausgang der Reise ihr ja auch recht. Hätte sie lieber unrecht gehabt? Was hat sie gefühlt, als ihr Sohn plötzlich in der Tür stand und sagte: »Du hattest recht. Du hattest recht, er ist ein Arsch.« Sie hätte ihm diese Erfahrung gerne erspart, so wie man seinem Kind alles ersparen will, was ihm wehtut.

Und doch war da diese kleine Genugtuung. Sie hat gewusst, dass es schiefgeht. Es ist immer schiefgegangen.

Es hat sie verdammt viel Kraft gekostet, alles wieder in Ordnung zu bringen, was Peter angerichtet hat. Es kostete sie immer mehr Kraft, als sie hatte. Schließlich trauerte sie selbst genauso wie Lukas, und die ganze Situation war eine Zumutung für ein Kind, das das alles nicht verstand. Sie wollte Lukas den Schmerz ersparen. Vielleicht, weil sie ihren eigenen kaum ertrug. Aber sie weiß, dass es richtig war, ihrem kleinen Sohn den Schmerz zu ersparen, damit die Wunde endlich heilen konnte, die sonst alle zwei Wochen von neuem wieder aufriss. Sie wollte ihn doch beschützen.

Als Sabine in die Praxis kommt, hört sie Nette in der Küche hantieren. »Ich habe uns Glückstee gemacht!«, ruft sie. Wie passend, denkt Sabine, sagt aber nichts dazu. Sie will jetzt nicht reden. Nette kommt mit zwei Tassen zum »Empfang«, und Sabine lächelt sie an, während sie die Tasse nimmt. Ihr Empfang ist ein runder Tisch in einer großen Diele, auf dem Blumen stehen und ein paar Zeitschriften liegen. Den Bürokram erledigen sie an einem Schreibtisch an der Wand. Die Diele ist zugleich Wartezimmer, Aufenthaltsraum, Besprechungsraum und Büro. Sie hatten Angst, sich mit der Miete zu übernehmen, und haben deshalb kleinere Praxisräume gewählt. Bei dem finanziellen Risiko einer eigenen Praxis und den ständigen Einsparungen im Gesundheitssystem, die jeden treffen können, wollten sie lieber vorsichtig sein.

Was damals aus Vorsicht entstand, schätzen sie beide inzwischen sehr. Viele Patienten haben das Gefühl, einfach zu ihnen zu Besuch zu kommen, wenn sie die Diele betreten, was für den Therapieprozess sogar nützlich ist. Nette und Sabine haben das Gefühl, dass ihre Praxis ein Ort ist, wo gelebt wird und wo man sich wohl fühlen kann.

Sie gehen die Patienten des Tages durch, und Sabine ist

dankbar, dass es etwas gibt, worauf sie sich konzentrieren kann. Die Probleme anderer Menschen lenken immer ganz hervorragend von ihren eigenen Problemen ab.

Sabines erster Termin an diesem Morgen ist eine neue Patientin, Frau Winter, 49, Schlaganfall. Zum Glück ein leichter.

»In dem Alter, puh, ist dir auch schon aufgefallen, dass wir früher nur Schlaganfallpatienten hatten, die bedeutend älter waren als wir? Sehr bedeutend viel älter?« Sabine sieht Nette fragend an. Nette nickt und schaut auf die Krankenpapiere, die Sabine gerade studiert. »Die ist kaum älter als wir. Ich muss mal wieder zum Arzt, glaube ich.«

»Ausgerechnet rechts, und das bei einer Rechtshänderin. Aber sie hat in der Reha schon gute Fortschritte gemacht.«

»Wie viele Einheiten haben wir?«

»Vierzig. Frau Winter wird uns eine Weile begleiten.«

»Wie geht es Ihnen?«, fragt Sabine ihre neue Patientin. Frau Winter lächelt das für einen Schlaganfall typische schiefe Lächeln, das irgendwie einen halbierten Eindruck macht. Sie stößt die Luft aus. »Wenn ich dran denke, dass ich auf diese Frage früher oft gesagt habe, ›na ja, bescheiden‹ oder ›ging schon mal besser‹, und etwas völlig anderes damit gemeint habe ... Mir fehlt die Antwort auf diese Frage. Ich meine, soll ich sagen, ›super‹, weil ich immerhin sprechen kann? Und noch laufen kann, wenn auch wackelig? Oder sage ich, ›schlecht‹, weil ich mich nicht alleine anziehen kann und es nicht schaffe, mir morgens Kaffee zu kochen? Suchen Sie sich aus, was Ihnen am besten gefällt.«

Sabine nickt verständnisvoll und gibt sich Mühe, Frau Winter zu vermitteln, wie zuversichtlich sie ihren Genesungsprozess einschätzt. »Sie werden hier so viel lernen, dass Sie schon sehr bald Veränderungen bemerken, und vielleicht antworten Sie dann demnächst: Gut. Und meinen es auch wirklich so. Das wäre ein erstes Ziel, oder?«

Als Frau Winter seufzend nickt, lächelt Sabine sie an. »Was wir heute machen, ist Folgendes. Sie sagen mir, was Ihnen am wichtigsten ist, was Sie unbedingt wieder alleine können wollen. Diese Liste werden wir nach und nach erweitern und zusammen abarbeiten. Ganz nach Ihrem Wunsch und Bedarf. Fällt Ihnen schon etwas ein, was Ihnen sehr wichtig ist?«

»Mich alleine duschen und anziehen, eine Frisur haben!« Sie deutet mit der linken Hand auf ihren Kopf, wo die Farbe herausgewachsen ist und sich ein grauer Ansatz zeigt. »Mich schminken. Mich nicht so dauerpatientenmäßig fühlen. Ich will mir Frühstück machen können und wieder selbst kochen und essen gehen, ohne dass mir jemand alles klein schneidet und das halbe Restaurant glotzt. Aber wie soll das gehen?«

Sabine hat alles mitgeschrieben und schaut jetzt auf.

»In Ihrem Fall bin ich da sehr optimistisch. Ich weiß, dass der Schlaganfall für Sie ein großes Unglück ist, aber ich muss diesen blöden Satz sagen: Sie hatten Glück. Sie werden all das wieder können.«

»Wie denn?« Frau Winter schaut Sabine verzweifelt an. »Wie soll ich denn einen gelähmten Arm wieder dazu bringen, das zu tun, was ich will?«

»Das üben wir hier. Indem Sie handeln, werden Sie Ihr Leben verändern.«

»Mein Arm handelt nicht. Auch wenn ich es ihm noch so oft sage.«

»Es gibt eine Sprache, die er besser versteht. Diese Sprache beherrsche ich. Deshalb sind Sie hier. Zum Beispiel werde ich Ihren Arm jetzt bewegen, und allein dadurch werden sämtliche Muskeln und Nerven Ihres Armes wieder aktiviert. Irgendwann kommt dann der Punkt, an dem Sie ihn selbst bewegen können, weil sich alles neu gebildet hat. Sehen Sie es so: Sie sind jetzt noch mal in der Wachstumsphase. Und Sie können das Wachstum durch Training fördern. Damit Sie wieder genau das Leben führen können, wofür Sie trainieren.«

»Klingt einfach. Aber daran glaube ich nicht.«

»Es klingt einfach, ja. Es ist auch wirklich einfach. Das einzig Schwere daran ist, dass Sie viel Geduld brauchen. Und den Willen. Sie dürfen sich nicht aufgeben. Es liegt alles in Ihrer Hand.«

Tommi, der Regisseur, hat ein neues Stück geschrieben, das er hier inszenieren wird. Peter findet es nicht so prickelnd. Irgendwelche wandernden Seelen, die in der Welt da draußen zwischen Facebook, Dschungelcamps und Flatratesaufen ein Zuhause suchen und es nicht finden. Diese Art von politisch korrekter Pädagogik ist ihm zuwider. Er ist zum Theater gegangen, weil man da provozieren kann. Weil man Parallelwelten erschaffen kann. Peter erfindet gerne Welten, er baut Welten, und am liebsten ist es ihm, wenn sie nicht zu viel mit der da draußen zu tun haben. Warum nachbilden, was alle kennen? Warum die Realität nachahmen, auf die sich sowieso schon alle geeinigt haben?

Tommi hat auf der leeren Probebühne alle um sich versammelt. Er begrüßt seine Leute, erklärt und erklärt und ist von seiner eigenen Idee anscheinend so begeistert, dass er gar nicht merkt, dass er alles schon zum zweiten Mal aufzählt. Peter langweilt sich. Warum hören Regisseure sich nur so gerne selbst reden? Diesen extremen Hang zur Selbstdarstellung kennt er von sich nicht. Er schaut zu, wie Romy, die natürlich schwarzgekleidete, junge Dramaturgin, an Tommis Lippen hängt und alles großartig findet, was er sagt. Erst als Tommi sich direkt an ihn wendet, wacht er auf.

»Und das müsste dir doch gefallen, Peter, wir entschwinden aus dem Alltag in einen Dschungel!«

Peter wechselt einen kurzen Blick mit Hanna, die schnell wegschaut, bevor sich ihre Blicke ineinander verhaken, was der wachsamen Romy nicht entgeht.

»Die Bühne hört irgendwo auf, aber der Raum nicht. Ich will den Raum öffnen, immer weiter, weiter, weiter. Bis ins Jenseits, in den Himmel, weißt du. Nach dieser Szene im Hier und Jetzt will ich hinübersehen, ins große andere.«

Er zeigt nach hinten, in die dunkle Tiefe der Bühne.

Peter lacht auf. »Das große andere! Das große Schwarz, aus dem wir kommen, das große Schwarz, in das wir gehen. Der Rest ist sowieso Erfindung.«

»Aber genau die Erfindung will ich«, erwidert Tommi. »Den Himmel will ich.«

»Rosa Wölkchen am Ende noch? Komm mir jetzt nicht mit rosa Wölkchen!«

»Ist mir egal, wie du den Himmel erfindest. Nur himmlisch muss er sein. Nicht schwarz. Himmlisch.«

»Ich überleg mir was«, sagt Peter und macht sich auf den Weg, um in den Werkstätten vorbeizugehen und an seinem Modell weiterzubasteln. Genug Regisseurgeschwafel für heute. Dieses Gerede macht ihn ungeduldig. Romy macht sich fleißig Notizen in ihrer Klemmmappe. Als Peter an ihr vorbeikommt, beugt er sich zu ihr und raunt: »Kein Schwarz. Hast du das?«

Genervt rollt sie die Augen. Dieser Wichtigtuer, rollen ihre Augen. Er grinst und kann der Versuchung nicht widerstehen, Hanna einen kurzen Blick zuzuwerfen. Sie ist amüsiert, das freut ihn, aber sie schaut ihn gespielt vorwurfsvoll an, und begleitet von diesen Blicken, segelt er in den Malersaal. Einer seiner Lieblingsorte. Hier entsteht viel mehr als eine Kulisse, hier entstehen Welten. Sobald er im Malersaal ist, atmet er durch. Carlo, einen der Maler, amüsiert das köstlich. »Ah, unser Schnüffler holt sich wieder seine Dosis! Abhängig, was?«, zieht er ihn auf, und es stimmt, er ist abhängig. Abhängig vom Malersaal, wo meterhohe Prospekte von der Decke hängen und Maler in fünf Metern Höhe Schatten setzen, wo Bilder wie Teppiche auf dem Boden ausgebreitet liegen und die Maler mit langen Pinseln mitten in ihren Bildern stehen, eine Hand auf dem Rücken, wie Akrobaten vor sich den Pinsel schwingen, um mit ihren Bewegungen zu malen. Licht, Farbe, Halbfertiges. Prozesse. Der Kreißsaal des Theaters.

Carlo ist Peters Lieblingsmaler. Vor fünfunddreißig Jahren hat ihn seine Familie nach Deutschland geschickt, der junge Italiener sollte die Familie seines Onkels in Offenbach besuchen, um in deren Pizzeria etwas Geld zu verdienen und sich zu überlegen, was er werden wollte. Das wusste er dann auch recht bald. Nach zwei Wochen war ihm klar, dass er kein Pizzabäcker werden wollte, nach vier Wochen wusste er, dass er unsterblich in Gundi verliebt war, das Garderobenmädchen vom Theater, die oft nach Vorstellungsschluss als eine der letzten Gäste vorbeikam, um etwas zu essen und ein Glas Wein zu trinken. Nach weiteren zwei Wochen, in denen er ihr täglich eine andere Leckerei kredenzt hatte, die er extra für sie übrig behalten hatte, wusste auch sie, dass er in sie verliebt war. Als sie ihn nach zwei weiteren Wochen mit in eine Aufführung nahm, verliebte er sich auch gleich noch ins Theater und stellte fest, dass es einen Beruf gab, von dessen Existenz er vorher gar nichts gewusst hatte: Theatermaler. Und Carlo ist noch heute verliebt: in Gundi, ins Malen und ins Theater. Vielleicht mag Peter ihn deshalb so gerne.

Peters Liebe zum Theater entstand ebenso plötzlich und hält seitdem ähnlich intensiv und lange an. Als er vierzehn war und von seinen Eltern beschlossen wurde, dass Theater zur Bildung und konzentriertes Stillsitzen zur Erziehung gehören, bekam er zum Saisonbeginn ein Schülerabonnement geschenkt. Erst war er nicht gerade begeistert. Er hatte erst recht keine Lust mehr hinzugehen, als er hörte, dass er dafür auch noch kratzende Stoffhosen und schwarze Lederschuhe anziehen musste. Theater kannte er nur von den Weihnachtsmärchenaufführungen seiner Kindheit und dachte, dass er dazu doch viel zu groß sei. Falsch gedacht.

Er sah den *Kaukasischen Kreidekreis*, *Leonce und Lena*, *Antigone* und *Biedermann und die Brandstifter.* Da war es um ihn geschehen. Das war Revolution. Das war besser als Kino, es war besser als alles, was er bisher kennengelernt hatte. Als er später mit der Schule noch einmal den *Kaukasischen Kreidekreis* sah, war es endgültig um ihn geschehen: Er stellte fest, dass das Stück ganz anders war als beim ersten Mal. Jeder Moment der Aufführung war einzigartig, veränderte sich mit jeder Vorstellung und war unwiederholbar. Peter war elektrisiert. Theater war aufregend, es war lebendig. Von diesem Tag an wollte er unbedingt Dramatiker werden. Er kaufte sich eine Chinakladde, wie sie damals jeder hatte, der von einer schriftstellerischen Karriere träumte, eine schwarze mit roten Ecken und dünnem Papier. Die stets auf seinem Schreibtisch lag, damit er sofort schreiben konnte, wann immer ihn die Muse küsste. Was leider nicht so oft vorkam, wie er es sich gewünscht hätte. Vor allem musste er nach einer Weile feststellen, dass er eigentlich nur wiedergab, was andere, große Dramatiker schon lange vor ihm geschrieben hatten. Und dass die anderen es einfach besser konnten. Es dauerte ein paar Jahre, bis er einsah, dass er kein Mann der Worte war. Dass ihn am meisten faszinierte, was er sah: wie man eine Bühne gestalten konnte, was Licht und Farben bewirkten. Sich in Möglichkeiten zu bewegen, Räume zu erschaffen, Räume zu erweitern. Welten zu erschaffen, wie ein Gott, wie ein spielendes Kind.

Als Junge hat er gerne gebaut. Nicht unbedingt mit dem Technikspielzeug von Märklin, er hat lieber eine kleine Welt an einer alten Baumwurzel angesiedelt. Oder im Garten unter dem Jasminbusch, der stets so voller schwarzer Blattläuse war, dass seine Mutter darauf bestand, dass er sich im Garten auszog, damit er das Zeug nicht ins Haus schleppte. Er konnte stundenlang kleine Steine zu Mauern stapeln, Blockhäuser aus Ästchen in eine Prärie aus Moos setzen, durch die seine Spielzeugpferde galoppierten. Seine Indianercamps mit Zelten aus Blättern und einer Feuerstelle waren für ihn genauso wirklich wie der gedeckte Tisch, an den er zum Abendessen zurück ins Haus musste. Peter kann sich noch deutlich daran erinnern, dass er das Gefühl hatte, seine kleinen, selbstgebauten Welten wären wirklicher als die Wirklichkeit. Echter.

Er war anders als alle Männer, denen sie je begegnet war. Sie sah ihn, und alles in ihr sprang weit auf, um ihn willkommen zu heißen. Jede Pore schien sich zu öffnen, alles in ihr flog ihm zu und sog ihn auf, ihr Herz schlug laut, und jede einzelne Zelle in ihr flüsterte nur das eine Wort: Ja! Er war so schön, dass es ihr fast wehtat, ihn anzuschauen. Seine Locken tanzten um sein Gesicht, seine Augen glänzten, alles an ihm war in Bewegung, wie Wasser, wie Feuer, er war nie still, er war auf der Suche, er strahlte so einen Hunger aus, so eine große Sehnsucht. Sie wollte genau das sein, was er suchte. Sie wusste, wenn er sie nur findet, dann wird sie für ihn genau das sein, was er braucht. Die Ruhe für seine Unruhe. Der Halt für seine Bewegung.

Als Sabine Peter das erste Mal begegnete, war sie mit dem Fahrrad auf dem Heimweg von der Praxis, in der sie damals arbeitete. Ihr Pullover musste aus dem Fahrradkorb gefallen sein. Peter musste ihn aufgehoben haben und war ihr anscheinend nachgelaufen, bis er sie an der nächsten Ampel einholte und ihr völlig außer Atem den Pullover hinhielt. Er sah sie mit den allerblauesten Augen an: Den hast du verloren. Im ersten Moment kapierte sie gar nicht, warum er ihren Pullover in der Hand hielt, und schaute ihn verwundert an.

Was für blaue Augen und was für ein Lächeln. Sabine weiß heute nicht mehr, ob sie rot wurde, ob sie blass wurde, ob sie überhaupt in der Lage war, irgendetwas zu erwidern. Noch während er den Pullover zusammenfaltete und in ihren Fahrradkorb legte, war es um sie geschehen. Peter betrachtete sie neugierig, und Sabine wusste genau, dass er ihr ansah, dass sie sich spontan und haltlos in ihn verliebt hatte. Lieber Gott, mach, dass er mich gut findet, betete sie. Ihr letztes Stoßgebet lag sicher Jahrzehnte zurück und hatte wahrscheinlich mit einem Weihnachtsgeschenk oder einem Geburtstagswunsch zu tun gehabt. Sie war nicht der Typ, der den lieben Gott um Hilfe bat. Sie weiß bis heute nicht, warum sie in diesem Moment himmlische Mächte anrief, sie weiß nur noch, dass es überraschenderweise funktionierte. Kommst du mit ins Paradies?, fragte er, und sie konnte nur stumm nicken. Natürlich! Was sonst. Mit ihm wäre sie überall hingegangen. Das Paradies war ein Studentencafé, ein bisschen zu alternativ für ihren Geschmack, mit zusammengewürfeltem Mobiliar. Es gab Milchkaffee mit nicaraguanischem Fairtrade-Kaffee und selbstgebackenen Hefekuchen, Müsli, vegetarische Suppen und Kräutertee. Eigentlich fühlte sie sich dort nie richtig wohl. Die Typen, die dort herumsaßen, die Intellektuellen oder die, die es gerne wären, rauchten viel, diskutierten und übersahen Leute wie sie meistens. Ihre Kollegen und ihre Freunde gingen in andere Cafés.

Jetzt war sie gerade nicht übersehen worden. Mit Peter an ihrer Seite wurde sie im Paradies nicht übersehen, sondern neugierig beäugt. Sie saßen sich gegenüber, ließen ihren Milchkaffee kalt werden und redeten und redeten, bis er sie plötzlich fragte, ob sie mit zu ihm kommen wollte. Sie fühlte sich wie die Hauptfigur in einem französischen Film, sagte ja und war plötzlich verwegen. Peter machte aus ihr einen neuen Menschen. Er machte aus ihr diejenige, die sie stets hatte sein wollen.

Wenn sie nachts aufwachte und ihn neben sich schlafen sah, dann war sie glücklich, wach zu sein und ihm beim Schlafen zuzusehen. Sie war so verliebt in ihn, sie hätte alles für ihn getan. Alles.

Als sie schwanger wurde, heirateten sie schnell. Seine Eltern waren ihre heimlichen Komplizen: Ihnen war es so klar wie ihr, dass man heiratete, wenn man ein Kind bekam. So war es auch Peter bald klar, dass man heiratete, wenn man ein Kind bekam. Sie heirateten, bevor man ihren Bauch sah, und als Lukas geboren wurde, fühlte es sich für sie bereits völlig normal an, Dinge zu sagen wie: Mein Mann kommt gleich, mein Mann hätte gerne dies oder das. Und kaum hatte sie sich in diesem Leben richtig eingerichtet, da war es auch schon vorbei. Lukas war noch keine drei Jahre alt, da stand Peter eines Abends vor ihr und sagte: Ich kann so nicht leben, ich bekomme keine Luft mehr. Das wollte ich nie! Ich fühle mich eingesperrt. Wir spielen hier Familie, wir spielen hier etwas, da gehöre ich einfach nicht hinein. Ich muss mich bewegen können.

Sie musste ihn völlig verständnislos angeschaut haben, denn sie verstand tatsächlich kein Wort von dem, was er sagte. Was hatte er bloß? Was redete er denn für einen Unsinn? Sie waren doch eine Familie. Das war doch kein Spiel? Das war das Leben! Das war doch ihr gemeinsames Leben?

Wir setzen Staub an, rief er, wir werden unbeweglich! Ich komme mir vor wie ein Zierpüppchen in der Vitrine meiner Eltern. Er redete und redete, sie stritten sich ein paar entsetzliche Abende lang laut und böse, sie sagte irgendwann, dann geh doch, wenn es hier so schlimm ist, und er sagte, gut. Dann ging er. Und ihre Ehe war beendet.

Sie verstand es nicht sofort. Sie dachte, es wäre ein blöder Streit, eine Laune von ihm, die sich schon wieder legen würde. Er würde einsehen, dass das Blödsinn war, absoluter Blödsinn. Das Leben veränderte sich eben, wenn man eine Familie hatte, es ging nicht einfach so weiter wie vorher. Ein Kind brauchte Ordnung, und die war sie zu geben bereit. Im Gegensatz zu ihm. Er würde schon wieder zur Vernunft kommen, dachte sie, und dann würde alles wieder gut. Aber es wurde nicht wieder gut.

Er war weg und mit ihm ihr Traum von einer Familie. Er zerstörte ihn einfach, indem er viel zu früh ausstieg. Alles, alles machte er kaputt. Ihr Leben. Ihre Familie. Ihre Träume.

Fast täglich klagte sie Nette ihr Leid, bis Nette sie irgendwann bei den Schultern nahm und sagte: Ich kann es nicht mehr hören. Zu einer Beziehung gehören immer zwei, und zum Scheitern einer Beziehung auch. Aber von mir aus ist die Beziehung ja gar nicht gescheitert!, wehrte sich Sabine. Ich hätte alles getan ... Doch weiter kam sie nicht. Nette sah sie an und schüttelte nur stumm den Kopf. Sie verstand nicht, was Nette meinte, aber sie schwieg. Sie wollte nicht auch noch ihre Freundin verlieren. Aber nie hatte sie sich so unverstanden und einsam gefühlt.

Seit vier Tagen nimmt Peter Vitamine und spürt überhaupt keinen Effekt. Hoch dosiert. Irgend so ein neues Molekularzeug aus der Apotheke. Teuer. Er ist fahrig und müde. Und es strengt ihn an, die Treppen zu seiner Wohnung im vierten Stock hochzulaufen. Vielleicht sollte er mal sein Blut untersuchen lassen. Hanna, das junge Ding, das vor allem für ihn zu junge Ding, foppt ihn schon und nennt ihn ständig »alter Mann«. Es ist nicht leicht, fünfzig zu werden, wenn das dazugehört. Vielleicht fehlt ihm wirklich etwas, und er sollte sich mal durchchecken lassen?

Als ihm wieder einfällt, wie sein Arzt heißt, macht er einen Termin aus. Dabei rügt ihn die Sprechstundenhilfe, dass er viel zu lange nicht da war, gerade in seinem Alter seien Vorsorgeuntersuchungen doch ...

Er unterbricht sie, fragt, ob sie ihm denn unbedingt den Tag verderben müsse, er beginne ja schon, sich antik zu fühlen. Sie lacht, sagt natürlich rasch etwas über Männer im besten Alter, sie schäkern noch ein wenig, und er legt auf. Wenn er sich recht erinnert, sind die Arzthelferinnen in dieser Praxis alle auffällig hübsch. Wahrscheinlich ist das ein Einstellungskriterium von Dr. Webermann, der ungefähr in seinem Alter ist. Peter versucht sich zu erinnern, ob Dr. Webermann verheiratet ist. Meist sieht man das an den Bildern der glücklichen Familie, die auf den Schreibtischen von Ärzten stehen. Er fragt sich schon immer, warum das so ist. Muss man einen Arzt in seiner Praxis ständig daran erinnern, dass er verheiratet ist und Familie hat? Schenkt ihm seine Frau die gerahmten Bilder zu Weihnachten, um den hübschen Sprechstundenhilfen zu zeigen, dass dieser Mann verheiratet ist und Familie hat? Er nimmt sich vor, den Arzt danach zu fragen.

Auf dem Tisch in Peters Bühnenbildnerzimmer im Theater stapeln sich Entwürfe und Skizzen, die er zusammen mit Tommi durchgeht, um seine Idee für das neue Stück vorzustellen.

»Okay. Hier ist der Irrgarten.« Peter hält ein paar Transparentpapiere, auf denen wilde Pflanzen wuchern, übereinander, steckt eines nach dem anderen dazu, so dass sich der Dschungel verdichtet.

»Verwucherungen, Triebe, kein Weg. Ende. Aus. Und dann öffnen wir mit Licht eine Welt dahinter.« Er knipst eine Taschenlampe hinter den Transparenten in seiner Hand an und zieht dann eines nach dem andern heraus, so dass sich der Dschungel nach und nach lichtet.

Tommi kneift die Augen zusammen. Das bedeutet, dass er die Idee interessant findet. »Das ist gut. Aber was kommt dann? Der Himmel, ein Paradies?«

Himmel. Peter seufzt. Der Himmel ist blau. Der Himmel ist dunkel. Wolken am Himmel. Sterne am Himmel. Die Oma ist jetzt im Himmel. Im Himmel geht's ihr gut.

Er hat als Kind die beiden Himmel, von denen immer die Rede war, nie zusammenbekommen. Es gab den Himmel da oben, über der Landschaft, und es gab den Himmel, in dem die Toten glücklich waren und herumschwirrten, in Seligkeit. In Ewigkeit. Amen. Er bekommt es bis heute nicht zusammen.

Nachdem Tommi gegangen ist, setzt Peter sich an seinen Tisch und beginnt etwas zu zeichnen. Er lässt seine Gedanken fließen und dabei den Stift übers Papier wandern. Ein Kreis, viele Linien, die ihn umrahmen, der Kreis bleibt hell. Himmel, schreibt er hinein und schaut darauf. Er zieht noch mehr Striche außen herum und schreibt, ohne dass ihm richtig bewusst ist, was er tut, »Lukas« in den Kreis. Er starrt darauf. Schreibt den Namen noch einmal. Und noch einmal. Lukas.

Er hat sich von Sabine abweisen lassen. Von ihrer Wut. Es ärgert ihn, dass er nicht mit Lukas selbst sprechen kann, dass er an Sabines anscheinend nie versiegender Wut vorbeimuss, um Kontakt mit ihm aufzunehmen. Er kennt Lukas' Handynummer nicht. Er würde sie gern kennen. Er würde Lukas gerne kennen.

Wenn er ehrlich ist – und in diesem Moment, in dem er auf das Papier vor sich starrt, ist er es –, hat es ihn erschüttert zu sehen, dass aus seinem kleinen, blondgelockten Kind ein junger Mann geworden ist. Er hat das Gefühl, er selbst hat sich überhaupt nicht verändert, aber sein Sohn ist vom Kind zum Erwachsenen geworden.

Plötzlich tut es ihm wahnsinnig leid, dass er ihn nicht kennt. Dass er die Chance verpasst hat, seinen Sohn aufwachsen zu sehen. Dass er ihm nichts von alldem vermitteln konnte, was ihm selbst wichtig ist. Er wischt die Papiere mit seinen Himmelsskizzen beiseite, nimmt ein leeres Blatt und beginnt zu schreiben. Lukas' Post wird Sabine ja wohl nicht öffnen.

Lieber Lukas, können wir bitte noch einmal von vorne anfangen?

Peter starrt auf den Satz. Wie lächerlich. Von vorne? Was soll das denn heißen? Wo ist vorne? Bei seiner Geburt? An dem Tag, als er wegging? An dem Tag, als er ihn zum letzten Mal gesehen hat? Er zerknüllt den Brief. Trotzdem hat es etwas mit einem Neuanfang zu tun. Er will neu anfangen. Aber er will es selbst tun.

Ich möchte noch mal ganz von vorne anfangen.

Peter zerknüllt den Brief und lässt ihn auf den Boden fallen. Wie muss es für Lukas sein, diesen Brief zu lesen? Erst lässt er ihn stehen und haut ab, und dann will er von vorne anfangen?

Lukas, es tut mir so leid, was passiert ist.

Ja, das muss er sagen. Er muss ihm sagen, dass es ihm leidtut. Und was noch? Mein Gott, es kann doch nicht sein, dass ihm nur zwei Sätze einfallen. Es tut ihm leid und er will noch mal von vorne anfangen. Aber er ist total blockiert. Sein Hirn ist so leer, wie wenn er versucht, sich einen Himmel für Tommi auszudenken, der nicht schwarz ist.

Peter zerknüllt den Brief und wirft ihn an die Wand. Seufzend lehnt er sich zurück. Das Papierknäuel fällt zu den anderen, die schon auf dem Boden liegen. Vielleicht versucht er es später noch mal. Heute Abend. Oder morgen. Er braucht jetzt erst mal einen Kaffee.

Als er mit dem Kaffee zurückkommt, steht Hanna in seinem Zimmer, über dem Arm eine lange Bahn von blutrotem Stoff. Weil die Tür offen steht und er sie nicht schließen will, weil das zu noch mehr Gerede führen würde, als es sowieso schon gibt, geht er an Hanna vorbei, ohne sie zu küssen. Nur kurz legt er seine Hand auf ihren Rücken. Dann setzt er sich an den Schreibtisch und schaut sie an. Hanna in der Tür, der blutrote Stoff, der sich in ihren Armen bauscht und herabfließt, eine knisternde Seide. Er weiß genau, wie sich die Seide anfühlt, und er weiß genau, wie großartig Hanna in einem Kleid daraus aussehen würde. Ihr hellbraunes Haar auf diesem Rot. Ihre Haut. Wenn er malen könnte.

»Falls dein Himmel hell werden sollte«, Hanna deutet auf die Skizze auf dem Tisch, die er achtlos beiseitegeschoben hat, »fände ich das Rot hier am besten. Auch als Kontrast zu dem Dschungel, durch den wir vorher irren.« Sie schaut ihn mit ihren großen Augen durchdringend an. »Ohne zu wissen, wie es ausgeht ...«

Sie macht einen Schritt auf ihn zu, und er zieht sie zu sich. Nimmt den Stoff, legt ihn um ihre Taille.

»Mach dir ein Kleid daraus«, sagt er und drapiert den Stoff um sie herum, zieht sie noch näher an sich, ihre Körper berühren sich. Und dann wird ihm plötzlich schwarz vor Augen, ein Nichts, ganz kurz ist er, dieser Moment des Nichts, aber er muss geschwankt haben, denn Hanna schaut ihn fragend an. Er hält sie und den Stoff noch fest in den Händen.

»Hatte wohl 'ne kurze Nacht ...«

Sie schaut ihn prüfend an und lächelt. »Sag einfach Bescheid, wenn du mehr Schlaf brauchst«, sie windet sich aus der Stoffbahn heraus, so dass ein Teil wie eine Schleppe zu Boden fällt.

»Was ich brauche, ist noch eine kurze Nacht.«

Hanna legt mit einem Blick zur Tür den Finger auf die Lippen. »Mit dir«, fügt Peter hinzu, und Hanna funkelt ihn an, weil er aufhören soll. Er lacht.

»Der Stoff ist großartig.«

»Ich wusste, dass er dir gefällt.«

»Und weißt du, was mir am allerbesten gefallen würde?«

Sie schaut ihn fragend an.

»Du in diesem Kleid.«

»Und weißt du, was mir am allerbesten gefallen würde?« Hanna grinst. »Die Schauspielerin im Schlussbild in diesem Kleid.«

»Gehen wir einen Kaffee trinken? Gegenüber? Wegen der kurzen Nächte. Und so.«

Hanna nickt. Sie setzt an, noch etwas zu sagen, da klingelt Peters Telefon. Er schaut nicht nach, wer es ist, denn er schaut Hanna an. Er geht einfach dran, was er in derselben Sekunde bereut. Es ist seine Mutter. Seine Mutter mit ihrem Versuch, die allgemeine Harmonie wiederherzustellen. Die Aufgabe ihres Lebens. Wer ihr die Aufgabe erschwert, ist vor allem er. Er weiß, was jetzt kommt. Seit ihrem Geburtstag hat er sich nicht wieder gemeldet. Und sie auch nicht. Wahrscheinlich ist sein Vater gerade nicht da, und sie nutzt seine Abwesenheit, um ihren Sohn anzurufen, den der Vater wahrscheinlich mit Stillschweigen strafen will, und das wäre Peter nur recht, aber seine Mutter kann es nicht aushalten.

»Peter, bist du das? Ach Peter, was hast du dir denn bloß gedacht? Der arme Junge.«

»Mutter, du weißt genau, warum ich ...«

»Du tust ihm unrecht. Und dir selbst auch.«

Seine Mutter hat diesen Tonfall, und er weiß, sie wird erst verstummen, wenn sie alles gesagt hat. Egal, wie oft er sie unterbricht. Wenn er sie nicht unterbricht, geht es schneller vorbei.

»Du kannst doch nicht einfach gehen, wenn du Lukas ...« Er will sie wirklich nicht unterbrechen, aber er kann sich nicht zurückhalten.

»Was ich kann oder nicht kann, ist meine Sache, und ich wünsche mir, dass ihr das endlich respektiert. Ich meine, was war das denn? Mich so vor die Wand laufen zu lassen!«

Er nimmt aus dem Augenwinkel wahr, dass Hanna das Gespräch interessiert verfolgt, auch wenn sie so tut, als würde sie die Fadenführung des Stoffes prüfen. Wäre er nur nicht ans Telefon gegangen. Er lauscht in den Hörer, aber seine Mutter schweigt. Lautes, vorwurfsvolles Schweigen. Nach einer Weile sagt sie: »Du machst es dir zu leicht.«

Peter kann es nicht mehr hören. Es ist doch alles, alles, nur nicht leicht. Leicht ist hier nichts. Gar nichts.

»Mutter, du brauchst mir nicht mehr zu sagen, was ich zu tun habe. Lass es einfach. Punkt.«

Aber den Punkt hört seine Mutter nicht, sie hört nur die Punkte, die sie selbst setzt.

»Bei den Meiers ist doch auch alles gut gegangen. Trotz Trennung. Da haben beide guten Kontakt ...«

»Ja«, sagt Peter, »da haben sie aber Glück, die Meiers. Großes Glück! Ich bin aber nicht die Meiers.«

Hanna gibt ihm ein Zeichen, dass sie schon mal vorgeht, was er dankbar registriert. Das muss sie sich wirklich nicht anhören.

»Sprich wenigstens mit Vater. Er ist völlig außer sich. Bitte.«

Ah, jetzt kommen die Bitten. Die mütterlichen Bitten, er hat lange gebraucht, bis er sich ihnen entziehen konnte. Nur mit großem Abstand konnte es überhaupt gelingen, sich zu entziehen. Das schlechte Gewissen bleibt dennoch.

Bitte, sagt die Mutter.

Der gute Sohn muss ja sagen. Gerne.

Der schlechte Sohn sagt nein.

»Nein.«

»Bitte.« Gleich hängt sie noch »mir zuliebe« dran. Den mütterlichen K.-o.-Satz.

»Mir zuliebe.«

Peter schweigt. Es ist so vorhersehbar. Warum hört er sich das überhaupt an? Warum reagiert er überhaupt darauf?

»Wir meinen es doch nur gut.«

Genau. Der Satz hat auch noch gefehlt. Peter schweigt weiter.

»Das ist doch alles nicht richtig.«

Im Stillen gibt Peter ihr recht. Stimmt genau. Es ist nicht richtig. Es ist überhaupt nicht richtig. Aber seine Meinung zählt nicht. Keine Widerrede. Da gibt es keine Diskussion. Das sind die elterlichen Prinzipien des Umgangs: Keine Diskussion. Nicht zuhören. Nicht nachfragen.

Peter kann hören, wie seine Mutter mit den Tränen kämpft. Ihre Tränen machen ihn wütend. Wie immer. Wütend und hilflos. Eine weinende Frau muss man schützen. Mütter. Ehefrauen. Seine Meinung herunterschlucken. Ja sagen. Sich entschuldigen. Damit die Tränen versiegen. Damit man wieder in Gnaden aufgenommen wird. Damit alles ungesagt bleibt, all das Unausgesprochene zwischen ihnen. Sprechen nützt sowieso nichts. Kommunikation ist zweiseitig. Einer muss sich mitteilen wollen, der andere muss zuhören wollen. Und das am besten im Wechsel. Ein Schauspieler im Theater kommuniziert mehr mit dem Publikum als die Mitglieder von Peters Familie miteinander.

»Denk noch mal drüber nach. Bitte.«

Peter ist müde. Unglaublich müde.

Als er zu Hanna ins Café kommt und sich neben sie auf einen Stuhl fallen lässt, schaut sie ihn fragend an.

»Was war das denn?«

»Das Ergebnis der harmonischen, verlogenen, generationenübergreifenden Familienvereinigung.«

»Ich erinnere mich«, sagt Hanna. »Du wolltest schon an dem Abend nicht drüber reden.«

Peter nickt. »Und jetzt eigentlich auch nicht.«

»Wolltest du das denn nie? Familie, Kinder?«

»Nein«, sagt Peter. Und es stimmt. Er wollte nie eine eigene

Familie. Er hat dem Konzept schon immer misstraut. Die Familie, aus der er stammt, war ihm abschreckend genug.

»Doch«, sagt Peter. Denn ganz stimmt es nicht. Als Sabine ihm damals gesagt hat, dass sie schwanger ist, hatte er den Impuls, alles anders zu machen. Eine Familie zu gründen und allen zu zeigen, dass es auch anders geht.

Hanna schaut ihn wieder fragend an, und er merkt, dass sein Nein und sein Doch so kurz nacheinander etwas kryptisch sind.

»Hatte ich mal. Ist schiefgegangen.«

Hanna will gerade den Mund öffnen, da entfährt Peter der Satz, den er lange nicht gesagt hat.

»Ich habe einen Sohn.«

Natürlich ist Hanna überrascht. Total überrascht. Er sieht, dass sie tausend Fragen stellen will, aber nicht weiß, womit sie anfangen soll.

»Und warum ist er nie hier?«

Peter seufzt. Wie kann er das erklären? Er schüttelt hilflos den Kopf. Weil. Weil, weil, weil.

»Kontakt verloren?«, bietet er an. Es ist ihm gerade unmöglich, mehr zu sagen. Er bereut schon, es überhaupt erwähnt zu haben. Verblüfft schaut Hanna ihn an, und er sieht, dass sie mehr wissen will, dass sie alles wissen will, und er spürt, dass er nichts davon erzählen will.

»Und …?«, fragt sie mit hochgezogenen Augenbrauen.

»Nichts und. Kontakt verloren. Punkt.«

»Zu deinem Sohn. Punkt?«

»Ja!«, ruft Peter. »Ja! Ich, Peter, der Unmensch, habe den Kontakt zu meinem Sohn verloren.«

Mit gerunzelter Stirn schaut Hanna ihn schweigend an.

»Falls du mir auch noch ein paar Verhaltensregeln mitgeben willst: Nur zu. Heute ist der Tag. Bitte!«

Hanna nimmt schweigend ihre Tasche und steht auf.

Sie zuckt bedauernd die Achseln. »Unser Tag scheint es jedenfalls nicht zu sein.«

Mit einem kleinen Lächeln wendet sie sich zum Gehen. Er schaut ihr nach, sie dreht sich nicht um.

Warum hat er bloß davon angefangen? Er wollte überhaupt nicht darüber reden.

Später in seinem Büro hebt er die zusammengeknüllten unfertigen Botschaften an seinen Sohn auf und wirft sie eine nach der anderen in den Papierkorb. Er trifft jedes Mal.

Wenn Lukas Klavier spielt, dann gibt es nichts anderes für ihn. Dann gibt es nur das Klavier. Wenn Lukas ein Referat für Geschichte macht, dann hört er dazu Musik und denkt an Pauline. Wenn Lukas mit Freunden chattet, dann lernt er dabei Mathe und isst Snickers. Wenn Lukas Klavier spielt, dann spielt er Klavier. Vielleicht liebt er das Klavier deshalb so sehr. Für die Ausschließlichkeit und die Unbedingtheit, die es von ihm fordert und die es ihm bietet. Es gab Zeiten, da hat ihn das Klavier gerettet. Da hat er sich mit einer Vehemenz in die Läufe gestürzt, hat Läufe um Läufe geübt, bis er Krämpfe in den Fingern hatte. Er hat geübt, bis sein ganzer Körper wehtat und bis die Töne alle Gedanken aus seinem Kopf gelöscht hatten. Alle Worte, alle Bilder, alle Gefühle, die mit bestimmten Worten und Bildern verbunden waren. Ein Ton will gehört werden. Ein Ton besteht aus Schwingungen, die den Raum füllen, die ihn erfüllen, die durch ihn hindurchschwingen und ihn im Raum verankern. Wenn er randvoll ist mit Schwingungen und selbst mit den Tönen mitschwingt, dann gibt es nichts anderes. Dann gibt es nur den Ton. Wenn Lukas spielt, kann er sich vergessen. Dann gibt es ihn nicht mehr. Dann gibt es nur den Raum und die Töne, und alles, auch er, ist Musik.

Er atmet tief aus, als er das Ende des Stückes erreicht hat, und lässt die Hände in den Schoß sinken. Sein Herz schlägt schnell, und er hört noch den Nachhall der Schlusssequenz, wie sie immer leiser wird und schließlich verklingt.

»Abendessen!«, ruft Sabine aus der Küche. Sie weiß genau, dass er es nicht abkann, wenn sie in die Musik hineinruft. Aber sie hört den Nachhall nicht. Für sie ist das Stück seit ein paar Sekunden vorbei, und da kann man rufen. Dass die kurze Ruhe nach einem Stück dazugehört, kann sie nicht hören, sie macht keine Musik. Weiß der Himmel, von wem er das hat, lacht sie oft, wenn sie gefragt wird, ob er das musikalische Talent von ihr geerbt hat. Von ihr hat er es bestimmt nicht.

Lukas würde die letzten beiden Seiten gerne wiederholen, aber er hat an Sabines Stimme gehört, dass sie schon eine Weile wartet. Und sie hasst es, mit dem Essen auf ihn zu warten. Versteht er ja, er würde ja auch später üben, aber da sie in einem Mietshaus wohnen, darf er nach dem Abendessen nicht mehr spielen. Zweimal pro Woche übt er am Schulflügel im Musiksaal, bis der Hausmeister abends bei seiner letzten Runde abschließt. Seine Klavierlehrerin hat schon angeboten, dass er an anderen Abenden bei ihr üben kann. Sie wohnt in einem Einfamilienhaus. Doch Sabine ist dagegen. Sie findet, dass er an den anderen Abenden fürs Abi lernen sollte.

Lukas wird das Angebot seiner Lehrerin dennoch bald annehmen. Bea – mittlerweile duzen sie sich – freut sich heute noch über den Tag, an dem er ihr Schüler wurde. »Du bist mein erster Schüler mit echtem Talent. Und du bist der erste Schüler, der Pianist werden will, doppelter Lottogewinn für eine Kleinstadtklavierlehrerin.« Als er sie daraufhin fragte, warum sie eine Kleinstadtklavierlehrerin sei und keine Pianistin in Konzertsälen, lächelte sie traurig.

»Talent hatte ich, aber vielleicht nicht genug. Und vielleicht auch nicht den eisernen Willen, den man braucht. Nicht genug

Platz im Kopf für all die Partituren. Und ich habe mich verliebt. Kinder, Familie. Man muss sich entscheiden, weißt du?«

Lukas war es peinlich, gefragt zu haben. Aber Bea hat ihn angelächelt und gesagt, dass man im Leben häufiger die Chance hat zu wählen. Bei ihr sei die Wahl auf die Familie gefallen. »Kann eine Familie einen glücklicher machen als Klavier spielen?«, hat er noch nachgesetzt, und sie hat wieder gelächelt. Aber er hatte das Gefühl, dass das Lächeln nun ihm galt und nicht ihrem jüngeren Selbst. Er wird einen festen Abend in der Woche bei ihr ausmachen. Er muss vorankommen. Er muss das Pensum erhöhen, wenn er die Aufnahmeprüfung schaffen will.

Als er in die Küche kommt, sitzt seine Mutter schon am Tisch und wartet. »Nimm, sonst wird's kalt.« Sie deutet auf das kalte Abendbrot. Lukas grinst, setzt sich zu ihr und nimmt sich eine Scheibe Brot.

»Wie war's heut in der Schule?«

Er zuckt die Achseln. »Schule halt.«

»Habt ihr die Klausuren schon zurückbekommen?«

Er schüttelt den Kopf. »Das hätte ich dir doch schon gesagt.«

»Na ja«, lächelt Sabine, »wer weiß …«

»Ach Mama, ich bin überhaupt nicht so schlecht, wie du denkst. Ich bin gut! Und die Aufnahmeprüfung an der Hochschule wird schwerer als das Abi.«

Die ständige Mahnung, unbedingt ein gutes Abi zu machen, geht ihm echt auf die Nerven. Als ob er ein schlechtes Abi machen wollte. Er war schon immer ein ziemlich guter Schüler. Aber er weiß, dass das nicht das eigentliche Problem ist. Das eigentliche Problem ist das Klavier. Es gefällt seiner Mutter nicht, dass er Pianist werden will.

»Es ist trotzdem wichtig, dass du fürs Abi lernst. Wichtiger. Vielleicht …«

Er leiert den altbekannten Satz grinsend weiter: »Vielleicht schaff ich's ja nicht. Und dann hab ich weenigstens einen ordentlichen Schuulabschluss. Das Klavier ist nämlich eine brootlose Kunst, und nur weenige können wiirklich davon leeben.«

Seine Mutter muss lächeln. Sie nimmt sich ein Radieschen und zupft daran herum. »Ach, mach dich nur lustig.«

»Sei froh, dass du so einen begabten Sohn hast!«

»Bin ich doch.«

»Ich schaff das beides. Erst das Abi und dann die Aufnahmeprüfung. Warum soll ich ein ganzes Semester warten, wenn ich genau weiß, was ich will?«

Sie rauft ihm durch die Haare. Lukas mag das nicht besonders, aber er lässt es zu. Als er sich die zweite Scheibe Brot nimmt, bemerkt er, dass sie noch gar nichts gegessen hat. Dass nur dieses kleine rote Radieschen auf ihrem Teller herumrollt, an dem sie eben herumgefitzelt hat.

»Machst du Diät?«

Sabine zögert einen Moment mit der Antwort, und er weiß, es ist etwas im Busch. Was könnte es sein? Abi und Klavier hatten sie schon. Müssen sie aus der Wohnung raus? Hat sie Ärger in der Praxis? Mit Nette? Es ist etwas Ernstes, das sagen ihm das verlorene Radieschen auf dem Teller und ihr schmaler Mund. Schmaler als sonst. Sabine steht auf und kommt mit einem Papier in der Hand zurück.

»Du hast Post bekommen.«

Sie legt ihm einen Brief neben den Teller und setzt sich wieder hin.

Er erkennt die Schrift sofort. Die Schwünge nach oben und unten, ganz anders als die Krakelschriften der meisten Männer. Lukas hat keinen Bock auf Briefe. Er hat alles schön weggepackt nach diesem bescheuerten Ausflug nach Frankfurt. Er will, dass es ihm egal ist. Er versucht, einen gelangweilten, unbeteiligten Gesichtsausdruck aufzusetzen, den Brief zu ignorieren und einfach weiterzuessen. Hoffentlich hält Sabine jetzt keine langen Vorträge darüber, wie sie es findet, dass Peter einen Brief geschrieben hat. Das Schweigen, das sich inzwischen über dem Tisch verdichtet hat, ist schon schlimm genug. Doch Sabine fitzelt noch immer an diesem Radieschen herum. Nimmt es in die Hand, legt es wieder auf den Teller. Isst keinen Bissen und beobachtet Lukas, wie er kaut und schön an dem Brief vorbeischaut. Sie sagt kein Wort. Als er dabei ist, sich eine dritte Scheibe Brot zu nehmen, hält sie es nicht mehr aus.

»Machst du ihn gar nicht auf?«

»Mal sehen«, sagt Lukas, betont unbetont, bestreicht sein Brot mit Butter, belegt es mit Käse und beißt hinein. Sabine stippt geistesabwesend das Radieschen in Salz und beißt die salzige Stelle ab. Mehr bekommt sie offenbar nicht herunter. Lukas steht auf, räumt Teller und Besteck in die Spülmaschine, stellt die Butterdose und den Käseteller in den Kühlschrank. Sabines unbenutzten Teller, die Radieschen und das Salz lässt er stehen.

»Ich geh lernen«, sagt er und nimmt den Brief mit. Aus dem Augenwinkel sieht er, wie Sabine sich noch ein Radieschen nimmt und hineinbeißt.

Lukas schließt die Tür hinter sich. Wenn er gewusst hätte, dass das Abendessen diesen Lauf nimmt, hätte er lieber noch länger geübt. Er sollte sich ans Klavier setzen und einfach immer weiterspielen. Immer weiter. Dann passiert nur, was in den Noten steht. Hat er also einen Brief geschrieben. Er nimmt den Brief in die Hand, schaut sich den Absender an, Peter Licht, Frankfurt, die Briefmarke, die Schrift, in der sein Name geschrieben ist. Er fährt mit dem Finger über die Buchstaben und fühlt die zarte Spur, die die Tinte auf dem Umschlag hinterlassen hat. Kleine Kanten. Ob ein Blinder mit sehr viel Gefühl in den Fingerspitzen die Schrift lesen könnte? Wahrscheinlich nicht. Er streicht weiter über die Buchstaben seines Namens. Peter hat also geschrieben. Ihm doch egal. Soll er doch. Ob er nun schreibt oder nicht, ob er nun sagt, dass es ihm leidtut, oder nicht, das ist echt scheißegal. Das Thema Vater ist passé. Letztens ist es noch mal aufgeflackert, und er hat sich so was von mies gefühlt, als sein biologischer Vater ihn einfach stehengelassen hat und abgehauen ist. Eigentlich will er den Brief einfach in den Müll werfen. Er hat keine Lust, ihn zu lesen. Warum auch? Was hat er davon? Nichts. Nada. Nothing. Den Ausdruck »biologischer Vater« findet er inzwischen auch überstrapaziert.

Er legt den Brief erst mal auf seinen Schreibtisch, nimmt das Geschichtsbuch, schlägt es auf und fängt an zu lernen. Er vertieft sich in die Weimarer Republik und notiert Stichworte. Novemberrevolution. Meuterei der Matrosen. Kaiser dankt ab. Aus Monarchie wird Demokratie. Immer wieder fällt sein Blick auf den Umschlag, immer wieder lässt er ihn liegen und lernt weiter. Versailler Friedensvertrag. Reparationszahlungen. Gebietsabtretungen. Hyperinflation.

- *Huhu, bist du da, was machst du gerade, gehst du mit mir spazieren?*
- *Gute Idee, steuere grade auf die Weltwirtschaftskrise zu und hab keine Lust, heute noch zu lernen, wie das Dritte Reich beginnt.*
- *Oh, da bist du aber schon weit, ich bin noch mitten im Ersten Weltkrieg, komm und hol mich da raus!*
- *Halt durch, ich geh in 30 min los!*

Pauline macht es nichts aus, dass Lukas abends keine Lust hat, feiern zu gehen oder mit den anderen in der Alten Linde abzuhängen. Sie geht auch ohne ihn los, wenn ihr danach ist.

Manchmal treffen sie sich abends noch auf einen ihrer Nachtspaziergänge. Als Lukas das Buch zuklappt und nach seiner Jacke greift, um zu Pauline zu gehen, fällt sein Blick wieder auf den Brief. Spontan steckt er ihn in seine Jacke, er weiß gar nicht warum, und nimmt ihn mit zu Pauline. An der Ecke ihrer Straße fällt sie ihm schon um den Hals. Ihr Haar duftet nach fruchtigem Shampoo und ihr Mund ist weich.

»Hast du es bis Kriegsende geschafft?«, fragt Lukas, als sie langsam engumschlungen losgehen.

»Fast. Die Matrosen meutern schon. Ich fang morgen mit der Revolution an. Das ist ein guter Start in den Tag. Wehrt euch!«

Sie erzählen sich, was sie heute erlebt haben, spazieren an den Wohnhäusern vorbei und schauen in die erleuchteten Fenster. Durch dieses Viertel streifen sie oft, schauen in die Küchen oder die Wohnzimmer. Ein paar Familien kennen sie schon.

»Der Typ liest wieder Zeitung und seine Frau räumt die Küche auf. Jeden Abend, oder?«

»Jeden.«

»Guck mal, die Kinder sind noch auf! Die haben wir um diese Zeit noch nie gesehen.«

»Vielleicht ist ein Babysitter da und kommt nicht mit ihnen klar.«

»Wenn ich mal Kinder hab, dürfen die aufbleiben, bis sie müde sind. Wie in Italien, da springen die auch einfach mit herum, bis alle ins Bett gehen. Um sieben Uhr schlafen, das ist so deutsch.«

»Willst du denn Kinder haben?«

»Du etwa nicht?« Pauline schaut Lukas überrascht an.

Er zuckt die Achseln. »Keine Ahnung.«

Sie gehen eine Weile schweigend nebeneinander her, schauen in die Fenster, Arm in Arm. Pauline legt den Kopf an seine Schulter, und sie schlendern Straße um Straße entlang, bis sie fast wieder bei Pauline sind. An der Ecke bleiben sie stehen und küssen sich. Flüstern sich ›Gute Nacht‹ ins Ohr und halten sich fest. Pauline darf unter der Woche nicht bei Lukas übernachten, ihre Eltern wollen, dass sie sich voll auf die Schule konzentriert. Sabine ist das mehr als recht. Trotzdem sehen sie sich fast täglich. Und wenn es nur für einen Spaziergang um die vier Ecken ist, wie sie es nennen. Als Pauline sich aus der Umarmung löst, hält Lukas sie fest.

»Guck mal, was ich bekommen habe.«

Er zieht den Brief heraus. Sie nimmt ihn in die Hand und schaut ihn sich an.

»Der Umschlag ist ja noch zu. Hast du ihn noch gar nicht gelesen?« Erstaunt schaut sie Lukas an. Er schüttelt den Kopf.

»Ich überlege, ob ich ihn einfach wegwerfe.«

»Ohne ihn zu lesen?«

»Warum denn nicht? Was soll da schon groß drinstehen?«

»Komm, wir machen ihn auf. Ich will wissen, was drinsteht. Und du auch. Sei ehrlich.«

Sie kneift ihn in die Seite, und er zuckt grinsend zusammen.

»Ehrlich nicht.«

»Ach komm. Mach ihn auf. Deshalb hast du ihn doch dabei.«

Ihre Logik ist umwerfend. Lukas seufzt.

»Mach du ihn auf.«

Pauline zieht Lukas ein Stück weiter zu einer Mauer, und sie setzen sich nebeneinander. Mit feierlicher Miene öffnet Pauline den Umschlag und zieht ein Blatt Papier heraus.

»Lies vor«, sagt Lukas. Pauline schaut ihn fragend an.

»Echt?«

»Wenn ich's doch sage. Mach schon. Sonst überleg ich's mir anders und werfe ihn in die Mülltonne da drüben.«

Pauline räuspert sich und liest vor.

»›Lieber Lukas, es tut mir wirklich total leid, was bei Oma und Opa passiert ist. Ich konnte Dir nicht zeigen, dass es schön war, Dich zu sehen, wie sehr ich mich gefreut habe, Dich zu sehen. Gibst du mir bitte noch eine Chance, Dir das zu erklären? Ich würde Dich sehr gerne kennenlernen und herausfinden, wer Du bist. Vielleicht interessiert Dich auch, wer ich bin. Hast du Lust, mich zu besuchen? Wir können nicht von vorne anfangen, aber wir können uns voneinander erzählen. Nur wir zwei. Ich hoffe, dafür es ist nicht zu spät. Peter‹.«

Pauline lässt den Brief sinken. Schweigend sitzen sie nebeneinander auf der Mauer. Lukas ist ein bisschen gerührt, obwohl er das nicht sein will. Vielleicht, weil Pauline den Brief vorgelesen hat. Es ist, als wären sie erwachsen, als wäre etwas zwischen ihnen geschehen, und nun bittet sie ihn, einander noch mal kennenzulernen, sich voneinander zu erzählen. Ihr könnte er diese Bitte nicht abschlagen. Nur wir zwei. Zu ihr würde er fahren, wenn sie das zu ihm sagen würde. Nur wir zwei. Aber nicht Pauline hat den Brief geschrieben. Peter hat den Brief geschrieben. Peter.

»Das ist ein ehrlicher Brief, glaube ich, oder? Das klingt, als ob er es ernst meint.« Paulines Stimme durchbricht Lukas' Gedanken. Sie schaut ihn fragend an.

»Das klingt nur so. Er klingt immer so, als ob er es ernst meint.«

»Aber er wusste doch anscheinend gar nicht, dass du kommst. Letztens. Wer weiß, was da …«

»Hey, du verteidigst ihn, obwohl du ihn gar nicht kennst! Du bist ja auf seiner Seite!« Es ärgert ihn plötzlich total, dass sie ihm den Brief vorgelesen hat und nun auch noch für Peter Partei ergreift.

»Wie soll ich denn auf seiner Seite sein, was soll das denn? Ich kenn ihn doch gar nicht, ich sage doch nur, was ich denke!«

Lukas legt den Arm um sie.

»Sorry. Jetzt mach ich dich schon blöd an. Komm, wir vergessen das einfach. Weg damit.«

Er will ihr den Brief aus der Hand nehmen, aber sie hält ihn fest.

»Luki, der Brief klingt ehrlich. Der gibt sich echt Mühe. Das sind keine abgedroschenen Floskeln. Versprich mir, dass du ihn noch mal in Ruhe liest und ihn nicht gleich wegwirfst.«

Sie hält ihm den Brief hin.

»Na gut«, seufzt er und steckt ihn wieder in seine Tasche.

Eine Weile schweigen sie.

»Darf ich dich noch mal was fragen, oder willst du nicht darüber reden?«

»Mach schon. Du fragst ja eh.«

»Das beschäftigt mich halt, ich kann mir das gar nicht vorstellen, seinen Vater nicht zu kennen und so.«

»Ist ja auch nicht normal.«

»Wie lange hattet ihr euch nicht gesehen? Also, vor dem Geburtstag?«

»Er ist von zu Hause weg, als ich noch nicht mal drei war. Und dann gab es Besuche, mal mehr, mal weniger, meistens weniger. Immer weniger. Ich war noch mal mit ihm im Urlaub, da war ich, glaube ich, acht, und das war so ziemlich das Ende. Wir haben uns noch ein, zwei Mal gesehen, und seit ungefähr acht Jahren ist totale Funkstille. Seit ich auf dem Gymnasium bin, hab ich überhaupt nichts von ihm gehört. Ich interessiere ihn einen Scheiß, weißt du.«

Pauline schweigt eine Weile.

»Es klingt aber so, als ob du ihn jetzt interessierst.«

»Kann sein.« Lukas zuckt die Achseln. »Er mich aber nicht.«

»Bist du nicht irgendwie neugierig?«

»Meine Neugier ist gerade für alle Zeiten befriedigt worden. Was soll jetzt plötzlich anders sein?«

»Ich würde fahren«, sagt Pauline. »Echt. Ich würde es wissen wollen.«

Lukas schaut sie von der Seite an. »Warum? Nach allem, was er gebracht hat? Warum soll ich ihm jetzt auch noch den Gefallen tun und plötzlich springen, nur weil er mal ruft?«

»Weil du es nicht tust, um ihm einen Gefallen zu tun, sondern weil du es willst.«

»Will ich das?«

Pauline schaut ihn sehr überzeugt an. Ihre Augen leuchten im Dunkeln. In ihren Pupillen kann er die Welt sehen, die sie sieht, ganz winzig. Er sieht sich selbst und den Mond, ganz klein. Zwei winzige Monde strahlen ihn aus Paulines Augen an.

»Klar willst du das.«

Wäre Peter doch nur gestorben damals, statt zu gehen. Statt sie zu verlassen. Wie viel einfacher alles gewesen wäre. Dann hätte sie um ihn trauern können. Sie hätte Blumen auf sein Grab gelegt, es im Wandel der Jahreszeiten schön bepflanzt, sie hätte ihre Erinnerungen und sein Grab gepflegt und gehegt. Es wäre so viel einfacher gewesen, wenn er einfach verschwunden wäre, komplett, für immer. Wenn er nicht wiederaufgetaucht wäre und nie wiederauftauchen würde.

Seit die Einladung von Lukas' Oma gekommen ist, lebt Sabine in einem Zustand der Unruhe. Ihre innere Richterskala meldet Erschütterungen, die Gefahrenpegel erhöhen sich. Als sie Peters Brief an Lukas in der Hand hält, schlägt ihr Frühwarnsystem Alarm. Alarm! Es werden größere Beben kommen. Sieh dich vor. Schütze dich und die Deinen. Seitdem bewegt sie sich mit großer Vorsicht und beobachtet alles mit Argwohn. Wieso schreibt er einen Brief? Alarm, Alarm! Die Lampen blinken.

Ach, was soll so ein Brief denn bewirken, versucht sie sich zu beruhigen. Was kann da schon drinstehen? Irgendein Blabla wahrscheinlich, weil es ihm dann doch gedämmert hat, dass man seinen Sohn nicht einfach stehenlässt. Was wird er schon zu sagen haben? Nichts. Darauf kann man wetten. Garantiert.

Aber warum schreibt er überhaupt? Die Sirenen heulen. Und was, wenn er wieder schreibt, wieder anruft, immer und immer wieder?

Wird er nicht. Das ist ihm viel zu mühselig. Sabine weiß, dass Peter es nicht mag, wenn etwas zu mühselig wird. Dann wendet er sich schnell wieder dahin, wo er es leichter hat.

Wie ein Mantra wiederholt sie die beruhigenden Phrasen und versucht, die Warnsignale zu ignorieren. Aber es fällt ihr schwer. Erst die Einladung, dann Lukas' Besuch bei den Großeltern, dann der Anruf am nächsten Tag und nun offenbar ein reumütiger Brief. Der gar nicht erst hätte ankommen dürfen. Kurz hat sie sogar mit dem Gedanken gespielt, ihn in den Papiermüll zu werfen. Die Papiertonne steht gleich neben den Briefkästen, es wäre ein Leichtes gewesen, ihn einfach hineinzuwerfen. Er wäre nach unten gerutscht und für immer verschwunden. Aber sie hat es nicht getan. Lukas ist jetzt alt genug, das selbst zu klären, sagt sie sich. Hoffentlich ist er alt genug. Hoffentlich.

Sabine hat zwischen zwei Terminen eben mal den Materialienraum aufgeräumt und alle Regale ausgewischt. Jetzt fange ich in der Praxis auch schon damit an, manisch aufzuräumen, denkt sie. Dabei wollte sie nur die Therapieknete für Frau Winter holen. Frau Winter kommt langsam voran, sehr langsam. Aber dennoch ist eine kleine Veränderung erkennbar. Ihr steifer, rechter Arm, der wie in einem Dauerkrampf gefangen ist, wird ganz allmählich lockerer, und die Muskulatur entspannt sich nach und nach. Sabine muss ihn viel bewegen, denn nur Bewegung bringt Veränderung. Nächste Woche werden sie die Therapie bei Frau Winter zu Hause fortsetzen, um ganz normale, kleine Alltagsverrichtungen zu üben. Sabine versteht gut, dass es genau das ist, was Frau Winter braucht: das Gefühl, alleine zu Hause klarzukommen. Wenn sie gut mit der Knete umgehen kann, könnten sie sogar schon bald zusammen Plätzchen backen.

Später sitzt Frau Winter mit verschlossenem Gesicht an dem Tisch in ihrem Behandlungsraum und lässt ihrem Unmut freien Lauf.

»Ich will mich nicht mehr an der Wand entlangdrücken müssen, ich will große Schritte machen, dieses Getipseltapsel macht mich wahnsinnig. Und ich komme mir bescheuert vor, wenn ich auf einem Stuhl sitze und Ihnen den Ball zukicken soll, den Sie mir vor die Füße rollen. Das mag was Nettes für kleine Kinder sein. Für mich ist es albern. Was soll das? Und jetzt auch noch Knete! Ich bitte Sie. Knete! Wie oft wollen Sie mir denn noch vorführen, was ich alles nicht kann? Ich kann noch nicht mal mit beiden Händen ein Knetewürstchen rollen. Wem wollen Sie denn hier eigentlich etwas vormachen? Mir nicht!«

Aus Frau Winters hellblauen Augen laufen Tränen, und sie hebt die Hand, um sich übers Gesicht zu wischen. Sabine muss lächeln. Frau Winter hat ihre rechte Hand gehoben.

»Was gibt's denn da zu lachen?« Frau Winter ist empört. Wenn sie mehr Kraft hätte, würde sie wahrscheinlich aufstehen und gehen. Sabine bleibt ganz ruhig. Solche Ausbrüche gehören dazu. Manchmal sind sie schwer zu ertragen, aber bei Frau Winter findet sie es völlig normal, dass sie mit ihrem Schicksal hadert.

»Haben Sie bemerkt, welche Hand Sie gerade benutzt haben, um sich die Tränen aus dem Gesicht zu wischen?«

Frau Winter runzelt die Stirn und schaut auf ihre Hände. Dann erkennt sie, was sie gemacht hat. Völlig unbewusst hat sie die Hand genommen, die sie früher immer genommen hat. Ihre rechte Hand. Sie stutzt, und dann fließen noch mehr

Tränen, aber sie lächelt dabei. Als sie jedoch versucht, die rechte Hand wieder zu heben, versagt sie ihr den Dienst.

Sabine hat schon damit gerechnet. Sie rückt näher zu Frau Winter, um ihre beiden Hände schnell in die ihren zu nehmen und sie zu halten. »So fängt es an, wissen Sie, unbewusst. Sie ahnen noch nicht, was Sie schon alles können, aber Ihre Hand weiß es bereits. Da wird noch viel mehr passieren.« Sabine reicht ihr ein Taschentuch und schaut zu, wie sie es umständlich mit einer Hand aufschüttelt, sich die Nase putzt und die Tränen wegwischt.

»Ich bin doch kein Mensch mehr«, flüstert Frau Winter leise. »Wenn alles so eingeschränkt ist, dann ist man doch kein Mensch mehr.«

»Menschen sind handelnde Wesen. Sie wollen etwas verändern? Dann handeln Sie. Wenn ich Ihnen zum Beispiel den Ball zuspiele, dann kann Ihnen das noch so blöd vorkommen, aber dadurch trainieren Sie Ihre Rechts-links-Reflexe. Dadurch wachsen neue Nervenzellen, die es Ihnen ermöglichen, wieder Botschaften an die Muskeln zu senden. Jede Bewegung, die Ihnen gelingt, ist die Grundlage für weitere Bewegungen. Und der Ball ist mehr als ein Kinderspielzeug. Er trainiert Ihr Gleichgewicht, Ihre Koordination, und er zeigt mir, worauf ich mich in der Arbeit mit Ihnen konzentrieren muss.«

»Es ist aber so schwer.«

Sabine nickt. »Sie brauchen verdammt viel Geduld. Aber denken Sie nur daran, was Ihre Hand eben gemacht hat. Alles ist immer dabei zu wachsen, auch wenn Sie es nicht sofort sehen. Das, was Sie trainieren, wird wachsen.«

»Ich wollte Sie nicht angreifen.«

»Ich weiß doch. Wir machen die nächsten Termine bei Ihnen zu Hause. Da werden die Übungen konkreter, wir trainieren das, was Sie im Alltag brauchen, das wird Ihnen gefallen.

Aber Bälle kicken kommt auf jeden Fall wieder. Darum kommen Sie nicht herum.«

»Und die Knete?«

»Übung fürs Plätzchenbacken. Backen Sie gerne?«

Frau Winter nickt.

»Zu Weihnachten werden Sie backen. Versprochen.«

Frau Winter nimmt Sabines Hand in ihre linke, gesunde Hand und drückt sie fest.

Peter sitzt Dr. Webermann gegenüber und muss sich anhören, was niemand hören will. Vor drei, vielleicht vier Minuten hat er das Sprechzimmer betreten und sich in den Sessel vor dem Schreibtisch des Arztes fallen lassen in der Erwartung, das Übliche zu hören. Mehr Sport. Mehr Vitamine. Weniger Alkohol. Irgend so etwas. Wahrscheinlich hat er sogar so etwas Blödes gesagt wie: Dann schießen Sie mal los.

Doch Dr. Webermann spielt nicht mit. Er spielt ein anderes Spiel, bei dem Peter nicht mitspielen will. Er schaut ihn sehr ernst an und redet mit besorgter Miene eindringlich auf ihn ein. Peter versteht das Wort Verdacht und dann Leukämie und akut, und dann versteht er nichts mehr, denn jetzt rauscht es in seinem Kopf. Es rauscht so laut, dass nur Bruchstücke an sein Ohr dringen. Der Mund des Arztes bewegt sich, er schaut ihn an und redet und redet, doch Peter sitzt reglos in diesem Sprechzimmer, in das er doch gar nicht gehört. Eine Glasglocke hat sich über ihn gesenkt, er hört nur noch das Rauschen in seinen Ohren, durchsetzt von einzelnen Begriffen, rote und weiße Blutkörperchen, drastisch, genauere Untersuchungen. Bevor Peter dieses Sprechzimmer betreten hat, war seine Welt wie immer. Jetzt ist er irgendwo anders gelandet, wo er gar nicht hinwollte. Sein Blick bleibt an dem Familienbild hängen, das auf Dr. Webermanns Schreibtisch steht. Er wollte ihn doch etwas fragen. Genau, er wollte ihn fragen, ob ihm seine Frau das Bild geschenkt hat, um ihn daran zu erinnern, dass er verheiratet ist. Die Glocke hebt sich ein wenig, ein ganzer Satz durchdringt das Rauschen in seinem Ohr.

»Heutzutage gibt es hochwirksame Behandlungen, und es gibt immer noch die Möglichkeit einer Stammzellenspende, wenn alle Stricke reißen, mit fünfzigprozentiger Heilungschance«, sagt Dr. Webermann, und Peter konzentriert sich, damit die Glocke ihn nicht sofort wieder einschließt. Was für Stricke, und warum sollten sie reißen?

»In der nahen Verwandtschaft ist die Wahrscheinlichkeit, einen passenden Spender zu finden, am größten.«

Peter schaut ihn an. Wovon spricht er, um Himmels willen?

»Aber jetzt warten wir erst mal die restlichen Testergebnisse ab.«

Abwarten. Das klingt gut. Vielleicht ist ja alles ganz anders. Bestimmt ist alles ganz anders. Fiel nicht vorhin das Wort »Verdacht«? Dr. Webermann legt Peter unbeholfen eine Hand auf die Schulter. Kündigt an, dass gleich Blut abgenommen wird, um weitere Untersuchungen durchzuführen.

Obwohl der Arzt Peter versichert, er müsse sich keine Sorgen machen, findet er es durchaus besorgniserregend, dass er möglicherweise zu einer Knochenmarkpunktion in die Klinik muss, bei der es sich nach Ansicht von Dr. Webermann um ein hochspezialisiertes Zentrum handelt, wo er sicher gut aufgehoben sein wird.

Kurz darauf bittet die hübscheste der hübschen Sprechstundenhilfen Peter zum Blutabnehmen. Noch vor einer Stunde hätte er mit einem witzigen Spruch geantwortet, hätte versucht, sie zum Lachen zu bringen, ein bisschen mit ihr zu flirten. Und es wäre ihm gelungen. Doch als er die vielen

Röhrchen sieht, die alle mit seinem Blut gefüllt werden, denkt er nicht mehr ans Flirten. Sie schaut ihn so mitfühlend an, dass er sich plötzlich selbst ganz fremd ist. Sie weiß, warum sie diese aberwitzige Anzahl an Röhrchen mit seinem Blut füllen muss, und er tut ihr leid. Wie grauenhaft. Dabei steht doch noch gar nichts fest. Es wird doch alles erst noch getestet. Es ist doch ganz rot, findet er, es sieht doch gut aus, sein Blut, so rot, wie Blut sein soll.

Als Peter im Theater ankommt, hat er sich schon wieder gesammelt. Der Einstich in seinem Arm ist unter dem Hemd verborgen. Den Einstich in seiner Seele sieht man genauso wenig. Der ist verborgen unter Charme und Humor, seiner Leutseligkeit, die Nähe vorgibt, sie aber nicht immer zulässt.

Weil er sich hervorragend ablenken kann, vergisst er den Schwebezustand zwischen Verdacht und Diagnose, bis er zum nächsten Termin kommt, wo ihm mitgeteilt wird, dass sein Knochenmark tatsächlich untersucht werden muss. Dr. Webermann schaut ihn ernst an, aber Peter weigert sich, diesen Blick zu nah an sich heranzulassen. Knochenmarkuntersuchung. Okay. Dann wird sein Knochenmark eben untersucht. Er sitzt hier quietschvergnügt in der Praxis seines Arztes. So schlimm kann es ja wohl nicht sein.

Als er zur Punktion ins Krankenhaus geht, schwindet seine Sicherheit. Er hat das Gefühl, nicht mehr er selbst zu sein, sondern ein einzelnes, kleines Rädchen unter vielen in der Maschinerie des Krankenhauses. Zwischen den Apparaten, den sterilen Tüchern, den Injektionsnadeln, dem allen vorgebundenen Mundschutz, den OP-Lampen, den kalten Fliesen und dem »Sie können sich jetzt wieder anziehen« fühlt er sich reduziert auf einen Körper, der mit ihm gar nichts zu tun hat.

Sein Körper ist ein Objekt von medizinischem Interesse. Er wird untersucht, vermessen und beurteilt, und plötzlich ist sein Körper nicht mehr der Körper, den er kennt, nicht mehr der Körper, der sich mit Hannas Körper verbindet, der Lust und Leidenschaft empfindet. Es kommt ihm vor wie eine feindliche Übernahme. Er fühlt sich wie ein Opferlamm, das zur Schlachtbank geführt wird. Das ist doch nicht mein Leben, denkt er. Das muss doch eine Verwechslung sein. Und als er zu zittern anfängt, in der Kälte des OPs, wo die Punktion vorgenommen wird, sagt eine beruhigende Stimme hinter einem Mundschutz, dass es ganz schön kalt ist hier drin. Dass man da ganz schön schlottert. Aber Peter weiß, dass er nicht nur vor Kälte schlottert. Und Mitleid findet er grauenhaft. Und dass er nicht aufhören kann zu schlottern, auch.

Was immer herauskommt, denkt er, was immer das Ergebnis sein wird, hier werde ich nicht mitmachen. Ich mache nicht mit.

Er ist heilfroh, als das Klinikgebäude ihn Stunden später wieder ausspuckt, ihn entlässt aus seinem Geruch nach Desinfektionsmitteln und seiner sterilen, bakterienfreien Zone. Er fragte sich, ob Persönlichkeit vielleicht etwas mit Bakterien zu tun hat. Warum sonst ist er sich selbst so fremd nach all diesen Desinfektionsmitteln und dieser Keimfreiheit?

Auf der Straße füllt er seine Lungen mit frischer Luft wie ein erstickender Fisch seine Kiemen mit Wasser. Nein. Das wird er nicht aushalten, das weiß er genau.

Schon im Wartezimmer hat ihn die Haltung der anderen Patienten, die sich so ruhig in ihr Untersuchungs- und Behandlungsschicksal fügen, total verwundert. Wie können sie ihre Körper so vertrauensvoll diesem Krankenhaus überlassen, diesen endlosen, lichtlosen Gängen, den harten Liegen, den behandschuhten Händen, den Nadeln und OP-Kitteln und Wegwerfslips? Peters Grenzen sind schneller überschritten als die der anderen. Das ist nicht die Welt, in der er sich befinden will. Hier kann er nicht atmen. Hier kann er nicht sein. Und warum sollte er überhaupt irgendwo sein, wo er nicht sein kann? Er wird sich weigern. Komme, was wolle. Und was kommen könnte, daran denkt er nicht. Der Gedanke entzieht sich seiner Vorstellung.

Ein paar Tage später ist das Ergebnis da. Akute Leukämie. Sehr aggressiv, selten aggressiv. In seinem Blut, so erfährt er, gibt es kaum noch ordnungsgemäß ausgereifte Blutkörperchen, dafür wimmelt es von unfertigen, unreifen Blutkörperchen, die zu früh in die Blutbahn geschickt werden. Unreifes Blut. Sein Knochenmark hat anscheinend aufgehört, Blut zu bilden.

»Warum tut es das?«, fragt Peter, aber Dr. Webermann schüttelt nur hilflos den Kopf. »Darauf gibt es keine Antwort.«

Der Arzt erklärt Peter mit ernster Miene die weitere Vorgehensweise. Während er redet, schaut Peter aus dem Fenster. Autos fahren vorbei, Passanten schlendern oder eilen, alles bewegt sich einfach weiter. Als wäre alles normal. Die Welt dreht sich weiter, als wäre nichts geschehen. Nur seine Welt ist nicht mehr dieselbe. Es kommt ihm alles unwirklich vor, so theoretisch. Hat das hier wirklich mit ihm zu tun? Was ist seine Wirklichkeit? Das, was vorher war? Oder das, was jetzt geschieht? Ihm ist die Wirklichkeit lieber, die er selbst bestimmt. Es hat doch immer gut geklappt bisher.

Später sitzt er im Auto, ohne den Motor anzulassen. Nur wenige Worte trennen ihn jetzt von der Zukunft, die er zu haben glaubte. Akute Leukämie. Fortgeschrittenes Stadium. Nur wenige Worte, und das Leben, das Peter bis gerade eben geführt hat, ist vorbei. Der naive Glaube, ewig zu leben, ist zerstört. Obwohl Peter wie jeder Mensch sehr genau weiß, dass er nicht ewig leben wird, ist es für ihn ein harter Schlag zu erfahren, dass es tatsächlich so ist. Dass er sterblich ist. Sehr sterblich sogar.

Peter fährt zu seinem Lieblingsplatz, an den er oft fährt, wenn er zwischendurch Zeit hat. Seine Wiese. Hier hat er Bücher gelesen, Wein getrunken, Sonnenuntergänge betrachtet, diskutiert und geküsst und geliebt und den Mond angeheult. Seine Wiese zieht sich sanft von der Straße hinunter zum Main, darüber spannt sich der Himmel in eine Weite, die ihm heute Angst einjagt. Zu hoch ist der Himmel. Zu hoch und zu weit. Der Himmel ist ihm heute zu viel.

Peter geht auf die Wiese und weiß überhaupt nicht, was er hier soll. Er weiß noch nicht einmal, was er denken soll. Bestimmt ist das alles ein Versehen. Das kann doch gar nicht sein. So etwas passiert doch nur anderen Leuten. So etwas passiert doch nicht ihm.

Eigentlich müsste er ins Theater. Es ist zwölf und er müsste mit den Schreinern sprechen. Aber er beschließt, erst einmal nach Hause zu fahren. Alles andere kann warten. Er muss nachdenken. In seinem Arbeitszimmer legt er die Zettel vor sich auf den Tisch, die er beim Arzt bekommen hat. Informationen für Patienten. Er will kein Patient sein. Er will nicht ins Krankenhaus. Er will keine Chemo, er will keine Medikamente, er will sich nicht elend fühlen und sich die Seele aus dem Leib kotzen. Er will das alles nicht. Ein Flyer von der Krebsberatung, einer von der Leukämie-Selbsthilfegruppe, ein Merkblatt zu den Therapiemöglichkeiten, ein Merkblatt zu der Suche nach Stammzellenspendern.

Liebe/r Patient/in,

vielleicht müssen Sie sich mit dem Gedanken an eine Stammzellentransplantation vertraut machen. Hier finden Sie erste Antworten auf mögliche Fragen.

Er überfliegt den Text. Die Wahrscheinlichkeit, dass Geschwister passende Spender sind, liegt bei fünfundzwanzig bis dreißig Prozent. Er denkt an seine Schwester Ingrid. Von ihr möchte er noch nicht einmal geküsst werden. Geschweige denn eine Stammzellenspende annehmen. Stammzellen. Das klingt so grundlegend. Er will nichts Grundlegendes von Ingrid bekommen. Bei Zwillingen ist die Wahrscheinlichkeit größer. Er ist kein Zwilling. Es kann aber auch sein, dass es irgendwo auf der anderen Seite der Welt einen passenden Spender für ihn gibt. Aber will er die Spende eines Fremden? Das ist ja genauso schlimm wie eine Spende von Ingrid. Es ekelt ihn. Er glaubt, dass er sich so vor sich selbst ekeln würde, wenn etwas aus dem Innersten eines anderen in sein Innerstes gelänge, dass er daran sterben würde. Das ist doch nicht normal. Warum sonst gibt es Abwehrreaktionen? Tödliche Abwehrreaktionen? Man ist vielleicht nie mehr gesund nach einer Transplantation. Es klingt einfach. Aber das ist es nicht.

In seltenen Fällen, so liest er, kommen auch Kinder oder Eltern in Betracht. Das sind haploidente Spender, die erst dann getestet werden, wenn sonst niemand gefunden wurde.

Für ihn kommt niemand in Betracht, so weit wird es nicht kommen. Er wird keine Spende annehmen. Entweder es geht ohne. Entweder. Oder.

Er will keine einzige Stammzelle, von niemandem. Keine Spende von Ingrid, auch keine von Marie. Auch nicht vom Rest der Verwandtschaft. Das kann er sich nicht vorstellen. Keine Spende von seinen Eltern, und nein, keine Spende von Lukas. Mit Sicherheit keine Spende von Lukas. Da fällt ihm ein, dass Lukas noch nicht geantwortet hat. Warum hat Lukas ihm nicht geantwortet? Hat er seinen Brief überhaupt bekommen? Und wird Lukas noch antworten? Bevor es zu spät ist?

Plötzlich bedauert er all die Zeit, jede Minute, die er nicht mit ihm verbracht hat. Jetzt bleibt ihm wahrscheinlich nur eine kleine begrenzte Zeit, all das aufzuholen, was er versäumt hat. Er hat vieles nicht versäumt. Er hat gelebt, wahrhaftig, er hat wirklich gelebt. Er hat den Beruf ausgeübt, den er wollte, er hat viele Frauen geliebt und viele Länder gesehen, vieles ausprobiert, sich berauscht, Gesang und Spiel und Tanz, das hat er alles nicht versäumt. Aber er kennt seinen Sohn nicht. Lukas. Das ist der Mangel in seinem Leben. Es mangelt Peter an roten Blutkörperchen und an Lukas.

Er stapelt die Blätter und schiebt sie ans Ende des Tisches. Zu seinem zerfledderten Exemplar von Jack Kerouacs *Unterwegs. Unterwegs* ist seine Bibel. Gegen den Stillstand. Für Bewegung. Zwar ist er seit Jahren in derselben Stadt, am selben Theater, aber das Theater ist ein Ort, wo man immer unterwegs sein kann. Innerlich ist er auf Reisen. Von Stück zu Stück, von Mensch zu Mensch. Er ist in Bewegung, und er will es bleiben. Und er wird sich nicht in ein steriles Krankenzimmer begeben, wo er eingesperrt und ohne frische Luft über Tage und Wochen darauf hoffen muss, dass sich gesunde, gespendete Stammzellen in seinem kranken Rückenmark ansiedeln und beginnen, neues Blut mit ausgereiften roten Blutkörperchen zu produzieren. Er weiß genau, dass sein Körper die Spende nicht annehmen wird. Er wird sie abstoßen. Allein der Gedanke an das fremde Blut, das er demnächst mit seiner ersten Bluttransfusion bekommt, ist ihm zuwider.

»Sie werden sich daran gewöhnen«, hat die Schwester gesagt, als er den Termin vereinbarte und ihr gestand, dass ihm mulmig war bei dem Gedanken. Aber will er sich daran überhaupt gewöhnen?

Er schlägt *Unterwegs* auf, und sein Blick fällt auf Sätze, die er vor langer Zeit angestrichen hat. Es geht immer um den

Weg. Sein Weg wird ihn überallhin führen. Aber will er denn überallhin, wohin sein Weg ihn unweigerlich führen wird? Will er überhaupt noch unterwegs sein?

Als es klingelt, will Peter erst gar nicht öffnen. Aber dann steht er doch auf und drückt den Öffner. Vielleicht ist es Hanna. Vielleicht auch die Post. Wer sollte ihm etwas schicken? Ein Brief von Lukas, wenn er denn käme, würde einfach im Briefkasten landen.

Vor der Tür steht sein Vater, und im ersten Moment denkt Peter: Woher weiß er davon? Dann sagt er sich, dass es ein Zufall sein muss, dass sein Vater gerade jetzt hier auftaucht, wo sein Stammhalter vielleicht eine Stammzellenspende braucht. Und denkt nur, auch das noch.

Schweigend stehen sie sich gegenüber.

»Kann ich reinkommen?«, fragt der Vater nach ein paar Sekunden, weil Peter keine Anstalten macht, ihn hereinzubitten. Peter, immer noch völlig verdutzt, geht zur Seite und weist mit einer leicht gereizten und leicht übertriebenen Geste zum Wohnzimmer. »Bitte.«

Der Vater tut so, als ob er dies nicht bemerkt, und geht ins Wohnzimmer. Sein Mantel ist zugeknöpft und der Gürtel stramm geschnürt. Georg gehört zu den Männern, die im Alter kein Fett ansetzen, sondern hager und drahtig bleiben. So steht er nun zugeknöpft in der Mitte des Raumes, quittiert Peters Angebot, Platz zu nehmen, mit einer ungeduldigen, wegwerfenden Handbewegung und kommt gleich zur Sache. Peter merkt, dass er sich die Worte auf dem Weg zurechtgelegt haben muss.

»So behandelt man seinen Sohn nicht. So habe ich dich nicht erzogen. Er ist dein Fleisch und Blut. Ruf ihn an. Ruf Sabine an und entschuldige dich. Das ist mein einziger Wunsch.«

»Und warum klingt er dann wie ein Befehl?« Peter schaut

seinen Vater herausfordernd an, doch er bekommt keine Antwort. Natürlich nicht.

Dein Fleisch und Blut, was für eine schaurige Formulierung, denkt Peter. Vor allem jetzt. Mein Blut ist krank. Mein Blut ist sterbenskrank, und ich stehe hier und höre mir Vaters Moralpredigten an, die mit meinem Blut nichts zu tun haben. Was weiß der Mann von meinem Fleisch und meinem Blut?

»Es war falsch von euch, Lukas einzuladen und mir nichts zu sagen. Nur deshalb ist die Sache so eskaliert.«

»Was kann falsch daran sein, wenn wir unseren Enkel einladen? Muss ich dich dafür um Erlaubnis bitten? Was glaubst du denn ...?« Jetzt braust er auf, und Peter spürt, wie die Wut auch in ihm aufsteigt.

»Warum musst du dich immer einmischen? Meine Exfrau, mein Sohn, das ist *meine* Sache, nicht deine. Lass mich das auf meine Art regeln. Halt dich da raus. Halt dich einfach raus!«

Der Vater sieht plötzlich müde aus, sein Ärger ist schwach, vor Peter steht jetzt ein gebrechlicher Mann, der seiner Wut gar nicht standhalten kann.

»Ich bin ein alter Mann. Ich kann nicht ewig warten. Schau dich doch an, fast fünfzig und keine eigene Familie. Du wirst jetzt laut lachen, aber irgendwann wirst du an diese Worte denken, und dann ist es zu spät. Auch dein Ende wird irgendwann kommen. Bei meiner Beerdigung werden alle meine Enkel am Grab stehen. Auch Lukas. Und wer steht bei deiner Beerdigung am Grab? Denk mal darüber nach.«

Peters Mundwinkel zucken, aber er verliert kein Wort. Er lacht nicht. Auch nicht laut. Dass sein Vater heute von seiner Beerdigung spricht, ist ihm unheimlich. Wie kommt der Mann darauf?

Tage vergehen. Untersuchungen, Ergebnisse, Werte. Medikamente. Es ist so unwirklich. Und doch ist es jetzt Peters Wirklichkeit. Zahlen, die ihm vor kurzem nichts sagten, werden plötzlich zu einem Indikator dafür, wie krank er ist und wie gesund man sein kann. Blutwerte gehören plötzlich zu seinem Leben. Der Arzt gehört plötzlich zu seinem Leben. Die hübschen Sprechstundenhilfen und die Abteilung im dritten Stock der Uniklinik gehören nun ebenfalls zu seinem Leben. Manchmal kommt es ihm total absurd vor. Manchmal fragt er sich, ob er es durchhalten wird, niemandem davon zu erzählen.

Denn das ist sein Plan. Niemand wird davon erfahren. Er hat keine Lust, der Kranke zu sein. Er hat keine Lust auf die mitleidigen Blicke. Die Gesichter der hübschen Sprechstundenhilfen, die ihm plötzlich nicht mehr zuzwinkern, nicht mehr mit ihm flirten, sondern ihn nur noch mit sanftem, mitleidsvollem Lächeln bedenken, sind ihm eine Lehre. Wenn Hanna ihn so anschauen würde, undenkbar. Und außerdem ist er fest davon überzeugt, dass bei ihm alles ganz anders läuft. Dass es bei ihm einfach vorbeigeht. Weil es bei ihm immer anders gelaufen ist, als alle dachten. Weil er den Willen hat. Weil er verdammt noch mal will, dass es anders ist.

In der Nacht kann er nicht schlafen. Einsam und ruhelos wirft er sich im Bett hin und her. Einsam und ruhelos läuft er durch die nächtlichen Straßen. Hanna muss schon geschlafen haben, als er klingelt. Ihre Stimme in der Sprechanlage klingt heiser. Doch als sie die Wohnungstür öffnet, lässt sie sich nichts anmerken. Sie lächelt Peter an. Peter, der Flüchtling vor sich selbst, lächelt sie ebenfalls an und beugt sich zu ihr hinunter, um ihre Lippen zu suchen. »Findest du nicht auch, dass wir mal wieder eine kurze Nacht haben könnten?«

Hanna ist seine Rettung. Die nichtsahnende Hanna, in

deren Armen er Schlaf finden kann. In deren Armen er vergessen kann, dass er morgen zum ersten Mal fremdes Blut bekommen wird.

Am Morgen sitzt er in der kleinen Kabine, und das Blut eines anderen tropft in seine Venen, damit er mehr gesunde Blutkörperchen hat und sich besser fühlt. Er fühlt sich nicht besser. Er fühlt sich wie ein Kannibale. Er findet es eklig, fremdes Blut zu bekommen. Zuzusehen, wie das rote Blut langsam in seinen Arm hineintropft. Er beobachtet das skeptisch. Sein Arzt in der Uniklinik, ein Assistenzarzt, der deutlich jünger ist als er, betritt den Raum. Peter deutet mit dem Kopf auf den Beutel.

»Und das muss wirklich sein?«

»Sie werden sich mit einem Schlag fitter fühlen«, sagt der junge Arzt, der sich selbst offenbar superfit fühlt. »Wir müssen Sie ein bisschen hochpäppeln. Eine Chemo ist sehr belastend, und eine Transplantation auch.«

»Ich fühl mich fit«, sagt Peter. Er will am liebsten sagen, dass er sich so fit fühlt, dass er das fremde Blut nicht braucht. Aber er weiß, dass das nicht stimmt. Er glaubt es ja selbst nicht. Wie soll ihm dann der Arzt glauben?

»Ich kann Ihnen nicht sagen, wie lange Ihr Zustand so stabil bleibt. Es können Wochen sein. Vielleicht Monate.« Dieser ernste Arztblick. Ob er den vor dem Spiegel geübt hat? Empathie, Ruhe, Zuversicht, aber auch eine Warnung liegen darin: Die Sache ist ernst.

Der Arzt macht eine kleine, bedeutsame Pause. Peter versteht allmählich die Arztsprache.

»Sie meinen weniger?«

»Je früher wir einen Spender finden und je fitter Sie zu diesem Zeitpunkt sind, desto besser sind Ihre Chancen.«

Weder ja noch nein. Stattdessen eine positiv klingende

Stellungnahme. Mutmachparolen. Ob die Ärzte selber daran glauben?

»Glauben Sie das wirklich?«

Peter versucht, nicht auf das Blut zu schauen. Weg von dem Rot. Dem Rot, das sein blasses Blut beleben soll.

»Die Suche läuft schon durch alle Datenbanken. Aber die Wahrscheinlichkeit ist im Familienkreis am höchsten. Sie müssen mit Ihren Verwandten sprechen. Und zwar sehr bald.«

»Der Familienkreis. Mir ist ja das fremde Blut hier schon unangenehm.« Peter schüttelt den Kopf. »Ich kann das nicht, bestimmt nicht. Lassen Sie mich da raus. Ich bin nicht der Typ, der Spenden annehmen kann.«

»Denken Sie erst mal gut darüber nach. Kann ich verstehen, dass man einen Moment braucht, um sich an den Gedanken zu gewöhnen. Aber denken Sie nicht zu lange nach. Bitte.«

Der Arzt will ihn retten. Das ist nett von ihm. Peter weiß nur nicht, ob er von ihm gerettet werden will. Die Rettung von Hanna, die ihn nachts im Arm hält, so dass der tröstliche Duft ihrer Haut ihn beruhigen kann, dieser Rettung kann er sich besser anvertrauen.

Später fragt er Hanna, was ihr bei dem Wort »Himmel« in den Sinn kommt. Sie überlegt keine Sekunde, bevor sie sagt: »Lieber Gott, mach mich fromm, dass ich in den Himmel komm.« Sie denkt an einen Kinderhimmel. Einen hellblauen Himmel, in dem kleine Engel auf Wolken wie Wattebäuschen sitzen. Sie schließt die Augen. Und nach einer Weile fügt sie hinzu: »Der Himmel hängt voller Geigen.«

Im Malersaal hängt ein großer Prospekt von der Decke herab. Der Himmel ist ein dunkler Strudel, in dessen Mitte aus der Tiefe ein helles, weißes Licht hervorscheint. Peter und Hanna treten neben Carlo, der Peter erwartungsvoll anschaut. Peter runzelt die Stirn und ist mit seiner eigenen Idee unzufrieden.

»Das ist so normal. Jeder redet von dem Tunnel. Das ist so schwarzweiß.«

»Ich kann Gold nehmen«, überlegt Carlo. »Kann es warm machen. Hier hinein so was wie Abendrot. Rosa, Gold.«

Er deutet auf einige Stellen, doch Peter schüttelt den Kopf.

»Das wird kitschig.«

»Oder wir machen es noch wolkiger«, schlägt Carlo vor. »So wie wenn man aus dem Flugzeug schaut und denkt, man könnte jetzt aussteigen und auf den Wolken laufen.«

»Als ob«, verbessert Peter etwas gereizt. »Das ist dann so *als ob* man aus dem Flugzeug schaut. Aber das ist noch lange kein Jenseits. Hier geht es um den Übergang. Das ist noch nicht das Jenseits. Der Regenbogenweg vielleicht, Kerouacs Regenbogenweg, der Weg des Irren ... Ach, verdammt.«

Peter hat gerade überhaupt keine Lust auf kreative Maler. Vor allem, wenn sie auch noch grammatikalisch danebenliegen. Meistens macht es ihm Spaß, zusammen mit den Malern Sachen auszuprobieren, sich ihre Ideen anzuhören. Meistens glaubt er an einen Prozess, den er mit seiner Idee anstößt und der sich dann in pulsierenden Kreisen durch die Werkstätten bewegt, als wäre seine Idee ein Lebewesen mit einem Herzschlag. Aber heute nicht. Heute haben die Ideen keinen Herzschlag, heute sind seine Ideen blutarm. Verdammt, warum soll er sich überhaupt einen Himmel ausdenken? Ein Jenseits. Das ist eine Zumutung. Er will das Diesseits. Selten war er jedem Gedanken an ein Jenseits ferner als jetzt, da sich in seinem Leben die Tür aufgetan hat, die in das große Unbekannte führt. Er will überhaupt nicht wissen, wie es dahinter aussieht. Ganz bestimmt nicht. Und er hat auch keine Lust, gruppendynamisch darüber zu diskutieren.

Er sieht aus dem Augenwinkel, wie Hanna Carlo ein Zeichen gibt, eine zarte Geste, um ihm zu sagen, halt einfach die Klappe. Würde Peter es auf seine Art sagen, wäre Carlo beleidigt. Hanna kann es mit den Händen sagen, und die Maler lächeln sie auch noch dankbar an. Müde den Kopf schüttelnd, wendet Peter sich zum Gehen, und Hanna folgt ihm. Sie gehen durch den Malersaal und die Werkstätten Richtung Probebühne. Peter fühlt sich tatsächlich etwas dynamischer nach der Blutspende. Wie schrecklich das ist. Fremdes Blut zu brauchen, um sich besser zu fühlen. Wie ein Vampir.

»Meinst du, dort ist es bunt?«

Er weiß selbst nicht, was ihn zu der Frage verleitet, vor allem weiß er nicht, ob sich die Frage auf das Stück bezieht. Oder auf mehr.

Hanna bezieht die Frage natürlich auf das Stück und lächelt ihn an. »Dort ist es genau so, wie du es willst.«

Ja, in seinen Welten, die er erschaffen kann, da ist es so, wie er es will. Genau so. Aber es gibt Welten, denkt er, die werden nicht von ihm erschaffen. Es gibt Welten, die einen anderen Schöpfer haben. Was macht Peter, der Weltenbauer, wenn er in eine Welt gerät, die er nicht mit erschaffen kann? Die er nicht mitgestalten kann?

»Du musst ja noch nichts entscheiden. Das hat doch ein bisschen Zeit.«

Wenn sie wüsste. Wenn sie wüsste, dass er vielleicht tatsächlich nur noch ein bisschen Zeit hat. Noch ein bisschen. Nur ein bisschen. Vielleicht. Vielleicht auch nicht. Vielleicht hat er alle Zeit der Welt. Seiner Welt. Wie wenig Zeit wir alle haben, während wir denken, wir hätten die Ewigkeit.

Sabine schaut dem Zug hinterher, in den Lukas gerade eingestiegen ist. Wahrscheinlich hat sie wieder ihre Mutter-macht-sich-Sorgen-Miene aufgesetzt. Lukas hat nämlich besonders unbeteiligt getan. Obwohl sie wusste, dass sie ihm damit auf die Nerven ging, konnte sie nicht anders. Auf dem Bahnsteig, kurz bevor der Zug einfuhr, musste sie noch den Dein-Vater-ist-unberechenbar-Vortrag loswerden, und sie musste Lukas auch unbedingt noch sagen, dass er Peter bitte nicht ernst nehmen durfte, ganz egal, was er tat.

Wie beschützt man sein Kind, wenn es alt genug ist, seine eigenen Wege zu gehen? Und wenn man weiß, dass es auf diesen Wegen aller Wahrscheinlichkeit nach genau den Geistern und Monstern begegnen wird, vor denen man es immer bewahren wollte?

Sabine geht zu ihrem Auto auf dem Bahnhofsvorplatz und steigt ein, steckt den Schlüssel ins Zündschloss, dreht ihn jedoch nicht um. Wenn sie noch rauchen würde, wäre das jetzt der Moment für eine Zigarette. Kurz überlegt sie, ob sie aussteigt und welche kaufen geht, am Bahnhof gibt es bestimmt Zigaretten. Doch dann lässt sie es sein. Sie will gar keine Zigaretten. Sie will etwas ganz anderes.

Sie weiß nicht genau, wie es nun eigentlich dazu kam.

Wann Lukas beschlossen hat, seinen Vater zu besuchen. Nachdem der Brief angekommen war, hat er tagelang nichts gesagt. Nicht, was in dem Brief stand, ob er ihn überhaupt gelesen hat. Letzte Woche stand er plötzlich in der Küche und sagte, ohne sie anzuschauen, ich fahre zu Peter. Nächstes Wochenende, wenn die Herbstferien anfangen. Bevor sie etwas erwidern konnte, war er draußen. Die Jacke hatte er schon angehabt. Das hatte er sicher genau geplant. Nach der Ankündigung schnell das Haus zu verlassen, ohne ihre Antwort abzuwarten. Da hatte es doch schon wieder begonnen. Peter hatte es geschafft, einen Keil zwischen sie zu treiben. Er taucht auf, er schreibt Briefe, er beeinflusst Lukas, der gleich nicht mehr normal mit ihr reden kann. Wer weiß, was er zu ihm gesagt hat. Über sie. Wer weiß, was er ihm an diesem Wochenende über sie erzählen wird.

Sabine legt den Kopf auf die Hände, die das Lenkrad umklammern, und spürt den ziehenden ängstlichen Schmerz in sich aufsteigen. Ich werde ihn verlieren, denkt sie. Jetzt verliere ich ihn, und er ist alles, was ich habe. Mit einem heftigen Stich schießen ihr die Tränen in die Augen, und sie spürt, wie ein Schluchzen sich den Weg aus ihrem Brustkorb bahnt.

Wo soll sie jetzt hin? Sie kann unmöglich in die leere Wohnung zurück. Die leere Wohnung mit dem Klavier. Lukas' Klavier. Was wird passieren, wenn Lukas erfährt, was sie getan hat? Sie wird ihn verlieren. Wenn er es erfährt, wird sie ihn verlieren. Dabei hat sie doch immer alles für ihn getan. Alles. Sie hat Opfer gebracht, sie hat ihn großgezogen, sie hat ihn ernährt und ihm zugehört, sich um die Hausaufgaben gekümmert und seine Kleider gewaschen. Sie hat auf alles verzichtet. Für Lukas. Im Gegensatz zu Peter. Zu dem er jetzt fährt. Ein altes Gefühl. Alle sind weg. Sie ist allein. Ein uraltes Gefühl. Das Gefühl kennt sie gut. Die Erinnerung dazu ist jedoch schon lange verschwunden. Dennoch kommt dieses uralte Gefühl immer wieder hoch. Ich bin allein, singt es in ihrem Ohr. Alleinalleinallein. Sie angelt ihr Handy aus der Tasche hervor, wischt sich die Augen trocken und ruft Nette an. Nette wird ihr zuhören. Wahrscheinlich wird Nette ihr auch einen Vortrag halten, den Sabine genauso wenig hören will wie Lukas ihren, aber besser ein Vortrag von Nette, als jetzt alleine zu sein. Sie will nicht alleine sein.

»Und ausgerechnet jetzt!« Sabine hat inzwischen etliche Taschentücher nass geweint und Nette hat ihr ruhig zugehört, ihr immer mal den Rücken gestreichelt und ihr ein frisches Taschentuch gereicht.

»Und was ist daran gerade jetzt so schlimm?«, fragt Nette. Sie weiß natürlich, dass es für Sabine immer schlimm ist. Immer schlimm war, immer schlimm sein wird. Im letzten Jahr genauso wie jetzt, wie im nächsten Jahr, wie in fünf Jahren. Alles, was mit Peter zu tun hat, ist schlimm. Sabine holt tief Luft.

»Der hat doch keinen blassen Schimmer, was er uns da antut. Keinen blassen Schimmer. Verdammt!«

Natürlich ist das keine Antwort auf Nettes Frage. Sabine lässt sich auf Nettes Sofa zurückfallen und schließt die Augen. Es war gut, sich bei Nette auszuheulen. Aber jetzt kommen ihre Fragen, die Sabine weder hören noch beantworten will.

»Erst einmal will ein Vater seinen Sohn sehen, nach Jahren ohne Kontakt. Das klingt nicht unbedingt so, als ob er dir oder Lukas etwas antut. Das klingt eigentlich ganz vernünftig. Endlich, würde ich sagen.«

»Du weißt genau, was ich meine«, schnieft Sabine.

»Nein.« Nette schüttelt den Kopf.

»Kurz vorm Abi!«

»Das sind noch ein paar Monate, oder? Lukas wird schon

damit umgehen können. Vielleicht tut es ihm sogar gut? Er ist immer so verschlossen und ...«

»Was und?«, hakt Sabine nach. »Was willst du damit sagen?«

»Dass es ihm vielleicht guttut? Ein Mann! Es ist gut für einen Jungen, wenn er einen Vater hat.«

»Nicht so einen.«

Sabine schaut Nette stumm an, und Nette weiß, was Sabine denkt. Sie kennen sich schon so lange.

»Es gibt kein Entweder-oder, Binchen. Du bist seine Mutter und wirst es immer sein. Ganz egal, was er erlebt, jetzt, später, irgendwann.«

Nette legt vorsichtig den Arm um Sabine und zieht sie näher zu sich. »Und wenn er endlich auch einen Vater hat, dann ist das nur gut für ihn. Mutter und Vater. Er muss sich nicht entscheiden. Wird er auch nicht. Er kann beides haben.«

Sabine schaut Nette skeptisch an und nimmt ihre Tasche, um darin nach ihrem Labello zu suchen. Ihre Lippen sind trocken. Komisch, dass Weinen die Lippen austrocknet, denkt sie. Die Augen zerfließen, die Nase läuft, aber ihre Lippen fühlen sich rissig an. Vielleicht, weil Tränen salzig sind?

»Er weiß, was er an dir hat, du warst immer für ihn da. Er wird nie an dir zweifeln. Lass ihn Peter kennenlernen. Das ist richtig. Er ist sein Vater.«

»Er wird ihm wehtun. Ich weiß es.«

»Er hat dir wehgetan. Das heißt nicht, dass er jedem Menschen wehtut. Lukas ist jetzt alt genug, um seine eigenen Erfahrungen mit seinem Vater zu machen. Lass ihn ruhig.«

Sabine schüttelt den Kopf und spürt, wie Nettes Griff um ihre Schulter sich lockert. Stattdessen streicht Nette ihr übers Gesicht und dreht es zu sich, so dass Sabine sie anschauen muss. Ihrem Blick nicht ausweichen kann.

»Lukas ist erwachsen, das weißt du, oder? Dein kleiner Junge ist erwachsen. Du hast alles für ihn getan.«

»Ich weiß«, murmelt Sabine und schaut zu Boden.

»Er macht bald Abitur, er hat Talent, und er hat eine Freundin. Er ist doch noch mit dem Mädchen zusammen?«

»Pauline. Ja.« Sabine nickt. »Ich weiß auch nicht, ich finde das zu eng für das Alter.«

»Bist du etwa eifersüchtig?«

»Ach Quatsch.« Sabine schüttelt den Kopf und weiß genau, dass Nette recht hat.

»Binchen«, seufzt Nette. »Du musst mal ein bisschen loslassen.«

»Ich will aber nicht loslassen. Ich will nicht.«

Wie soll sie loslassen? Wenn sie loslässt, beginnt der freie Fall. Sie muss festhalten. Sie muss.

Inzwischen hat Peter es immerhin geschafft, sich für eine Jeans zu entscheiden. Er schaut auf die Uhr. In fünf Minuten muss er los, wenn er nicht zu spät kommen will, und er will unbedingt am Bahnsteig stehen, wenn der Zug einfährt. Er muss vor Lukas da sein und auf ihn warten. Und er weiß immer noch nicht, welches Hemd er anziehen soll. Das gestreifte? Er zieht es über und zieht es sofort wieder aus. Er gefällt sich nicht. Das blaue? Oder doch lieber ein T-Shirt? Ein T-Shirt ist besser. Ein schwarzes oder ein weißes? Noch drei Minuten. Meine Güte, das ist kein romantisches Rendezvous, sagt er sich. Und auch kein Vorstellungsgespräch. Er holt nur seinen Sohn vom Bahnhof ab. Nur! Wenn das so einfach wäre. Mit romantischen Rendezvous und Vorstellungsgesprächen hat er mehr Erfahrung als damit, seinen Sohn vom Bahnhof abzuholen. Er zieht das schwarze T-Shirt an. Sieht sich im Spiegel und zieht es wieder über den Kopf. Nur kein Schwarz. Viel zu düster. Er nimmt das weiße T-Shirt, zieht es sich im Gehen über, greift sein Jackett von der Garderobe, den Schlüssel, das Geld und läuft das Treppenhaus hinunter zum Auto.

Es ist viel Verkehr, natürlich, und alle Ampeln sind rot. Als er sein Auto endlich abgeschlossen hat und in den Bahnhof hineinläuft, ist es höchste Zeit. Im Laufen schaut er auf die

Anzeigen. Gleis, Gleis ... Wo kommt er an? Da ertönt schon die Durchsage: auf Gleis 12 fährt ein ICE ... Gleis 12. Er muss rennen, und sein Herz pocht laut durch seinen ganzen Körper von der ungewohnten Anstrengung. Aber er schafft es. Gerade noch. Atemlos kommt er genau in dem Moment zum Bahnsteig, in dem die Bremsen den Zug mit ohrenbetäubendem Schrillen zum Stillstand bringen. Der Ton gellt in seinen Ohren und bringt sein gesamtes Nervensystem zum Vibrieren. Peter ist erleichtert, als der Zug steht und das schrille Quietschen verstummt. Ein Glück, denkt er, während sich sein Atem nur langsam beruhigt. Ein Glück. Er hat es gerade noch geschafft.

Peter hat Angst, dass er noch immer keuchen muss, wenn Lukas vor ihm steht. So hat er sich das nicht vorgestellt. Am Morgen, als er nach dem Aufwachen mit einem Gefühl zwischen Freude und maßlosem Erschrecken festgestellt hat, dass Lukas zu Besuch kommt, hat er sich vorgestellt, wie er an einem Pfeiler lehnt und auf ihn wartet. Irgendwie lässig, locker. Und dann wollte er freundlich lächelnd auf ihn zugehen. Jetzt ist er atemlos und schwach und überhaupt nicht lässig. Er schaut den Menschen, die aus dem Zug aussteigen und auf ihn zukommen, bang entgegen.

Es ist unglaublich, wie viele Menschen in einen Zug passen. An ihm vorbeiströmen. Ihn streifen. Menschen finden sich, umarmen sich, begrüßen sich.

Ein junger Mann rennt dicht an ihm vorbei und fällt irgendjemandem hinter ihm in die Arme. Lächelnde Gesichter. Alle, die abgeholt werden, lächeln. Ob Lukas lächeln wird? Als sie telefoniert haben, klang seine Stimme ernst. Knapp und ernst. Dann entdeckt er in der Menge die langen, zerzausten blonden Locken. Und plötzlich ist er glücklich. Plötzlich weiß er nicht, wohin mit dem Gefühl, das ihn überschwemmt. Damit hat er nicht gerechnet.

Er sieht Lukas, wie er als kleiner Junge auf ihn zuläuft. Drei Jahre alt, wilde, hellblonde Locken, fast weiß waren seine Haare, als er so klein war. Er läuft ihm strahlend entgegen, darauf vertrauend, dass Peter ihn auffangen wird, er juchzt schon vor lauter Vorfreude, so dass Peter seine kleinen weißen Zähnchen sieht. Sein Gesicht unter den Locken ist ein einziges Lachen.

Peter schaut dem Lockenkopf erwartungsvoll entgegen und macht einen Schritt auf Lukas zu, als er nur noch wenige Meter entfernt ist. Das Gesicht unter den Locken, der Blick, der ihn streift, sind verschlossen. Wogendes Gefühl. Peter will sein Gesicht in diesen Locken vergraben, und er will gleichzeitig weglaufen und wünscht sich, er würde sie nicht so gerne berühren wollen. Es ist ihm peinlich, Lukas und er sind sich doch so fremd.

Unbeholfen stehen sie voreinander und wissen nicht, wie sie sich begrüßen sollen. Sich die Hand zu geben ist zu förmlich, umarmen ist viel zu nah. Dieser lang ersehnte, gefürchtete Moment. Peter ist der Erwachsene, er ist Lukas' Vater, er hat Lukas eingeladen. Er muss jetzt das Ruder übernehmen.

»Hallo«, sagt er und schaut Lukas an. Mein Gott, wie originell, denkt er. Und berührt ihn leicht am Arm.

Sie schauen sich kurz an, und dann sehen sie beide rasch wieder zur Seite. Als hätten sie Angst, etwas aneinander zu entdecken, was vielleicht besser noch eine Weile verborgen bleibt. Peter will freundliche Begrüßungssätze sagen, aber es fallen ihm einfach keine ein. Er versucht zu lächeln.

»Dann fahren wir mal, oder?«

»Okay«, sagt Lukas und schaut gelangweilt an Peters linkem Ohr vorbei, als gäbe es hinten im Bahnhof etwas zu sehen, was ihn wesentlich mehr interessiert als der Mann direkt vor ihm. Er ist genauso unsicher wie ich, denkt Peter und versucht sich nicht entmutigen zu lassen, auch wenn ihm das gerade schwerfällt. Ein Lächeln von Lukas wäre echt schön. Ein kleines Lächeln.

Auf dem Weg zum Auto versucht Peter, Konversation zu machen. Wie war die Fahrt, war es voll im Zug, was hast du gemacht und was hast du gelesen? Lukas gibt einsilbige Antworten und schaut konzentriert in die Ferne, schaut überall hin, nur nicht zu Peter. Peter versucht dies zu ignorieren und tut so, als ob sie eine ganz normale Unterhaltung führen. Dabei kommt er sich vor wie ein Schauspieler, der aus Versehen im falschen Stück gelandet ist. Dummerweise hat die Vorstellung schon begonnen, das Publikum hat bezahlt und erwartet Unterhaltung, und er muss nun wohl oder übel mitmachen, muss improvisieren, muss etwas bieten, obwohl er keine Ahnung hat, worum es hier eigentlich geht. Er hat es sich anders vorgestellt. Einfacher. Das geht Peter oft so. Er stellt sich etwas vor, und wenn es dann ganz anders eintritt, als er es sich ausgemalt hat, dann hat er das Gefühl, er und die Welt passen nicht zusammen. Und wenn man ihn nur vorher gefragt hätte, er hätte genau beschreiben können, wie alles ablaufen soll. Aber er wird nicht immer gefragt.

Peter öffnet den Kofferraum, in dem alles Mögliche herumliegt, und Lukas wirft seinen Rucksack hinein. Peter fragt sich, was er bloß tun soll. Sie steigen ein. Lukas schnallt sich sofort an, Peter wie immer erst während der Fahrt, wenn er die erste Kurve genommen und das Fenster heruntergekurbelt hat. Er spürt, dass Lukas ihn anschaut, und versucht, ein Grinsen aufzusetzen. Doch da hat Lukas sich schon weggedreht und schaut zum Seitenfenster hinaus.

»Hast du Hunger? Sollen wir was essen gehen?«, fragt Peter, um die angestrengte Stille zu brechen.

»Okay.«

»Italiener?«

»Okay.«

Peter nickt dem einsilbigen Rücken seines fremden Sohnes von der Seite zu. »Okay.«

Es ist vielleicht auch okay? Nach jahrelangem Schweigen kann man vielleicht nicht mehr erwarten als Einsilbigkeit. Vielleicht ist ein zweisilbiges Okay schon viel. Ein Okay ist immerhin eine Zustimmung. Auch wenn Peter sich ihre Unterhaltung irgendwie mehrsilbiger vorgestellt hat.

Als Francesco lächelnd auf ihn zukommt, ist Peter erleichtert, dass er nicht mehr alleine für die Unterhaltung verantwortlich ist.

»Ah, du gibst uns mal am Mittag die Ehre. Wie schön, willkommen.« Er schüttelt Peter herzlich die Hand.

»Das ist mein Sohn. Lukas«, sagt Peter mit einem Hauch väterlichen Stolzes. Es fühlt sich gut an. Doch im gleichen Moment bereut er fast, es erwähnt zu haben. Wenn Francesco jetzt wissen will, warum Lukas nie da ist? Doch Francesco ist die Herzlichkeit in Person. Strahlend schüttelt er Lukas die Hand.

»Willkommen, Sohn Lukas! Dass du so einen großen Sohn hast.« Francesco, für den es so viel einfacher ist, Sohn und Vater zu sein, schiebt sie zu Peters Lieblingstisch am Fenster. Peter mag den Platz, weil er dort das Fenster gleich auf Kipp stellen kann, noch bevor er sich hinsetzt.

Francesco geht und bringt einem anderen Gast das Essen, das die Küche mit einem Klingeln angekündigt hat. Seit dieses Klingen ertönt ist, sitzen Peter und Lukas sich stumm gegenüber, wissen erst mal nicht weiter. Sie können sich noch nicht ansehen, versuchen es aber. Während sie die Karten lesen, schauen sie sich immer wieder verstohlen an, schauen weg, wenn der andere guckt. Peter versucht zu lächeln. Lukas versucht es erst gar nicht.

Das Schweigen hängt zwischen ihnen wie ein undurchdringbarer Vorhang. Peter tut plötzlich alles so leid. Warum kennt Francesco seinen Sohn Lukas nicht? Warum kann er nicht einfach mit ihm essen gehen? Warum hängt dieses Schweigen zwischen ihnen? Warum hat er überhaupt den Kontakt zu Lukas verloren? Warum kennt er seinen Sohn nicht? Es kommt ihm alles seltsam vor. Seltsam fremd und unwirklich.

Francesco kommt zu ihrem Tisch, um die Bestellung aufzunehmen. Falls es ihn wundert, dass sie sich so intensiv anschweigen, zeigt er es nicht. Peter ist dankbar für die Unterbrechung.

»Ein Viertel Rosso?«, fragt Francesco, und Peter nickt. »Montepulciano. Und die Linguine alla Puttanesca. Schön scharf. Und Lukas, was nimmst du? Sollen wir den Rotwein zusammen trinken?«

Lukas schüttelt den Kopf.

»Cola für mich. Und Spaghetti bolognese.«

Lukas klappt die Karte zu, und Francesco nimmt beide Karten wieder mit.

»Ich könnte nicht mittags schon trinken.«

Peter fühlt sich sofort schäbig, weil er schon am Mittag ein Glas Wein trinkt. Kurz muss er gegen das Trotzgefühl ankämpfen, das in ihm aufsteigt, und gegen die Enttäuschung darüber, dass Lukas nicht das Gleiche bestellt hat wie er. Er würde so gerne Verbindungen zwischen ihnen entdecken. Innere Verbindungen, die ihnen zeigen, dass sie verwandt sind. Wenn sie sich doch nur angrinsen könnten und einfach drauflosreden. Einander von den verpassten Jahren erzählen könnten, weil sie merken, dass sie etwas gemeinsam haben. Puttanesca, Mensch, die ess ich auch immer. Oder: Montepulciano, ach da trinke ich heute mal einen kleinen Schluck mit. Zum Probieren. Aber so ist es nicht. So wird es wahrscheinlich nie sein.

Bei einer jungen Familie am Nachbartisch – Mutter, Vater und Kind im Hochstühlchen –, die gerade ihr Essen bekommen hat, wird es etwas lauter. Lukas und Peter drehen gleichzeitig den Kopf zu der Familie, die sie noch einen Augenblick voneinander ablenkt.

»Heute füttert dich der Papa. Und die Mama isst mal in Ruhe«, verkündet die Mama laut, ohne ihr Essen anzurühren. Sie beobachtet kritisch, wie ihr Mann versucht, das Kind zu füttern. Etwas unbeholfen. Unter ihrem ungnädigen Blick geht es besonders schlecht, und das Kind dreht auch noch den Kopf zur Mutter, offenbar verwundert, dass sie sagt, sie würde jetzt in Ruhe essen, und es dann gar nicht tut. Nudeln fallen von der Gabel, auf den Tisch, auf den Pulli des Kindes.

»Doch nicht so!« Entnervt rollt die Frau die Augen. »Das ist Tomate. Das geht doch nicht mehr raus.« Als hätte sie nur auf ihren Einsatz gewartet, beginnt sie hektisch mit der Serviette am Pullover des Kindes herumzuwischen, das sofort anfängt zu weinen.

Als Francesco die Getränke bringt, versucht Peter einen Scherz zu machen. »Vater sein ist auch nicht so leicht …« Doch Lukas blafft gereizt zurück: »Ach. Soll ich dich jetzt bedauern, oder was?«

Peter verstummt, doch ihre Blicke haben sich getroffen, Lukas ist von Einwortsätzen zu einem kurzen Mehrwortsatz vorgedrungen. Das ist Kontakt. Hier muss er ansetzen. Peter schaut seinen fremden Sohn an und versucht zu erklären, was er sich selbst kaum erklären kann. »Lukas, ich wollte bei der Geburtstagsfeier nicht einfach abhauen. Ich wusste nicht, was ich machen soll. Niemand hatte mir gesagt, dass du da bist.«

»Ja, das kann einen echt überfordern, seinen Sohn zu sehen.«

Lukas ist kühl, und Peter schluckt. Was habe ich auch erwartet, denkt er. Dass er begeistert ist, mich zu sehen?

»Ich – es tut mir leid. Ehrlich. Das musst du mir glauben.«

Er sieht genau, dass Lukas ihm nicht glaubt. Warum auch.

»Bitte«, setzt er nach. »Es tut mir total leid. Es hatte mit dir gar nichts zu tun.«

»Und womit dann?«

Lukas kann die Augenbrauen fast genauso arrogant hochziehen wie Sabine. Ob er sich das bei ihr abgeguckt hat oder ob er es von ihr geerbt hat? Egal, er darf es ihm nicht übelnehmen. Vor ihm sitzt nicht Sabine, vor ihm sitzt Lukas. Sein unbekannter Sohn mit den Augenbrauen seiner Mutter.

»Mit meinem Vater. Es hatte mehr mit ihm zu tun als mit dir.«

»Den Eindruck hatte ich nicht.« Wieder die Augenbrauen.

»Vielleicht kann ich es dir erklären, im Laufe des Wochenendes.«

Lukas schaut ihn an. »Wär ja mal was.«

»Ich werd's versuchen.«

Lukas nickt. Er sieht nicht wirklich überzeugt aus, und Peter fragt sich, wie er Lukas erklären soll, was er selbst nicht versteht.

Francesco kommt und stellt zwei dampfende Teller auf den Tisch. Es duftet wunderbar, und sie fangen beide sofort an zu essen.

»Schmecken dir die Nudeln?«

»Mhm.« Lukas nickt und deutet auf Peters Teller. »Wie heißen die noch mal?«

Eine Frage! Eine Frage von Lukas. Peter ist begeistert.

»Puttanesca. Das heißt eigentlich ›nach Nuttenart‹. Die sind super hier, willst du mal probieren?«, fragt er und redet ungebremst weiter. »Mit Sardellen und Knoblauch und Kapern und vielen Oliven.« Bevor er das gesamte Rezept heruntergebetet hat, schüttelt Lukas den Kopf. »Glaub eher nicht.«

»Und Bolognese, das sind deine Lieblingsnudeln?«, fragt

Peter, und schon während er fragt, merkt er, dass das eine blöde Frage ist. Sie bringt ihr Verhältnis dennoch auf den Punkt. Er kennt die Lieblingsnudeln seines Sohnes nicht. Lukas schaut ihn an und schweigt.

»Kannst du dich noch an den Italiener erinnern, zu dem wir immer gegangen sind?«

Lukas schüttelt den Kopf.

»So ein ganz biederer, mit weißen gestärkten Mitteldecken und rosa Blumen in kleinen Vasen. Das Rosa der Blumen hat sich immer total gebissen mit dem Rot der Tomatensoße.« Peter stockt. »Du warst natürlich noch zu klein, um dich daran zu erinnern.«

Lukas zuckt die Achseln.

Sabine und er haben ihm die Nudeln immer ganz klein geschnitten, damit er sie selbst löffeln konnte. Die Tomatensoße war überall. Auf der weißen Mitteldecke, im Gesicht, an den Händen, an den Kleidern, in den Haaren. Lukas' Haare. Er hatte früher so helle, blonde Haare, im Sommer waren sie fast weiß. Sie dufteten süß und lockten sich um sein Gesicht, wenn er im Schlaf ein wenig schwitzte. Sie schnitten ihm die Haare nicht ab, ein paarmal sprachen sie davon, aber sie brachten es nicht übers Herz, eine Schere zu nehmen und ihm diese Kinderlocken zu schneiden, die ungehemmt wachsen durften, seit er auf der Welt war.

Während Lukas eine Gabel nach der anderen aufdreht und die Nudeln zügig isst, bekommt Peter schon bald keinen Bissen mehr hinunter. Er hat genug an anderem zu schlucken. Er legt die Gabel beiseite, trinkt einen großen Schluck Rotwein und versucht es noch mal mit einer Unterhaltung.

»Du machst dieses Jahr Abi, oder?«

Lukas nickt.

»Bist du nervös?«

Lukas zuckt die Achseln. »Geht so.«

»Und weißt du schon, was du danach machen willst?«

»Ja.«

Lukas sagt aber nicht, was er machen will. Er lässt das »Ja« im Raum stehen und schaut an Peter vorbei, auf die Wand hinter ihm. Sein Gesicht ist jetzt angespannt. Peter weiß nicht, was er zu diesem verschlossenen Gesicht sagen soll, und redet einfach dagegen an.

»Und was willst du machen?«

»Interessiert dich das denn?« Lukas' Tonfall ist jetzt provozierend. Die Augenbrauen ebenfalls.

»Ja klar. Deshalb frage ich ja.«

»Und warum fragst du das jetzt? Gerade jetzt?«

Weil es mir gerade einfällt, will Peter antworten, doch Lukas lässt ihn nicht zu Wort kommen. Er wird plötzlich laut, wütend fährt er Peter an.

»Warum jetzt und nicht bei Opa letztens? Da stand ich nämlich vor dir, falls du mich übersehen hast!«

»Lukas«, versucht Peter ihn zu beschwichtigen. »Ich hab doch gerade gesagt, dass ich – das war blöd, ich ...«

»Du hast nie gefragt! Nie! Es hat dich einen Scheiß interessiert, was ich mache, was ich denke – du hättest vor Jahren fragen können! Weißt du, du hättest eine ganze Menge vor Jahren fragen können. Jetzt machst du hier einen auf Vater, plauder, plauder, aaah, mein Sohn! Nachdem ich dir jahrelang scheißegal war. Ich pfeif drauf. Ich bin ohne dich groß geworden! Ich brauch dich nicht.«

Lukas sagt noch viel mehr, Peter kann gar nicht alles aufnehmen. Er schaut auf Lukas' Lippen, die sich bewegen und ein wenig zittern, während er Wort um Wort auf ihn abschießt. Peter kennt diese zitternden Lippen von Frauen, die kurz danach in Tränen ausbrechen und von ihm in den Arm genommen werden wollten. Aber er weiß nicht, was die zitternden Lippen seines erwachsenen Sohnes bedeuten. Was soll er tun? Er schaut betroffen auf den Tisch vor sich, dann zu Lukas. Plötzlich weiß er es. Angestrengt blickt er aus dem Fenster, weil er spürt, dass Lukas nicht angeschaut werden möchte. Hinter seiner Wut lauern Tränen, die er keineswegs weinen will. Vor allem nicht vor Peter.

Am Nebentisch schaut das Kind seine Eltern provozierend an und rührt mit großen Bewegungen auf seinem Teller hin und her, so dass die kleingeschnittenen Spaghetti über den Rand auf den Tisch fallen, damit die Eltern wieder etwas sagen. Der Vater schaut zu ihnen herüber, sein Blick trifft Peters.

»Ich hab dich noch nie gebraucht.«

Lukas sagt es nicht laut. Viel leiser jedenfalls als alle vorherigen Sätze. Sagt es vielleicht mehr zu sich als zu Peter. Das schnürt Peter plötzlich die Kehle zu.

»Ich hab mich benommen wie ein Idiot«, flüstert er. »Ich weiß das. Es tut mir ehrlich leid, was passiert ist. Ich weiß jetzt auch nicht, wie es weitergehen soll, ich kann das hier genauso wenig wie du, aber ...«

»Dann steh doch auf und geh!«, sagt Lukas, nun wieder laut. »Abhauen kannst du doch am besten.«

Peter nickt. »Hat Sabine das gesagt?«

Den Satz kennt er gut, Sabine hat ihm genau diesen Satz oft genug an den Kopf geworfen.

»Darauf kann man auch selber kommen.«

Da hat Lukas recht.

»Lukas, ich wollte nie vor dir abhauen, ich wollte nie den Kontakt zu dir verlieren. Es war nur irgendwie unmöglich, zu dir durchzukommen. Das klingt blöd, aber es war so. Und es ist immer noch so. Nach dieser fürchterlichen Begegnung bei Opa letztens habe ich angerufen, um mit dir zu sprechen. Ich wollte es dir erklären.«

»Mama hat mich eben beschützt.« Lukas schaut ihn jetzt

unverwandt an. Beschützt vor dem Vatermonster. Beschützt hat sie ihn. Oder bewacht?

»Das hat sie gut hingekriegt.«

Sie schweigen. Irgendwann sagt Peter: »Glaub mir das bitte, ich habe sehr, sehr oft versucht, dich anzurufen.«

»Und dann hast du aufgegeben.«

Der Satz ist voller Enttäuschung. Es ist keiner der kühlen Sätze, hinter denen er sich versteckt, keiner der gelernten Sätze, die ihm als Erklärung angeboten wurden. Es ist ein Lukas-Satz. Peter, der schon umständlich erklären will, dass es so einfach nun auch nicht ist, hält inne. Doch. Es ist nämlich so einfach. Genau so.

»Ja«, sagt Peter, »und dann habe ich aufgegeben.«

Lukas sagt nichts darauf, aber Peter spürt, dass es ihm guttut, dass er es zugegeben hat.

»Wenn einem etwas wichtig ist, gibt man nicht einfach auf«, sagt Lukas nach einer Weile leise.

»Wahrscheinlich glaubst du mir das nicht. Warum auch. Aber ich habe dich jeden Tag vermisst.«

Ein kleiner Teil dieser Botschaft ist vielleicht zu Lukas durchgesickert, denn als sie wieder ins Auto steigen, ist das Schweigen zwischen ihnen nicht mehr ganz so undurchlässig. Sie tauschen sogar hin und wieder einen Blick.

Für den Rest des Tages versuchen sie beide, so zu tun, als sei es normal, dass Lukas Peter besucht. Sie reden über Schule, über Theater, über Politik. Über alles Mögliche, was nicht den Kern ihrer Beziehung betrifft, was wegführt vom Herzen der Finsternis, in das Licht fallen muss. In das Licht fallen wird.

Lukas weiß schon seit Stunden nicht mehr, was er hier eigentlich macht und wie er das alles findet. So viele verschiedene Eindrücke stürzen auf ihn ein, dass er allmählich den Überblick verliert. Er besucht einen Fremden, mit dem es plötzlich schrecklichen Streit gibt, den man in dieser Intensität mit einem Fremden nicht hat. Er besucht seinen Vater, doch zwischen ihnen ist nicht die Nähe, die eine Beziehung zwischen Vater und Sohn haben sollte. Zumindest in Lukas' Vorstellung. Sie wissen fast nichts voneinander. Und Lukas ist seinem Vater böse. Richtig böse. Er wusste gar nicht, dass er so sauer auf ihn ist. Am liebsten würde er ihn anschreien und sich mit ihm prügeln. Warum ist gerade sein Vater so ein elender Idiot? Warum musste ausgerechnet er ihn abkriegen? Warum kann er keinen normalen Vater haben?

Dann gibt es Momente, da findet er diesen Mann irgendwie ganz cool. Wenn er ihn kennenlernen würde, und er wäre nicht sein Vater, dann würde er ihn wahrscheinlich sogar mögen. Das macht ihn noch tausendmal wütender.

Als sie nach einem Bummel am Museumsufer wieder in Peters Auto steigen, fragt Lukas ihn, was für ein Auto das eigentlich ist. Dieser Riesenschlitten, der sich hebt und senkt, wenn man ihn anlässt oder abstellt.

Er hätte einen Vater haben können, der einen ziemlich coolen, alten Riesenschlitten fährt, nach dem sich die Leute umdrehen. Aber leider wissen die Leute hier nicht, dass Peter der Vater von Lukas ist, und in seiner kleinen nordhessischen Stadt weiß niemand, dass Lukas' Vater einen coolen Schlitten fährt. Wäre eh peinlich. Wenn er es sich genau überlegt. Warum stellt er es sich überhaupt vor? Lukas' Gedanken sind ein wenig außer Kontrolle geraten, und er seufzt schwer. Wenigstens ist er kein Opelfahrer, denkt Lukas. Wenigstens das Auto hat einen guten Charakter.

»Das ist ein Citroën. Hat etwas Lebendiges, findest du nicht?« Peter schaut Lukas von der Seite an und freut sich. Sein Sohn mag sein Auto! »Ich mache es aus und ziehe den Schlüssel und es senkt sich. Legt sich hin wie ein müdes Pferd. Und wenn ich es anlasse, wiehert es ein bisschen, rappelt sich hoch und trabt los.«

Peter wiehert auch ein bisschen, und Lukas muss lachen. Plötzlich ist die Erinnerung da. Ein großer Mann, mit wildem Haar und leuchtenden Augen, der verrücktes Zeug gemacht hat. Und in seinem Bauch blubberte ein Lachen nach dem anderen nach oben. Das Gefühl war Glück. Und die Erinnerung tut weh. Lukas will nicht lachen. Und er will sich nicht erinnern. Verdammt. Er schaut aus dem Seitenfenster.

Vor ungefähr einem Jahr hat Lukas mit ein paar Freunden eine Gruppe gegründet, die sich »Niemals Opel« nannte. Einige hatten bereits ihren Führerschein, die anderen machten ihn gerade, ein paar träumten noch davon, aber sie hatten alle die Vision, niemals die Opel Corsas ihrer Mütter zu fahren und niemals die Opel Astras ihrer Väter. Vor allem keine Kombis. Peters Auto wäre mit Abstand das beste. Als er Peter von der Gruppe erzählt, strahlt er und fragt Lukas, ob er da auch Mitglied werden kann.

»Ich glaube, es gab eine Altersbeschränkung.« Lukas überlegt kurz. »Vierundzwanzig oder so.«

»Aua«, sagt Peter und zuckt die Achseln. »Kann man nichts machen.«

»Ich kann mich ja mal nach einer Ehrenmitgliedschaft erkundigen.«

Sie lachen beide. Und auch wenn Lukas sich dagegen wehrt, etwas in ihm schmilzt bei diesem Lachen. Er wusste gar nicht, dass er witzig sein kann. Etwas von Peters Ausgelassenheit überträgt sich auf ihn, und Lukas ist einen Moment lang einfach nur froh. Doch diese Freude tanzt auf dünnem Eis. Das Eis knackt bereits. Darunter liegt, tief und schwarz und angsteinflößend, das Gefühl von unwiederbringlichem Verlust.

Als Sabine sich von Nette verabschiedet, ist es schon spät. Sie haben eine Flasche Prosecco getrunken, um die Stimmung zu heben, und es hat tatsächlich geholfen. Wenn sie mit Nette kichern kann, geht es ihr sofort wieder gut. Nette ist Sabines beste und älteste Freundin. Sie sind schon zusammen zur Schule gegangen. Danach sind sie beide nach Kassel gezogen, um sich zu Ergotherapeutinnen ausbilden zu lassen. Natürlich haben sie zusammengewohnt, was ihre Eltern beruhigt hat. Sabine und Nette hat es auch beruhigt. Kassel war nach ihrem Heimatort Frankenau schließlich eine riesige, fremde Stadt. Sabine brauchte schon immer mehr Sicherheit als Nette. Einen festen Boden unter den Füßen, der sie hielt, auch wenn sie mal hüpfte.

Sabine ist die Einzige in ihrer Familie, die das heimatliche Örtchen verlassen hat, weil sie diese Sehnsucht gespürt hat, diese Neugier auf etwas anderes. Die Neugier und die Sehnsucht reichten bei weitem nicht aus, um sie ins Ausland zu führen oder nach Berlin oder München. Dazu war sie dann doch zu vorsichtig. Aber sie reichte bis zur nächsten größeren Stadt, sie reichte bis Kassel, wo die Straßennamen fremd waren, wo man sie beim Bäcker nicht kannte und wo sie sich Klamotten kaufte, die zu Hause niemand hatte.

Sabines größtes Abenteuer begann wahrscheinlich in dem Moment, in dem Peter ihren Pullover in den Fahrradkorb legte und sie fragte, ob sie mit ihm ins Paradies käme. Seit sie erlebt hat, wie dieses Abenteuer ausging, ist ihr der Appetit auf Abenteuer komplett vergangen.

Nette ist viel risikobereiter als sie, verwegener, sie probiert vieles aus und lässt es wieder, wenn es nichts für sie ist. Nach der Ausbildung kündigte sie ihren ersten Job, weil er ihr nicht gefiel. Nette fand die Kollegen doof und mochte die Räume nicht, in denen sie arbeiten musste. Sabine konnte das nicht fassen. Sie hätte sich niemals getraut, ihre erste Stelle zu kündigen, sie war heilfroh, überhaupt eine zu haben. Nette wechselte ihre Jobs und ihre Freunde viel öfter als sie. »Das macht mich nicht glücklich«, war der Satz, der dann fiel. Als Peter Sabine damals verließ, fiel der Satz ebenfalls, nur bezog er sich direkt auf sie.

»Er hat dich doch gar nicht glücklich gemacht. Du ihn wahrscheinlich auch nicht, besser ein Ende mit Schmerzen als Schmerzen ohne Ende.«

»Du weißt überhaupt nicht, wovon du sprichst«, antwortete Sabine beleidigt und verletzt. »Ich war sehr glücklich. Und er auch.«

Nette hat darauf nichts mehr erwidert, und eine Weile haben sie sich nur selten getroffen. Das haben sie jedoch beide nicht ausgehalten. Sabine wollte sich lieber Nettes Kommentare zu Themen anhören, von denen sie ihrer Meinung nach überhaupt keine Ahnung hatte, als sie zu verlieren. Nette wollte Sabine helfen, für sie da sein, wie Freundinnen eben füreinander da sind.

Ohne Nette hätte sie sich heute den ganzen Abend lang vorgestellt, wie Peter und Lukas sich versöhnen. Einander toll finden. Zusammen Spaß haben. Die Köpfe zusammenstecken und lachen. Wie gut sich die beiden verstehen. Und sie gehört nicht dazu. Sie ist die Spielverderberin. Sie ist allein, und die anderen lachen.

Plötzlich muss sie an ihre beiden Schwestern denken. Sie sind mit sechs und acht Jahren Abstand wesentlich älter als sie. Sie steckten immer zusammen, redeten über Jungs, tuschelten über Sachen, die sie nicht hören sollte. Tuschelten und wurden ganz still, wenn sie den Raum betrat. Wenn sie wissen wollte, worüber sie redeten und warum sie andauernd kicherten, warfen sie sich bedeutungsvolle Blicke zu. Nie erfuhr sie, worum es eigentlich ging. Deshalb war sie der festen Überzeugung, sie machten sich über sie lustig. Das war so unfair von ihnen. Manchmal wurde Sabine darüber so wütend, dass sie anfing, ihre Schwestern zu hauen und zu treten. Wenn sie dann noch mehr über sie lachten und sie kichernd »unser kleines Rumpelstilzchen« nannten, wurde sie noch wütender. Wenn sie die Schwestern in ihrer hilflosen Wut an den Haaren zog oder in den Arm biss, schrien sie regelmäßig nach ihrer Mutter, die immer mit Sabine schimpfte. Immer mit ihr. Nie mit den Schwestern, die doch angefangen hatten, sie zu ärgern. Wenn sie nicht so doof getuschelt und über sie gelacht hätten, hätte sie sie doch auch nicht an den Haaren gezogen. Das war so unfair, dass sie sich heute noch darüber aufregen konnte. Immer war sie diejenige gewesen, die nicht dazugehörte, die kleine, blöde Spielverderberin. Dabei wollte sie doch nur, dass sie alle zusammen lachen konnten.

Und jetzt lachen Peter und Lukas vielleicht über sie. Vielleicht bringt Peter Lukas dazu, Witze über sie zu reißen, über ihren Ordnungsfimmel, über ihre Ermahnungen, das Abitur ernst zu nehmen. Aber einer muss es dem Jungen doch sagen, dass das Abitur wichtig ist, wichtiger als das Klavier. Es ist doch ihre Verantwortung. Hat Peter auch nur einmal Verantwortung für die Zukunft seines Sohnes übernommen? Niemals. Nie.

Sabine setzt sich Wasser für eine kleine Kanne Lindenblütentee auf, den trinkt sie gerne vor dem Schlafengehen. Kurz überlegt sie, ob sie nicht lieber ein Glas Wein trinken soll, es liegt noch eine Flasche im Kühlschrank. Aber man weiß nie, ob sich der Prosecco und der Wein vertragen, und so hofft sie, dass der Tee sie schläfrig macht. Ein Kater bei dieser Stimmung, das wäre zu viel. Da kennt sie sich gut genug. Während der Tee in der Kanne zieht, schlüpft sie in ihr Nachthemd, reinigt ihr Gesicht und setzt sich dann in eine Strickjacke gehüllt mit ihrer duftenden Tasse Tee aufs Sofa, streckt die Beine aus und blättert in einer Zeitschrift. Das wird sie nun so lange tun, bis sie so müde ist, dass sie einschläft. Damit sie sich nicht pausenlos vorstellt, wie Lukas sie verachten wird, wenn er alles über sie erfährt.

Sabine hat sich extra viel vorgenommen an diesem Wochenende. Sie will es sich schön machen. Morgen hat sie einen Friseurtermin, und danach wird sie ein bisschen bummeln gehen. Vielleicht findet sie eine schöne Strickjacke. Ihre Strickjacken sind alle so ausgebeult, dass sie depressiv werden könnte, wenn sie nur hineinschlüpft. Die Strickjacken erzählen alle dieselbe Geschichte: Sie ist allein und braucht die Jacke, weil sie niemanden hat, der sie wärmt. Es ist so langweilig. Außerdem fühlt sie sich mit ihren ausgebeulten Strickjacken viel älter, als sie ist. Was würde sie sehen, wenn sie sich von außen betrachtet? Eine alleinstehende Frau über vierzig, mit zunehmend grauen Haaren und einer ausgebeulten Strickjacke über einem verwaschenen Nachthemd, die sich an ihrem Tee festhält. Die Frauen in ihrer Zeitschrift sehen alle anders aus. Die tragen entzückende Schlafanzüge und formschöne Kaschmirjäckchen. Vielleicht sollte sie beim Friseur doch über eine neue Haarfarbe nachdenken. Vielleicht sollte sie mehr aus sich machen. Einen neuen Schlafanzug könnte sie sich auch mal gönnen. Den sieht zwar keiner außer ihr und Lukas, aber vielleicht fühlt sie sich eher wie die Frauen in der Zeitschrift, wenn sie etwas an sich verändert. Nicht dass sie daran glaubt, dass man mit einer neuen Frisur und mit einem neuen Schlafanzug sein Leben verändern kann. Aber die Frauen in der Zeitschrift vermitteln ihr das Gefühl, als hätten sie Spaß daran, alleine zu sein und es sich gemütlich zu machen. Vielleicht lohnt es sich, das einmal auszuprobieren.

Sie denkt an Frau Winter. Irgendwie ist sie eine Patientin, an die sie oft denken muss. Manchmal hat sie Patienten, die sie von einer Woche auf die andere fast vergisst. Mit Frau Winter ist es anders. Vielleicht, weil sie in einem ähnlichen Alter sind? Vielleicht, weil sie sich gut in Frau Winter hineinversetzen kann? In diese Trauer, gepaart mit dieser Wut darüber, etwas verloren zu haben, von dem man nie dachte, man könnte es verlieren.

Diese Woche war sie mit Frau Winter in der Stadt einkaufen, und es hat wirklich etwas bewirkt. Die neuen Kleider haben ihr ein Lächeln ins Gesicht gezaubert.

»Ich hätte zwar nie gedacht, dass ich mich mal in der Abteilung für Hausanzüge umsehe, aber es gibt ja sogar welche, die sind gar nicht so schlimm, oder?« Frau Winter kaufte zwei schwarze Yogaoutfits, zwei Hosen mit Gummibund, eine tomatenrote Nickitunika mit Hose und eine hellblaue Jogginghose mit Kapuzenjacke, an deren Reißverschluss Sabine ein kleines Stoffpüppchen befestigte. »Damit Sie besser danach greifen können. Und als Glücksbringer.«

Beim Kaffeetrinken danach sah es fast so aus, als würde Frau Winter mit beiden Mundwinkeln lächeln. »Ich bin Ihnen dankbar, auch wenn ich so oft schimpfe und hadere.«

»Das weiß ich doch. Ich verstehe das«, erwiderte Sabine. »Es ist nicht leicht, wenn man mit einer Situation klarkommen muss, in die man niemals kommen wollte.«

»Da sprechen Sie aus Erfahrung, oder? Ist das eine zu persönliche Frage?«

Sabine hat den Kopf geschüttelt. »Als mein Mann mich verließ, ist meine Welt zusammengebrochen. Das war mein Schlaganfall.«

Frau Winter schaute sie interessiert an. »Und wie war Ihre Reha? Sind alle Lähmungen weg?«

Sabine schüttelte nur stumm den Kopf.

»Da hätten Sie aber eine gute Ergotherapeutin gebraucht.«

Sabine klappt die Zeitschrift zu und trinkt den letzten Schluck Lindenblütentee. Ihre Lähmungen sind nicht verschwunden. Es gibt genug Bereiche in ihrem Leben, in denen ihre Lähmungen sie behindern, in denen ihre Taubheit sie abstumpft und in denen sie taumelt, weil sie ihr Gleichgewicht verloren hat. Mehr als genug.

Warum kenne ich meinen Sohn nicht? Peter kommt es seltsam unwirklich vor, dass dieser vertraute und zugleich fremde junge Mann in seinem Arbeitszimmer Lukas ist. Sein kleiner Sohn Lukas, den er in den Schlaf gewiegt hat, dem er beim Schlafen zugeschaut und dem er die Windeln gewechselt hat.

Wie ist es dazu gekommen, dass er den Kontakt zu Lukas verloren hat?

Er fragt es sich nicht zum ersten Mal, aber jetzt ist die Frage drängend. Trotzdem weiß er die Antwort nicht. Wusste sie noch nie. Vielleicht gibt es viele Antworten. Aber keine davon scheint ihm die richtige zu sein.

Antwort Nummer eins: Sabine zog weg, um es ihm zu erschweren, Lukas zu besuchen. Gleichzeitig wollte sie nicht, dass Lukas Peter in Frankfurt besuchte, um zu verhindern, dass er bei Peter zu Hause dessen neue Freundinnen traf. »Warum sollte er die überhaupt kennenlernen?«, hat sie gesagt und ihre geschwungenen Augenbrauen hochgezogen. »Die wechseln ja doch ständig. Der Junge hat genug Verluste erlebt. Das muss sich ja nicht dauernd wiederholen.«

Antwort Nummer zwei ist eine Ergänzung zu Antwort Nummer eins. Sabine wollte nicht, dass Lukas bei Peter dessen neue Freundinnen traf, weil sie nicht von Lukas hören wollte, dass Mara soo nett sei und soo hübsch und dass Kathrin mit ihm im Zoo war. In dieser Phase war es schwierig, Lukas zu treffen. Ihre Treffen bestanden aus Ausflügen. Zoo, Kino, Abenteuerspielplatz, Streichelzoo, Kindertheater, Fahrradtour. Es waren Ausflüge. Es war kein Alltag. Es gab kein Frühstücksritual mehr, denn für das Frühstücksritual musste man irgendwo zu Hause sein, sich in einer Küche gegenübersitzen und aus Milchtüten trinken. Und wenn es regnete, langweilten sie sich nach einer Stunde herumsitzen bei McDonald's, und nachdem sie drei Mal im Naturkundemuseum gewesen waren, wollten sie beide nicht wieder dorthin. Auch Schlitten fahren im Winter ist nur dann richtig schön, wenn man hinterher nach Hause gehen kann, um sich aufzuwärmen und heißen Kakao zu trinken. Doch sein Zuhause war zweihundert Kilometer entfernt und dazu die verbotene Zone.

Vor fünfzehn Jahren hatte nicht jeder Vater automatisch das halbe Sorgerecht. Was ein Vater meistens hatte, war Schuld. Und er hatte gleich die ganze Schuld. Die Treffen wurden seltener, und es kam ihm so vor, als ob sie am Ende beide erleichtert waren, wenn der Tag vorbei war und jeder wieder nach Hause gehen konnte. Zumindest ist das in Peters Version der Geschichte so gewesen.

Und auch das ist eine Antwort: Sie wussten nicht mehr, wie sie den Tag zusammen verbringen sollten. Sie waren nicht mehr Teil vom Leben des anderen.

Irgendwann hörte Peter auf, anderen von Lukas zu erzählen. Es war zu kompliziert geworden, zu erklären, warum er ihn nicht mehr sah. Er allein weiß, dass es sinnlos ist zu argumentieren, wenn Sabine ihre schön geschwungenen Augenbrauen hebt.

Auch eine Antwort: Gegen Sabines Augenbrauen kam er

nie an. Aber wie soll man das jemandem erklären? »Warum siehst du deinen Sohn nicht?« »Ich komme nicht gegen ihre Augenbrauen an.« Und doch war es so.

Zwei Jahre lang hatte Peter eine Freundin, die während der ganzen Zeit überhaupt nicht mitbekam, dass er einen Sohn hat. Sie bekam nicht mit, dass er an jedem 14. April alleine sein wollte, um eine Flasche guten Wein zu öffnen und einen verzweifelten Brief zu schreiben, den er am nächsten Morgen in kleine Schnipsel zerriss und in den Papierkorb warf. Sie verstand auch nicht, warum er bei dem Besuch von Bekannten, die mit ihrem neunjährigen Sohn zum Abendessen kamen, fluchtartig die Wohnung verlassen musste, weil er es nicht übers Herz brachte, mit einem fremden Jungen Lego zu bauen. Es kam ihm vor, als würde er Lukas dadurch verraten. Nach seiner Flucht wurde heftig über ihn debattiert. Er kann halt nicht mit Kindern, hat seine Freundin gesagt, und bestimmt versucht, ihre Enttäuschung darüber zu verbergen. Die Bekannten vermuteten das Gegenteil: versteckter Kinderwunsch. Bald darauf trennten sie sich.

Noch eine Antwort ist, dass er nie eine Familie gründen, nie ein Kind haben wollte. Warum er es dann getan hat? Es kam ihm damals richtig vor. Obwohl er, wenn er ganz ehrlich ist, genau wusste, dass etwas daran nicht richtig war. Aber er war doch jung! Macht man nicht Fehler, wenn man jung ist?

Eine weitere Antwort lautet, dass er ein Versager ist, der nichts zu Ende bringt, was er anfängt. Was besonders sein Vater gerne vorwurfsvoll betonte, wenn er sich bei Sabines hochgezogenen Augenbrauen für seinen missratenen Sohn entschuldigte. Er hatte doch nie eine Chance. Sie hätten ihm nie geglaubt, dass er der beste Vater hätte sein können. Wenn man ihn nur gelassen hätte.

Auch das ist eine Antwort. Man hat ihn nicht gelassen.

Als sein Sohn aussah wie ein Engel, hat er Sabine verlassen. Nur wenige Wochen und endlose Auseinandersetzungen später sah er Lukas wieder, da hatte er stoppelkurze Haare. Diesen kurzhaarigen Jungen erkannte er kaum. Er fühlte sich betrogen, als er versuchte, seine Nase in Lukas' kurzem Haar zu vergraben, um den Kinderduft einzuatmen. Er hatte ihn so vermisst, dass es ihm den Hals zuschnürte, wenn er nur an ihn dachte. Die kurzen Haare rochen anders.

»Du hast ihm die Haare geschnitten.« Das waren die einzigen Worte, die er fand, um seine maßlose Enttäuschung auszudrücken.

»Ja«, gab Sabine kühl zurück. »Mir wurde das Kämmen zu viel. Du hättest ja dableiben können. Dann hättest du ihn immer kämmen können.«

»Haare ab. Luki weint«, sagte der Kleine mit ernstem Gesicht. In dem Moment wusste Peter: Er war nicht mehr Papa, er war jetzt schuld. Das war es, was ihn von da an mit seinem Sohn verband. Am Anfang kämpfte er noch, dann immer weniger. Er wurde sprachlos. Er fand die richtigen Worte nicht mehr. Auch das war eine Antwort.

»Da kann er nicht. Er ist auf einen Geburtstag eingeladen. Du glaubst doch wohl nicht, dass ich den jetzt absage, nur weil der Herr Papa mal Zeit hat.«

»Er kann nicht, er muss lernen.«

»Ach, ist dir mal wieder eingefallen, dass du einen Sohn hast. Weißt du was, wir haben aber vergessen, dass es einen Papa gibt. Warum lässt du uns nicht einfach in Ruhe?«

Die Anrufe waren furchtbar. Er kann sich nicht mehr an Einzelheiten erinnern, aber an das lähmende Gefühl, das er dabei hatte. An allem schuld zu sein. Alles falsch zu machen. Nicht dazuzugehören. Sabines kühle, messerscharfe Vorwürfe, ihre beleidigte Stimme. Seine eigene Sprachlosigkeit. Vor jedem Anruf zögerte er, rief immer seltener an. Wie ein dummer Schuljunge fühlte er sich. Wie ein ungezogener Sohn. Dabei war er der Vater.

»Verschone uns doch einfach mit deinen Anrufen. Ich will dich nicht mehr sehen. Und Lukas will das auch nicht.«

Irgendwann nahm er sie beim Wort. Fast war er erleichtert. Aber die Erleichterung war sehr oberflächlich und hielt nur kurz an. Es war etwas schiefgelaufen: Ihre Vorwürfe war er zwar losgeworden, doch das schlechte Gefühl blieb. Und das Schlimmste war, er war seinen Sohn losgeworden. Es war nicht schön, sich daran zu erinnern.

Viele Antworten. Aber sie alle laufen auf eines hinaus: Er ist kein Vater.

Peter steht am offenen Schlafzimmerfenster und schaut in den Nachthimmel, der in der Stadt nie ganz dunkel ist. Das gefällt ihm. Er kann nicht schlafen, wenn es ganz dunkel ist, deshalb lässt er seine Rollläden nie herunter. Im Stockdunkeln bekommt er Panik. Auch totale Stille macht ihn eher nervös, als dass sie ihn beruhigt. Ein Urlaub auf der Alm, mit tiefer Stille und dunkler Nacht, ist für ihn ein Alptraum. Er liebt die Lichter und die Geräusche der nächtlichen Stadt. Er liebt es, dass immer irgendein Fenster erleuchtet ist, egal zu welcher Uhrzeit. Sabine war das genaue Gegenteil. Sie brauchte nachts ein abgedunkeltes, stilles Zimmer. Ein Zimmer in der Innenstadt, der leicht rosafarbene Nachthimmel, Straßenlaternen, Autos, Hupen, lautes Lachen in der Nacht, das alles wäre furchtbar für sie. Wie schwierig das Leben sein kann, wenn man sich schon darüber streiten muss, wie tief man den Rollladen herablässt.

Peter nimmt sein Telefon und wählt.

»Hast du schon geschlafen?«, fragt er leise, als Hanna sich nach fünf Mal Klingeln verschlafen mit einem Hallo meldet.

»Nein«, flüstert sie und Peter muss lächeln. Er weiß, dass

es nicht stimmt. Er hat große Sehnsucht nach ihr. »Da ist ein Fremder in meiner Wohnung. Ich weiß nicht, was ich machen soll.«

»Was ist mit Kennenlernen?«, schlägt Hanna vor.

»Wie denn? Er schweigt.«

»Trotzdem zuhören.«

Peter legt sich mit dem Telefon am Ohr aufs Bett.

»Ich will ihm von mir erzählen. Ich will ihm sagen, wer ich bin. Früher habe ich ihm Briefe geschrieben. Seitenlange Briefe. Zu jedem Geburtstag. Habe ihm mein Leben beschrieben. Und sie nie abgeschickt.«

Er hört, wie Hanna verstohlen gähnt. »Interessierst du dich denn für das Leben deines Vaters?«

»Wie kommst du denn jetzt darauf, dass ...?«, setzt er an, aber Hanna unterbricht ihn. »Und willst du deinem Vater zuhören, oder sehnst du dich danach, dass dein Vater dir zuhört?«

»Woher weißt du, dass er mir nie ...«

Hanna fällt ihm schon wieder ins Wort.

»Dein Job ist jetzt: zuhören. Und schlaf mal, es ist spät.«

»Komm zu mir«, sagt Peter.

»Geht nicht«, antwortet Hanna. »Da ist ein Fremder in deiner Wohnung.«

Peter muss lächeln. Er ist so müde. Bestimmt kann er jetzt schlafen. »Schlaf gut«, flüstert er und legt auf. Schaut aus dem Fenster in den Nachthimmel, ein helles Viereck in seinem Zimmer. Ein Auto hupt in der Ferne.

Morgens fühlt Peter sich gerädert. Er ist früher wach als gewohnt und kann nicht wieder einschlafen. Eine Weile steht er am Fenster und betrachtet das kalte Grau des Morgens, das sich langsam in ein zartes Rosa, dann in glühendes Rot verfärbt, das irgendwann von leuchtendem Lila und Gold durchzogen wird. Er schaut dieser Himmelsshow bestimmt eine halbe Stunde lang zu, macht Fotos, die er mit gerunzelter Stirn betrachtet. Was um Himmels willen will er mit einem dieser goldenen Sonnenaufgangsbilder, die bekehrte Jubelchristen einem in der Fußgängerzone als Gottesbeweis unter die Nase halten?

Als er am Arbeitszimmer klopft und die Tür öffnet, sitzt Lukas schon hellwach am Schreibtisch. Peter schluckt. Niemand sitzt je an seinem Schreibtisch. Niemals liegen Sachen, die jemand anders als er aus dem Regal geholt hat, auf seinem Schreibtisch. Niemand anders als er selbst blättert in seinen Papieren. Er sieht ein altes Fotoalbum, sein Skizzenbuch. Seinen zerfledderten Kerouac. Lukas hat zielsicher nach den persönlichsten Sachen gegriffen. Es ist Peter fast unangenehm, dass dieser fremde junge Mann an seinem Schreibtisch sitzt und in seinem Leben blättert. Jetzt stell dich nicht so an, sagt er sich. Er ist dein Sohn, er darf das, versucht er sich zu beruhigen. Auf keinen Fall will er gleich morgens etwas Falsches sagen, das ihnen den Rest des Tages nachhängt. Es ist doch wunderbar, dass es ihn interessiert, versucht er sich zu überzeugen. Es ist doch seine einzige Chance, etwas aufzuholen, sagt er sich. Es wäre ganz selbstverständlich, dass Lukas an diesem Tisch sitzt, wenn er bei ihm aufgewachsen wäre. Zum Beispiel. Oder öfters zu Besuch gekommen wäre. Wenn er nur nicht so fremd wäre. Wenn ihm dieser junge Mann, der sein Sohn ist, nur nicht so furchtbar fremd wäre.

Vielleicht hätte er gestern zu dem jungen Vater am Nebentisch gehen und ihm sagen sollen, dass es allein seine Sache ist, wie er seinen Sohn füttert. Dass er bloß nicht aufhören soll, ihn zu füttern. Wenn ich noch mal anfangen könnte, denkt er. Wenn ich nur etwas über ihn wüsste. Und er über mich. Wenn wir nur wüssten, was uns verbindet, könnten wir dort anfangen. Dann hätten wir vielleicht eine Chance. Dann könnten wir anfangen, eine Welt zu bauen, in der wir uns kennen.

»Frühstück?«, fragt Peter.

»Mhm«, brummt der fremde junge Mann mit den blonden Locken und betrachtet weiter die Sachen, die vor ihm auf dem Tisch liegen.

»Und was? Soll ich Brötchen holen? Ich hab auch Eier da, das volle Programm?«

»Was ich immer frühstücke, wäre schon okay«, sagt der Rücken, denn viel mehr sieht er nicht von Lukas. Peter denkt, nur ein kleines bisschen. Komm, etwas weniger Rücken. Hilf mir ein bisschen.

»Und was frühstückst du immer?«, fragt Peter.

»Hast du Haferflocken?«, sagt Lukas und dreht sich zu ihm um.

»Haferflocken«, wiederholt Peter überrascht, und er merkt, dass seine Stimme schwankt. Es trifft ihn mit einer solchen Wucht, dass es ihm die Tränen in die Augen treibt. »Wir frühstücken Haferflocken. Mit Kakao. Bis es staubt.« Ein Blick. Ein kleiner Blick. Ein Anfang?

In der Küche schüttet Peter die Haferflocken mit dem richtigen Schwung in die Schüssel und sagt mit tiefer Stimme, wie es das Ritual verlangt: »Richtige Männer brauchen ein richtiges Frühstück.«

Lukas muss grinsen. Peter auch. Es ist ihnen beiden peinlich. Aber Peter hat angefangen, er kann jetzt nicht einfach aufhören. Er flüchtet sich in die alte Rolle, die alte Vaterrolle, in der er noch gut funktioniert hat. Sie wissen beide, dass nur eine leere Hülle übriggeblieben ist, und er fühlt sich lächerlich, den Vaterhüllenkasper zu geben, aber er macht weiter. Holt die Milchtüte aus dem Kühlschrank. Trinkt den ersten Schluck direkt aus der Tüte, dann gießt er die Milch in hohem Bogen in die Schüsseln, bis keine Haferflocken mehr zu sehen sind. Er ist heilfroh, dass er nichts danebengießt. Sie schauen sich an, und aus dem Spiel wird plötzlich ernst. So war es mal zwischen ihnen. So hätte es immer sein können. Lukas schaut weg. Peter will aufgeben. Doch dann holt er den Kakao und löffelt ihnen beiden fast verbissen die hohen Berge von Kakao auf die Milch, die wie eine Insel schwimmen. Der Rand der Insel färbt sich dunkel, gleich droht alles zu versinken. Peter setzt sich zu Lukas an den Tisch und wartet, den Löffel in der Hand. Bitte mach mit. Bitte mach mit. Stumm schaut Lukas in seine Schüssel, er lässt den Löffel liegen. Peter wartet und schaut Lukas an. Bitte. In letzter Sekunde nimmt Lukas den Löffel und beide stechen gleichzeitig in die Kakaoinsel hinein, so dass es staubt.

Hinter der Wolke aus Kakaostaub schauen sie sich erleichtert an.

Eine Weile kauen sie stumm vor sich hin, beide in Gedanken. Peter ist froh, dass sie ihr altes Haferflockenritual durchgezogen haben, er lächelt. Dies ist Tag zwei ihres Kennenlernens, dies ist ein guter Tag. So viel besser als gestern. Ein Anfang ist gemacht. Ein guter Anfang. Er überlegt, ob er es wagen kann, die Frage noch mal zu stellen, die gestern Lukas' Ausbruch ausgelöst hat. Er beobachtet eine Weile, wie Lukas einen vollgehäuften Löffel nach dem anderen in den Mund schiebt, und es freut ihn so sehr, dass er seinen Löffel hinlegt und Lukas anschaut.

»Ich versuch's noch mal mit der Frage von gestern, es interessiert mich, was du nach dem Abi machen willst. Und es ist nicht so, dass es mich nie interessiert hätte. Ehrlich, ich muss dir das noch erklären, ich –«

»Klavier.«

Peters angefangener Satz bleibt in der Luft hängen. Er

starrt Lukas an, und Lukas versteht diesen Blick nicht. Er runzelt die Stirn, und Peter sieht, wie er verwundert den Mund öffnet, um zu fragen, was los ist. Klavier. Dass Lukas Klavier spielt. Klavier. Sein Klavier. Er bekommt kein Wort heraus, er hat plötzlich einen Kloß im Hals, an dem kein Laut vorbeikommt. Es dauert einen Moment, bis er seine Stimme wieder unter Kontrolle hat.

»Du spielst wirklich Klavier?«

Lukas zuckt die Schultern. »Ja. Klar.« Er schaut ihn fragend an.

»Und du willst nach dem Abi Klavier spielen?«

»Studieren. An der Musikhochschule. Ich will Pianist werden.«

»Du spielst Klavier! Ich fass es nicht. Du hast auf meinem Klavier weitergespielt. Du spielst Klavier!«

»Wie, auf *deinem* Klavier?« Lukas' Gesicht ist ein einziges Fragezeichen.

»Ich hab doch mein Klavier für dich dagelassen, als ich weg bin, damals.«

»Es gab kein Klavier. Wir hatten nie ein Klavier. Ich hab es mir gewünscht. Später. Und dann hab ich angefangen zu spielen.«

»Wie, es gab kein Klavier? Wo war denn mein Klavier?«

Lukas hebt die Schultern. »Keine Ahnung. Bei mir jedenfalls nicht.«

Peter holt tief Luft. »Wir hatten ein Klavier im Wohnzimmer, und wenn ich gespielt habe, dann bist du auf meinen Schoß geklettert, hast total stillgehalten, den Kopf auf meine Brust gelegt und einfach zugehört. Ich hab oft für dich gespielt und gesungen, jeden Tag, mehrmals, immer wenn ich zu Hause war. Das war unser Ding.«

Lukas schaut noch immer verwundert. Das weiß er nicht mehr.

»Und als du ein bisschen älter warst, knapp über zwei, hab ich dir ein paar Töne auf den Tasten gezeigt, ein paar Intervalle, kleine Tonfolgen. Du warst super. Konntest kaum sprechen, aber hast schon Klavier gespielt. Und jetzt willst du es studieren. Das ist – das ist unfassbar. Das macht mich so froh, weißt du.«

»Aber wo ist das Klavier?« Lukas schaut ihn fragend an.

»Als ihr damals Hals über Kopf weggezogen seid, vielleicht ... In der Wohnung in Melsungen hattet ihr das nicht mehr?«

»Nein, aber das weißt du doch.«

»Ich war nie in der Wohnung, Lukas, ich durfte nicht in die Wohnung. Ich habe dich abgeholt und wieder zurückgebracht. An der Tür haben wir uns verabschiedet, weißt du das nicht mehr? An der Tür.«

»Ich dachte immer, du willst nicht mit reinkommen.«

Peter schüttelt den Kopf. »Ich wäre gerne reingekommen. Ich hätte dir auch gerne meine Wohnung gezeigt. Wir hätten weiter Klavier spielen können.«

Lukas rührt stumm im Milchrest in seiner Schüssel, immer und immer wieder zieht sein Löffel Kreise mit einem kratzenden Geräusch, das ihr Schweigen umso lauter werden lässt. Nach einer Weile schaut Lukas auf.

»Hast du ein Klavier?«

»Kein tolles. Steht im Wohnzimmer. Das schöne Klavier hab ich dir damals dagelassen.«

Lukas sieht verletzt aus. Peter schweigt einen Moment.

»Vielleicht musste Sabine es verkaufen, weil sie kein Geld hatte. Vielleicht war der Transport zu teuer beim Umzug. Vielleicht ...« Mehr fällt ihm dazu auch nicht ein. Er fühlt sich hilflos. Sie hat so viel kaputtgemacht, was hätte heil bleiben können. Vielleicht. Ja, vielleicht war es wirklich so, wie er sagt, aber irgendwie ahnt er, dass es nicht so war. Dass sie das Klavier verkauft hat, um nicht an ihn erinnert zu werden. Obwohl es Lukas etwas bedeutet hat. Verdammt. Jetzt will er Pianist werden. Es hat ihm mehr bedeutet, als sie geahnt haben.

»Sie ist nicht sehr begeistert davon, dass ich Pianist werden will. Ich finde, sie sollte stolz auf mich sein. Warum freut sie sich nicht? Es erinnert sie an dich, oder?«

Peter nickt. Das Klavier sollte Lukas begleiten, deshalb hat er es ihm dagelassen. Es war ein Teil von ihm. Sein altes Klavier, das er hatte, seit er vierzehn war. Sie hat versucht, ihn aus ihrem und Lukas' Leben auszulöschen. Es ist ihr ziemlich gut gelungen. Aber sie hat nicht mit Lukas' Talent gerechnet. Lukas' Talent hat ihr einen Strich durch die Rechnung gemacht. Fast tut sie ihm ein bisschen leid.

Plötzlich ist es da. Ein altes Gefühl. Es lässt sich noch nicht Erinnerung nennen, dafür ist es viel zu unkonkret, es ist ein Gefühl, das Lukas umhüllt wie eine warme Decke. Eine Geborgenheit, die ihn berührt, mit der er kaum umgehen kann in diesem Moment. Dann fängt Peter an zu singen. Und da ist sie. Da ist die Erinnerung. Ein gestreiftes T-Shirt, schwarzweiß, er sieht es ganz nah vor sich. Während Peter das Lied singt und das T-Shirt sich leicht bewegt und dabei immer neue Wellenmuster erzeugt, lehnt er sich an den großen schwarzweiß gestreiften Brustkorb und hört das Lied doppelt. Die Töne im Raum und die Töne, die sich durch den Körper den Weg zu seinem Ohr bahnen, es kribbelt bei manchen Tönen, und die mag er besonders. Das sind die tiefen, langen Töne. Die brummen so schön. Die brummen aus dem Körper in dem Streifenhemd in seinen Körper hinein.

Warum hat er das vergessen? Das Klavier? Die Musik? Die Lieder, die Peter für ihn gesungen hat, während er auf seinem Schoß saß?

Als Peter die Hände von den Tasten nimmt und ihn erwartungsvoll anschaut, ist Lukas viel zu bewegt, um selbst zu spielen. Peter scheint es zu verstehen, denn er schließt behutsam den Deckel und steht auf. Lukas' Gedanken wirbeln durcheinander. Die Erinnerung erfüllt ihn und macht ihn innen ganz zittrig, und außen, um ihn herum wankt all das, was immer feststand. Vater ist der Arsch, der alles kaputtmacht, und Mutter ist die Gute. Mutter opfert sich auf für den Jungen, dem Vater ist er egal. Dem Vater ist er nicht egal. Sie haben sogar eine Gemeinsamkeit, sie sind sich ähnlich. Mutter ist böse, Mutter hat etwas kaputtgemacht, etwas Unwiederbringliches. Er starrt das Klavier an, und es tut ihm weh, sich so verbunden zu fühlen. Es tut weh, und es tut auch gut. Er streicht mit dem Finger über den Deckel, aber er hebt ihn nicht an. Wenn er jetzt spielt, dann bricht ein Staudamm, der intakt bleiben muss. Unbedingt.

Peter steht eine Weile schweigend neben ihm. Dann geht er ins Arbeitszimmer, Lukas hört ihn telefonieren, und als er zurückkommt, lehnt er sich in den Türrahmen und lächelt.

»Auf der Bühne im großen Saal steht von gestern noch ein Flügel, ich habe die Leute gebeten, ihn stehen zu lassen. Fahren wir hin? Gute Akustik dort. Eines angehenden Pianisten würdig.« Lukas nickt und lächelt ebenfalls. Er wird auf einer Bühne spielen. Er hat noch etwas Zeit, das Beben wird sich bis dahin beruhigen, er wird in einem Konzertsaal spielen. Sein Vater hat es für ihn so arrangiert.

Der Saal ist dunkel, nur der Flügel auf der Bühne ist hell angestrahlt. Peter spürt, wie Lukas kurz zögert, als sie zusammen Richtung Bühne gehen.

»Eines Tages wird der Saal voll sein, und dann gehst du auf die Bühne, setzt dich hin und legst los.«

»Genau das habe ich auch gerade gedacht.« Lukas grinst Peter an, und Peter nickt. »Ja, das habe ich gehört.«

»Vielleicht klappt das jetzt auch nicht so gut.«

»In Wahrheit kannst du nämlich gar nicht spielen.«

»*Alle meine Entchen* müsste ich hinkriegen.«

Peter klopft ihm lächelnd auf die Schulter.

»Ich geh mal kurz in die Werkstätten und lass dich allein. Leg einfach los, spiel dich ein. In ein paar Minuten bin ich wieder da und höre dir zu.«

Im Gehen hört Peter, wie Lukas den Deckel aufklappt, und er verlangsamt seine Schritte. Lukas' Finger gleiten einmal über die Tastatur, dann spielt er *Alle meine Entchen* für Peter, der sich amüsiert umdreht. Erst tut Lukas so, als ob er die Töne sucht und grinst. Dann verwandelt er die Melodie in einen grandiosen Lauf. Während er spielt, wird aus dem einsilbigen, etwas unbeholfenen Jungen jemand, der weiß, was er tut.

Als Peter aus dem Malersaal zurückkommt, wo er seine rosagoldenen Himmelsfotos vom Morgen hingebracht hat, sitzt Lukas am Flügel und hat alles um sich herum vergessen. Jetzt gehören ihm das Instrument, die Bühne, das Licht, der Saal. Alles ist Klang. Die Musik umhüllt Peter, der sich vorsichtig, um ja kein Geräusch zu machen, einen Platz sucht und sich von Lukas' Klängen umarmen lässt. Doch die Töne sind nicht nur wie eine Umarmung, sie sind auch wie Fausthiebe in den Magen und wie Tritte in die Kniekehlen. Peter sackt zusammen, und der Aufruhr in seinem Magen steigt nach oben, schnürt ihm den Hals zu, nimmt ihm die Luft, und er muss aufpassen, dass er nicht laut schluchzt, denn das, was seiner Kehle entrinnen will, ist ein tiefes Schluchzen, von dem er nicht ahnte, dass es überhaupt in ihm steckt. Doch es ist da, und es will hinaus. Die Musik holt es hervor, Lukas holt es in ihm hervor, und er ist erleichtert und aufgewühlt zugleich. Er muss eine enorme Beherrschung aufbringen, damit Lukas seinen inneren Aufruhr nicht bemerkt. Woher kommt dieses heftige Gefühl? Verdammt, was sind das für Töne, die das in ihm auslösen? Es ist viel zu viel. Der ganze Saal vibriert von Gefühl, und Lukas ist das Epizentrum des Bebens.

Lukas spielt ungeduldig und emotional. Dem Flügel vertraut er an, was er sonst niemandem sagt. Peter hört zu, und es tut weh. Schnell ist er und wütend. Traurig und zart in dieser rohen Wut. Mein Gott, ist der Junge gut. Ab und zu verspielt er sich, wiederholt die Phrase ungeduldig, wiederholt sie dreimal, viermal, erst wütend und dann erleichtert, er hört nicht auf, er spielt und spielt.

Hanna kommt an der Saaltür vorbei und bleibt stehen, um in den Saal hineinzuschauen. Leise schleicht sie hinein und setzt sich vorsichtig neben Peter. »Dein Fremder spricht doch«, flüstert sie. »Und wie.« Als sie fragt, ob sie lieber wieder gehen soll, verneint Peter. »Bleib. Bitte bleib.«

Er nimmt ihre Hand und hält sich daran fest. Langsam wird er ruhiger. Sie sitzen schweigend nebeneinander und hören Lukas zu. Hanna spürt Peters Zittern, seine unterdrückten Schluchzer, sie sieht sein nasses Gesicht und bleibt einfach bei ihm. Nach einer langen Zeit, in der Lukas wie berauscht spielt, beginnt Peter leise zu flüstern.

»Ich hab mir so oft vorgestellt, dass er bei mir lebt. Dass er zu mir zieht, weil es ein neues Gesetz gibt, wonach Jungs von Männern großgezogen werden müssen. Ich hätte jeden Morgen mit ihm gefrühstückt. Haferflocken. Mit Kakao, bis es staubt. Wir wären zelten gegangen, hätten mit Feuersteinen ein Lagerfeuer gemacht und es zusammen ausgepinkelt. Hätten morgens nach Rauch gestunken. Hätten eine Legolandschaft angefangen, die man abends nie wegräumen muss. An der man immer weiter baut. Ich hätte ihm Fahrrad fahren beigebracht. Ich hätte es so gemacht, dass er gar nicht merkt, wann ich loslasse, weißt du, man muss nur den richtigen Zeitpunkt erwischen zum Loslassen. Darauf kommt es doch an, oder? Auf den richtigen Zeitpunkt.« Er vergräbt sein Gesicht in den Händen. »Ich hab's so was von vermasselt.«

Der Klang in dem Saal ist großartig. Lukas ist ganz in diesen Klang eingehüllt, und als der Schlussakkord verklingt, tut es ihm fast leid, dass das Stück vorbei ist. Aber genau das will er, das spürt er deutlicher denn je, genau das will er. In solchen Sälen an solchen Flügeln Musik machen, die einen komplett wegträgt. Die durch jede Pore in den Körper dringt und ihn vibrieren lässt.

Er springt auf und verbeugt sich. Neben Peter sitzt eine Frau, die ihn anstrahlt und klatschend aufspringt. Peter klatscht auch. Er sieht irgendwie verweint aus. Lukas geht einen Schritt auf sie zu, und als die beiden näher kommen, wird er plötzlich verlegen. Vielleicht ist sein Spielrausch eben doch nicht so gut gewesen. Vielleicht hatte nur *er* das Gefühl, von Musik durchdrungen zu sein, und im Publikum war es bloß ein kleines, nettes Stück.

»Den Schubert muss ich noch üben. Diese Läufe sind sauschwer. An der einen Stelle, hast du bestimmt gehört ...«

Peter legt die Hand auf seine Schulter und schüttelt den Kopf. »Du bist sehr gut. Sehr. Ich weiß gar nicht, was ich sagen soll.«

Er hat tatsächlich geweint. Seine Augen sind gerötet und unter der Nase glänzt es feucht. Lukas spürt eine Befriedigung, als er das sieht. Peter hat geweint. Würde er weinen, wenn er ihm nichts bedeuten würde? Es tut ihm gut. Ihre Blicke treffen sich, und Lukas merkt, wie sich ein Lächeln auf seinem Gesicht ausbreitet. Peter lächelt zurück. Dann kommt die Frau auf ihn zu, die einen Schritt hinter Peter stand. Sie streckt ihm die Hand entgegen und strahlt ihn an, er denkt: Herzlich, sie strahlt mich herzlich an.

»Das war wunderbar! Was für eine tolle Art, dich kennenzulernen. Ich bin total beeindruckt.«

»Das ist Hanna.«

Lukas schaut ihn mit wissendem Lächeln an. Peter nickt. »Meine Freundin.«

Hannas schaut erstaunt zu Peter. »Das hat er noch nie gesagt. Kannst du vielleicht öfter kommen?«

»Hey, was soll Lukas denn von mir denken?« Peter stupst sie lachend in die Seite.

»Nichts, was er nicht sowieso schon denkt!« Hanna zwinkert ihm zu, und Peter spitzt den Mund.

»Wir nehmen sie auf keinen Fall mit zu unserem Picknick!«

Die beiden sind lustig. Lukas ist amüsiert.

»Da bin ich anderer Meinung!«

Hanna strahlt ihn an. »Danke!« Doch schnell wird sie ernst. »Aber ich komme wirklich nicht mit, ihr beiden habt bestimmt viel miteinander zu bereden, da störe ich doch nur.«

Lukas und Peter schauen sich an und schütteln den Kopf. Sie sind anderer Meinung. Hanna muss mit. Lukas ist erleichtert, als sie einwilligt. Es ist irgendwie entspannter zwischen Peter und ihm, seit sie dabeisteht, sie nimmt der Situation das Gefühl von Ausnahmezustand, man kann einfach mal lachen und einen Moment an etwas anderes denken als an dieses ganze Vaterding.

Als sie gerade losgefahren sind, wendet Peter sich Lukas zu. »Bevor wir einkaufen gehen, erledigen wir noch etwas.«

Er sagt nicht, was, aber er grinst so zufrieden, dass es keine von den langweiligen Erledigungen, sondern etwas Schönes sein muss. Lukas zuckt die Achseln. »Okay. Ich mach alles mit.«

»Ich auch!«, tönt es von hinten. Es ist Lukas ein bisschen peinlich, dass er vorne bei Peter sitzt und Hanna hinten eingestiegen ist. Aber beim Einsteigen hat sie ihn nach vorne geschoben. »Euer Tag. Dein Platz.«

Als Peter direkt vor der Musikhochschule im Parkverbot hält, schaut Lukas ihn nur fragend an. Peter grinst, sagt aber immer noch nichts. Er dreht sich zu Hanna um und deutet auf das Parkverbotsschild. »Wir sind gleich wieder da. Wartest du hier?«

Lukas folgt Peter in das Gebäude. *Das* Gebäude. Hier will er mal studieren. Hier ist es. Er war nur einmal hier, vor gut einem Jahr oder so, da haben sie mit dem Musikleistungskurs einen Ausflug gemacht, um sich ein Studentenvorspiel anzuhören. Jetzt ist er hier ohne Gruppe, steht zwischen den Studenten, die kommen und gehen, und könnte einer von ihnen sein. Alles Musiker, denkt er, alles Künstler. Er hat das Gefühl, an einem besonderen Ort zu sein, an seinem Ort. Am richtigen Ort. Er folgt Peter, der zielstrebig die Treppen hochläuft und die Gänge entlanggeht, bis er an eine Tür klopft und hineingeht. Er winkt Lukas mit herein.

Sie stehen in einem Büro, und Peter lächelt die Sekretärin an. Eine ganz junge, die Peter auch sofort anstrahlt. Lukas ist klar, dass sie nicht jeden so anstrahlen würde. Irgendetwas an Peter scheint sehr unmittelbar auf Frauen zu wirken. Er schaut ihn von der Seite an. Wie macht er das? Er lächelt doch nur?

»Hallo. Ich habe grade mit Ihrem Chef gesprochen.«

Die Sekretärin lächelt immer noch und schaut Peter erwartungsvoll an.

»Stefan Massi sagte mir, ich soll Sie bitten, mir die Anmeldeformulare für die Aufnahmeprüfungen im kommenden Sommer zu geben und meinen Sohn auf die Liste für den Ferienkurs bei Martin Stadtfeld zu setzen.«

Ohne den Blick von Peter zu lösen, reicht die Sekretärin ihm die Blätter und die Liste für den Sommerkurs, die Peter gleich zu Lukas schiebt, damit er sich eintragen kann.

»Echt jetzt? Ich kann mich hier einfach eintragen?«

Peter nickt ihm zu, und Lukas spürt, wie er rot wird. Verdammt, irgendwie will er nicht, dass Peter sieht, dass das einfach der Hammer ist. Hammer! Ein Kurs. Bei Martin Stadtfeld. Seinem Helden, seinem Vorbild, dem Pianisten, der so schnell und so jung durch so eine eigenwillige Art zu spielen berühmt wurde, dass man gar nicht anders kann, als ihn zu bewundern. Woher weiß Peter nur ... Quatsch, das kann er nicht wissen. Das ist Zufall, dass gerade Stadtfeld, sein persönliches Idol, den Ferienkurs gibt. Aber egal. Er kritzelt seinen Namen auf die Liste, auf der schon elf Namen stehen.

»Eigentlich sollten es nur zehn Teilnehmer sein. Aber Herr Massi hat darauf bestanden, dass es diesmal zwölf Plätze gibt«, sagt die Sekretärin zu Lukas. »Dein Vater hat anscheinend gute Connections, du hast soeben den letzten Platz bekommen. Glückwunsch. Mit der Überweisung der Teilnahmegebühr ist der Platz fest reserviert.«

Peter knufft ihn in die Seite und grinst.

»Und dann soll ich Sie noch bitten, übermorgen einen Termin mit Ihrem Chef zu machen.«

»Übermorgen? Herr Massi hat übermorgen leider keine Termine mehr frei.«

»Ja, das meinte er auch. Aber ich soll Ihnen ausrichten, dass Sie es trotzdem irgendwie möglich machen sollen.«

Sie seufzt.

»Wenn es Ärger gibt, verweise ich ihn an Sie. Kommen Sie mal um 14 Uhr. Dann kommt er vom Mittagessen zurück, und Sie können vor dem nächsten Termin mit ihm sprechen.«

Im Gehen legt Peter Lukas den Arm um die Schultern.

»Das war jetzt meine Dosis Vitamin B. Der Rest ist an dir.«

»Wann hast du mit Massi geredet? Und wer ist das jetzt eigentlich?« Lukas schaut Peter fragend an.

»Ich habe ihn vorhin angerufen«, sagt Peter leichthin. »Massi ist ein Bekannter von mir. Und er sitzt in der Auswahlkommission bei den Aufnahmeprüfungen.«

»Wow. Und stimmte das, dass er gesagt hat, dass er keinen Termin mehr hat und sie soll es möglich machen?«

Peter grinst. »So habe ich das interpretiert ... Hauptsache, wir treffen ihn. Oder?«

»Cool.«

»Geht das, dass du erst danach nach Hause fährst und den Tag dranhängst?«

»Klar.«

Lukas weiß nicht mehr, wie er das alles fassen soll. Die alte Erinnerung, das Klavierspielen in dem großen Saal. Die Tränen in Peters Gesicht. Peter, der Scheißvater, der nie da war, Peter, der Traumvater, der ihn unterstützt. Er unterstützt ihn, und sie haben Spaß und lachen zusammen. Das kennt er nicht. Vor allem diese Leichtigkeit kennt er nicht. Lukas misstraut der fliegenden Leichtigkeit, dem inneren Schweben, das dieser Tag in ihm auslöst. Aber er hält Papiere in der Hand, die ihn genau dorthin bringen, wo er schon lange hinwill. Und er macht einen Sommerkurs bei Martin Stadtfeld.

Er spielte schon eine Weile Klavier, als seine Lehrerin ihm vorschlug, er solle sich mal am Wochenende die Verleihung des *Echo Klassik* im Fernsehen anschauen. Er hat gebettelt und gebettelt, weil die Übertragung erst spät lief. Sabine hat es schließlich kopfschüttelnd erlaubt. Und dann war da dieser junge Typ, der sich an den Flügel setzte und so spielte, dass Lukas aufhörte zu atmen, aus Angst, auch nur einen Ton zu verpassen. In der nächsten Klavierstunde hat er seine Lehrerin angeschaut und gesagt: Das will ich auch. Sie wusste genau, was er meinte. Er hatte plötzlich das Gefühl, dass sie schon darauf gewartet hatte, dass er das sagte.

»Du hast es ja gehört, die Technik ist das eine. Das können wir üben, üben, üben. Da kannst du hinkommen, das kriegen deine Finger hin, wenn du sie trainierst. Aber die Musik. Die Musik ist das andere. Da nützt kein Üben. Entweder du hörst es oder du hörst es nicht. Und auch wenn du es hörst und in dir fühlst, ist noch immer nicht gesagt, dass es auch den Weg aus dir hinaus findet. Ins Ohr des Zuhörers. Das ist die größte Aufgabe.«

In dem riesigen Supermarkt drückt Peter Lukas und Hanna je einen Einkaufskorb in die Hand. »Jeder sucht fünf Dinge zu essen aus und drei Sachen, die man unbedingt braucht für ein Picknick. Was immer euch anlacht! In zwanzig Minuten an der Kasse!« Dann stürzt er los in Richtung Fleischtheke. Hannah geht zielstrebig zum Gemüse, und Lukas schlendert die Regale entlang und überlegt, was er aussuchen könnte. Er legt erst einmal zwei Federballspiele in seinen Korb und eine Fackel, dann sieht er Chips, gesalzene Mandeln, hartgekochte Ostereier, die es irgendwie immer gibt, sie landen zusammen mit Schokomilchreis und Bananen in seinem Korb.

An der Kasse trifft er Hanna, die eine wild geblümte Papiertischdecke, Papierkronen für Kindergeburtstage und Servietten in ihrem Körbchen hat, und zum Essen Kirschtomaten, eine Tüte Salatblätter, ein Töpfchen Dressing, eine kleine Käsetorte und Minischaumküsse.

»Haben wir überhaupt eine Schüssel für den Salat?«

»Brauchen wir nicht«, sagt sie und grinst. »Wirst du schon sehen, wie wir das machen.«

Peter hat einen Einmalgrill, Pappteller, Besteck und Plastikgläser, eine Flasche Champagner, Steaks, Ketchup, Senf und Tsatsiki.

So eine verrückte Mischung hat Lukas zu Hause noch nie eingekauft. »Macht ihr so was öfter?«

Peter schaut ihn fragend an. »Was jetzt, Spontanpicknicks?«

Lukas nickt. »Und solche Einkäufe.«

»Ich kaufe immer das, worauf ich gerade Lust habe. Manchmal kommt so etwas dabei heraus. Manchmal auch nur eine Tiefkühlpizza.«

»Nicht so der Planer?«

»Nein.«

Das, worauf ich gerade Lust habe. Ja. Lukas sieht plötzlich die zwei Seiten dieses Satzes und verstummt. Diese Seite hier, die findet er toll. Die ist ihm bisher nicht begegnet. Dieses Ungezügelte. Aber auf der anderen Seite wird er von Peter auf dem Geburtstag stehengelassen. Einfach mal eben spontan stehengelassen. Sabine kauft nie verrücktes Zeug ein, spontan, wie sie gerade Lust hat. Aber Sabine lässt ihn auch nie stehen. Und trotzdem macht es verdammt noch mal Spaß, Chips und Schokomilchreis zu kaufen und Champagner aus Pappbechern zu trinken.

Auf Peters Lieblingswiese fotografiert Hanna das Picknick mit dem Handy. Wie Lukas die Decke ins Gesicht fliegt, als er sie ausbreiten will, wie Peter die Steaks wendet und sich dabei fast verbrennt. Lukas und Peter spielen Federball. Lukas springt hoch in die Luft, den Schläger weit nach oben gestreckt.

Dann macht Peter ein Foto von Hanna, wie sie das Dressing in die Tüte mit dem Salat kippt und schüttelt. Lukas macht ein Bild von den beiden, wie sie sich küssen. Lukas und Hanna balancieren einen Schaumkuss auf der Zunge.

Peter wirft Nüsse in die Luft, fängt sie mit dem Mund wieder auf, läuft dabei herum wie ein Irrer. Lukas schaut ihm zu und kugelt sich vor Lachen auf der Blumendecke.

Peter setzt ihm feierlich eine Papierkrone auf. Hanna, auch mit Papierkrone, ihre allerdings mit Blätterbüscheln garniert, schneidet die Käsetorte an.

Peter und Lukas stehen nebeneinander auf der Wiese und blicken auf den Main, in dem sich der helle Abendhimmel spiegelt.

Später liegen sie auf ihrer Papiertischdecke und schauen in den bunten Himmel, der sich über ihnen wölbt. Lukas spürt Peter neben sich, Peters Körperwärme überbrückt den Zentimeter, der zwischen ihnen ist, und plötzlich ist ihm zum Heulen zumute. Es ist zu schön, um wahr zu sein. Lukas atmet tief durch. Auch das ist eine alte Erinnerung. Seine alten Erinnerungen haben anscheinend alle damit zu tun, dass er Peter spürt. Es sind keine Erinnerungen, die er in seinem Kopf hat, es sind Erinnerungen seines Körpers. Obwohl die Erinnerung ihn noch näher zu Peter zieht, rückt er unwillkürlich ein Stückchen von ihm weg.

Plötzlich ertönt ein Knallen und gleich darauf noch eins. Helle Raketen zischen durch den Himmel, goldene Funken regnen herab, rote Funken, ein blauer Ball, der in weißen Sternen explodiert. Ein Feuerwerk, als wäre es nur für sie.

»Das ist der Himmel für Erwachsene«, sagt Peter. Hanna antwortet aus dem Dunkeln, und Peter kann sie lächeln hören. »Ja. Ja, das stimmt.«

Peter knufft Lukas in die Seite. »Hey, das ist ein Zeichen. Für dich. Das ist dein Feuerwerk. Du wirst es schaffen.«

Es ist einer dieser Momente, in denen man denkt, alles ist möglich. Alles.

Der Tag hat Peter angestrengt. Er merkt es im Treppenhaus auf dem Weg nach oben. Lukas springt die Stufen hinauf, Peter hat schon im ersten Stock das Gefühl, mindestens hundert Stufen hinter sich gebracht zu haben. Und er muss noch bis in den dritten. So ist das also, wenn man nicht mehr mithalten kann. Und das ist erst der Anfang. Lukas ist schon oben und schaut übers Treppengeländer zu ihm nach unten.

»Nicht schlappmachen, Alter!«

Er wird schlappmachen. Das steht fest. Aber er wird es niemandem sagen. Soll Lukas doch Witze darüber machen, er lacht jetzt mit ihm, und er wird auch in Zukunft mit ihm lachen. Darüber und über vieles andere auch. Alles, nur keine Betroffenheit. Keine besorgten Mienen, keine mitleidigen Blicke. Unbeschwertheit bis zum Schluss.

Peter hatte einen Kollegen, Matthias, der hatte Krebs, unheilbar, Bauchspeicheldrüse war es wohl, ein Todesurteil, ganz plötzlich hatte er nur noch ein paar Monate zu leben. Er hat es allen erzählt, alle wussten davon, und niemand machte in seiner Gegenwart noch Witze. Alle schwiegen, wenn Matthias den Raum betrat, plötzliche Stille. Totenstille. Niemand wusste, was er sagen sollte in der Gegenwart des Sterbenden. Es war nicht böse gemeint, aber alle hatten das Gefühl, völlig belanglosen Mist zu schwafeln, und Matthias brauchte doch Sätze von Wert, Sätze, die Bestand hatten, kein Geschwafel. Sätze, die ihm halfen. Sätze, die blieben. Aber niemand hatte solche Sätze für ihn. Peter ist sich sicher, dass Matthias lieber mal gelacht hätte und über Belanglosigkeit geredet hätte, als in dieses betroffene Schweigen gehüllt zu werden. Und die tränenreichen Abschiede! An seinem letzten Arbeitstag hat er sich von allen verabschiedet, und jeder wusste, man wird ihn nie wiedersehen, dürr, wie er war. Peter hat nur gedacht, warum tut er sich das an? Warum? Warum schaut er sich bereitwillig all die heulenden Gesichter, die roten Augen, die Schniefnasen, all das Geschluchze an? Die Kollegen weinten alle viel mehr als Matthias selbst. Ich mach das anders, denkt Peter. Ich will mich an lachende Gesichter erinnern, wenn ich gehe.

Als Peter endlich oben ist, steht Lukas am Kühlschrank und späht hinein. Peters Herz schlägt bis zum Hals vor Anstrengung.

»Sag bloß, du hast schon wieder Hunger?«

»Jungs in meinem Alter können immer essen. Weißt du das denn nicht?«

»Nein.«

Peter schüttelt den Kopf und schaut Lukas an.

»Leider nein. Aber ich lerne es gerade.«

Möglichst lässig und unauffällig versucht Peter, sich auf den Küchenstuhl fallen zu lassen und wieder zu Atem zu kommen, damit er weitersprechen kann.

»Was haben wir denn noch da? Brot und Käse? Haferflocken?«

Lukas holt die Milchpackung aus dem Kühlschrank und greift nach der Haferflockentüte im Regal. Diesmal sitzt Peter auf dem Küchenstuhl und beobachtet, wie Lukas das Haferflockenritual vorbereitet.

»Du auch?«

Peter nickt, obwohl er keinen Hunger hat. Und Lukas stellt die Schüsseln für sie beide hin, füllt sie mit Haferflocken, gießt den Schwall Milch darüber, löffelt den Kakao darauf, und dann erwischen sie den perfekten Moment, in den Kakao zu stechen, bevor die dunkle Insel in der Milch versinkt.

»Ich glaube, ich hab mir noch nie so viel Kakao auf die Haferflocken gelöffelt.« Lukas grinst, während er zu löffeln beginnt, und Peter lacht.

»Oh doch! Immer wenn du mit mir gefrühstückt hast, durftest du so viel Kakao nehmen, wie du wolltest. Einmal hast du mich gefragt, ob man auch mehr Kakao als Haferflocken nehmen kann.«

»Und? Was hast du geantwortet?«

»Probier's aus. Und dann hast du es ausprobiert und so getan, als wäre es das Beste überhaupt. Aber du hast es nicht wiederholt, also war es wahrscheinlich doch ein bisschen zu süß!«

Lukas löffelt mit Appetit, und Peter schaut ihm dabei zu.

»Ich lade den Kühlschrank randvoll, wenn du kommst, um den Klavierkurs zu machen. Du kannst hier wohnen, bis du die Aufnahmeprüfung geschafft hast, und dann suchen wir dir was Eigenes.«

»Weg von Mama und Papa.«

»Genau. Hast du eigentlich einen Führerschein?«

»Ich spar noch drauf.«

»Fang mal damit an. Ich zahl dir, was noch fehlt.«

»Echt?«

Lukas hat gerade den Mund voll mit Haferflocken und bemüht sich, sie nicht über den Tisch zu prusten. »Krass.«

»So was machen Väter doch, oder?«

Lukas muss grinsen. »Die etwas besseren schon.«

Peter lacht und rührt ein bisschen in seiner Schüssel herum.

»Bin ich jetzt befördert?«

»Vielleicht.«

Sie schauen sich an.

Peter hebt eine Augenbraue. »Und wie werde ich richtig gut?«

»Indem du mir dein Auto leihst.«

Peter lacht. »Ich hab damals Opas ersten Mercedes zu Schrott gefahren. Da war ich so alt wie du. Meine Eltern sind in Urlaub gefahren und haben den Schlüssel dagelassen. Und ich wollte die schöne Annette beeindrucken ...«

»Das fand Opa nicht gut.«

»Überhaupt nicht. Merk dir die Geschichte!«

»Okay.«

Peter schaut Lukas zu, wie er die Haferflocken isst und dabei grinst. Wahrscheinlich stellt er sich vor, wie er den Citroën fährt und alle Mädchen sich nach ihm umdrehen. Er muss ihm unbedingt das Auto leihen. Sobald Lukas den Führerschein hat und einigermaßen sicher fährt. Lukas sieht so gut aus, bestimmt schwärmen alle Mädchen an seiner Schule für ihn. Und dann spielt er auch noch Klavier. Peter lacht leise und merkt gar nicht, dass Lukas ganz ernst geworden ist. Er kratzt mit dem Löffel in seiner leeren Schüssel, schiebt eine übriggebliebene Haferflocke von links nach rechts. Dann blickt er zu ihm auf, versucht zu lächeln. Es klappt nicht richtig. Es bricht Peter fast das Herz.

»Warum bist du eigentlich weg? Damals?«

Lukas schaut ihn mit großen Augen an. Sie sehen aus, als könnten sie sich jeden Moment mit Wasser füllen, und es tut Peter plötzlich so leid. Alles tut ihm leid. Er hat einen großen Kloß im Hals und kann kaum sprechen.

»Warst du schon mal verliebt und hast dich dann doch von dem Mädchen getrennt?«

Lukas nickt vage. Zuckt die Schultern.

»Kann passieren. Gefühle sind nicht berechenbar. Sie verändern sich. Menschen auch. Ich war ganz schön verliebt in Sabine. Ich dachte wirklich, sie wäre die Richtige für mich.«

»Schade, dass sie es nicht war.«

Lukas sagt diesen Satz eher in die Schüssel hinein als zu ihm. Eine Weile starren sie beide in Lukas' Schüssel, wo die eine übrige Haferflocke in einem kläglichen Rest Kakaomilch schwimmt. Peter nickt der Haferflocke zu.

»Irgendwann hatte ich das Gefühl, als Zierpüppchen im Wohnzimmerschrank meiner Eltern gelandet zu sein. Und nicht in meinem eigenen Leben.«

Lukas schaut ihn interessiert an.

»Es hat alles nicht gepasst, es war nicht meins, ich hab einfach nicht in Sabines Vorstellungen hineingepasst, verstehst du?«

»Was hatte sie denn für Vorstellungen?«

»Sabine wollte am liebsten einen Mann mit einem geregelten Bürojob oder einen Lehrer, mit viel Zeit für die Familie. Ferien ein Jahr im Voraus buchen, irgend so was wie alte Uhren sammeln, auf ein Häuschen sparen ...«

»Und was ist daran so schlimm?«

»Nichts«, sagt Peter. »Gar nichts! Es hat nur nicht zu mir gepasst. Ich hatte andere Träume. Ich wollte viele Theater kennenlernen. Herumkommen. Mich bewegen können, spontan sein. Wir haben uns gegenseitig unglücklich gemacht.«

Lukas nickt.

»Dann hast du uns verlassen.«

»Nur Sabine habe ich verlassen, nicht dich. Dich hätte ich am liebsten mitgenommen.«

»Und warum hast du's nicht gemacht?«

Peter seufzt. Ja, warum? Warum hat er es nicht einfach gemacht? In diesem Moment kommt es ihm völlig idiotisch vor, dass er es nicht gemacht hat. Aber damals war es unmöglich. Gegen Sabines Wut kam er nicht an.

»Das hätte Sabine nie zugelassen. Das weißt du, oder? Ich hatte keine Chance, Lukas.«

Sie schweigen einen Moment.

»Und es gab tatsächlich einen Punkt, da dachte ich, es ist leichter für dich, wenn das alles aufhört. Du hast immer so geweint, wenn ich weg bin. Ich wollte nicht, dass du weinen musst. Ich konnte es nicht mehr mit ansehen.«

»Davon hab ich nie etwas gemerkt. Du warst einfach weg.«

»Ich weiß.« Peter nickt. Lukas sollte ja auch nicht merken, dass es ihm schwerfiel, ihn immer wieder verlassen zu müssen. Das war Sabines Plan, und er hat mitgespielt. Es war so dumm von ihm und schwach. Was war er für ein Weichei. Trotzdem wäre das alles nie passiert, wenn Sabine mit ihm kooperiert hätte. Er will wirklich nicht schlecht über sie reden, aber er muss Lukas seine Sicht der Dinge sagen dürfen. Lukas ist jetzt schließlich alt genug, um sich eine eigene Meinung zu bilden.

»Das alles, das war ich nicht allein. Das musst du mir glauben, Lukas.«

Lukas versteht sofort, was Peter meint, er nickt. Dann schaut er ihn an, und in seiner Stimme schwingt Provokation mit. »Sabine war immer für mich da. Egal, ob ich geweint habe oder getobt oder gelacht. Sie hat alles mitgemacht. Ob sie wollte oder nicht, sie konnte nicht weg. Sie hat alles alleine gewuppt. Immer.«

»Ja.« Peter nickt und schweigt einen Moment. »Und das hat sie alles gut gemacht, wenn man dich so sieht.«

Sie schauen sich an. Ein Band ist geknüpft.

Nachdem sie sich gute Nacht gesagt haben, sitzt Lukas an Peters Schreibtisch und schaut sich die Unterlagen an, die er in der Hochschule bekommen hat, bevor er sie in seinen Rucksack schiebt, vorsichtig, damit sie nicht knicken. Er ist aufgedreht und kann sich überhaupt nicht vorstellen, jetzt zu schlafen. Bis zu dem Klavierkurs sind es noch ein paar Monate. Bis dahin hat er sein Abitur. Bis dahin hat er den Typen kennengelernt, den sein Vater kennt. Der kann ihm wahrscheinlich gute Tipps geben für die Aufnahmeprüfung, so dass er sie vielleicht sogar bestehen wird. Er schickt Pauline eine Nachricht.

– *Bist Du noch wach?*

Sie antwortet sofort, als hätte sie das Handy schon in der Hand gehabt und nur darauf gewartet. Er muss grinsen.

– *Jaaaaa!!!!*

Dann, Sekunden später:

– *Und? Wie war der Tag?*

– *Cool.*

– *Aha??????*

– *Voll viel passiert*

– *Ein bisschen mehr Information bitte!*

– *Im Konzertsaal am Flügel gespielt, erfahren, dass Peter früher mit mir Klavier gespielt hat, Ferienkurs bei Stadtfeld geschenkt bekommen, die Unterlagen für die Aufnahmeprüfung abgeholt, crazy Picknick am Main gemacht, Führerschein bekomme ich auch bezahlt.*

– *Hey, der Typ macht sich, oder?*

– *Gut, dass du mich überredet hast ;-)))*

– *Schlaf gut. Kuss. Nahaaacht.*

– *Du auhauch gut. Kuss.*

Lukas legt das Handy beiseite und schaut sich Peters überladenen Schreibtisch an. An der Pinnwand darüber hängen Kinderfotos von ihm. Auf einem hat er wilde blonde Locken und lacht direkt und völlig unverstellt in die Kamera. Auf einem anderen ist er vielleicht drei oder vier, er hat keine Ahnung, wie man das Alter von kleinen Kindern schätzt. Raspelkurz sind die Haare da. Er lacht auch, aber auf eine andere Art. Da scheint er schon gewusst zu haben, dass man lachen muss, wenn man fotografiert wird.

Bei einem Foto kann er sich noch daran erinnern, wie es aufgenommen wurde. Peter und er waren auf einem Ausflug, einer Wanderung im Wald, da war er sieben oder acht, und er fand alles doof. Das weiß er noch. Seine Schuhe waren nass, seine Füße taten weh, und Peter hat immer versucht fröhlich zu sein, ist dann aber immer wieder plötzlich sauer geworden. Gut gelaunt, schlecht gelaunt, gut gelaunt, schlecht gelaunt. Lukas wollte nur nach Hause. Er wusste nicht, was er da sollte im Wald, mit Peter und seinen seltsamen Stimmungen und den nassen Füßen. Peter hat dann irgendwann gesagt, dass sie eine Abkürzung zurückgehen könnten. Dann haben sie noch in einer total nassen Wiese einen Strauß Margeriten für Sabine gepflückt.

Zu Hause hat Sabine die Blumen genommen und nur geschimpft. Sie war total sauer, dass er so nass und verdreckt war. Und dann hat sie geweint. Peter ist gegangen, er war ganz ernst und hat nichts mehr gesagt, und Lukas wusste nicht, was das alles sollte.

Zwischen den Bildern sind Lücken. Neben dem letzten Bild, auf dem man noch die nassen Hosen erkennen kann, hängen viele Zettel mit Fragezeichen. Lukas nimmt sich einen Block mit Post-its, der auf Peters Tisch liegt, und denkt nach.

Aufs Gymnasium gekommen. Fremde Klasse. Ich war der komische Typ, der Klavier spielt.

Schulausflug. Jungs-Väter-Fußball. Ich hab gar nicht erst mitgespielt.

Sabine und ich beerdigen das erste Meerschweinchen. Und bald darauf das zweite daneben. Sabine sagt, es wollte wohl nicht mehr alleine übrigbleiben. Ich will getröstet werden, weil meine Meerschweinchen tot sind, aber irgendwie muss ich Mama trösten.

Meine Klavierlehrerin gibt mir Doppelstunden, ich muss aber nur eine bezahlen, weil sie weiß, dass wir immer rechnen müssen.

Mein erstes Konzert. Sabine war so komisch. Jetzt weiß ich ja, warum. Meine Klavierlehrerin hat sich mehr gefreut als sie.

Lukas legt den Block weg, pinnt die Zettel an die Wand und schaut sich wieder um. Skizzen, Theaterfotos, auf manchen Bildern erkennt er Hanna.

Dann sieht er *Unterwegs.* Ein Buch, das viel mitgemacht hat. Es ist völlig zerlesen, der Einband abgegriffen, die vergilbten Seiten klaffen auseinander. Viele Seiten haben umgeknickte Ecken, die als Lesezeichen dienen, für Sätze die sich Peter angestrichen hat. Lukas blättert in dem Buch, schaut sich an, was Peter unterstrichen hat. Es geht immer ums Unterwegssein, auf der Straße sein, die Straße als Leben. Immer auf der Suche sein. Unterwegs zu sein ist eine Art zu leben. Unterwegs sein ist das Ziel. Vielleicht liest er das Buch auch mal. Vielleicht ist Peter nicht abgehauen, also nicht so, wie er immer dachte. Vielleicht hat er sich auf den Weg gemacht. Das ist etwas anderes. Lukas versteht plötzlich, was Peter vorhin gemeint hat, als er sagte, er musste sich bewegen können. Er wollte auf diese Straße und seinen Weg unter den Sternen suchen, seinen Regenbogenweg. Ist Peter so, wie er ist, weil er dieses Buch gelesen hat und all diese Sätze angestrichen hat? Oder hat er diese Stellen markiert, weil er sich darin wiedererkannt hat?

Als er das Buch an seinen Platz zurücklegt, sieht er, worauf es vorher lag. Ein Blatt mit einem roten Balken.

Merkblatt: Die Stammzellenspende bei Leukämieerkrankungen. Was soll das denn? Warum interessiert sich Peter für Leukämie, hat er einen Freund ... Lukas nimmt das Blatt, um es zu überfliegen, dann sieht er den Begleitbrief. Er ist an Peter adressiert. Ihm ist plötzlich heiß. Er weiß, dass man die Post von anderen nicht liest. Aber er kann nicht anders. Seine Augen gleiten schon über das Schreiben. Sehr geehrter Herr Licht, bei Ihnen ist eine Leukämieerkrankung festgestellt ... mit Gedanken an Stammzellenspende befassen ... idente Spender ... größte Wahrscheinlichkeit im Familienkreis ... Die Buchstaben tanzen, sein Kopf fährt Achterbahn, und ihm ist schlecht, ihm ist plötzlich speiübel, sein Magen hebt und senkt sich, und er spürt, wie sein Gesicht glüht und die Hände zittern. Wenn das wahr ist ... Wenn das wahr ist, dann ist Peter krank. Todkrank. Und er hat es ihm nicht gesagt. Das kann doch nicht sein, warum hat er nichts gesagt? Glaub ihm nicht alles. Sabines besorgter Blick am Bahnhof. Pass auf dich auf. Sie wusste es, dass man ihm nicht vertrauen kann. Sie hat ihn gewarnt. Und er ist ihm auf den Leim gegangen ... aber voll.

Lukas ist so wütend, auf sich selbst, auf Peter, auf die Lügen, die alles kaputtmachen, den ganzen Tag, alle Ideen und Gedanken dieses Tages. Flüssige Wut kocht in ihm hoch und treibt ihn an, blind seinen Rucksack zu packen, alles hineinzustopfen, ins Schlafzimmer seines Vaters zu rennen und ihm all das entgegenzuschleudern, was in ihm tobt.

»Du hast es nur für dich getan, du verdammtes Arschloch! Nur für dich! Du suchst einen Spender, nur deshalb hast du mir geschrieben. Du findest wohl keinen, und da hast du dir gedacht, ach, da war doch noch was! Hey, ich hab doch einen Sohn. Voll praktisch. Wenn der mal nicht dieselbe Blutgruppe hat, der kann bestimmt für mich spenden, den hol ich mir mal her, das hast du dir aber schön ausgedacht. Peter, der Märchenonkel, macht hier einen auf Papa, lügt mich an, bis ich ... Verdammt, du bist echt das Letzte, das Allerletzte! Wann wolltest du es mir denn sagen? Morgen? Oder nächste Woche? Bei meinem nächsten Besuch? Oder eilt es vielleicht? Wie lange hast du denn noch? Echt, dann verreck halt. Aber ohne mich. Ohne mich! Für mich bist du jetzt schon tot.«

Peter redet die ganze Zeit, ruft ihm nach, aber Lukas hört nichts, weil er nichts hören will. Er schlägt die Schlafzimmertür hinter sich zu, dass die Wände beben. Er stürzt in den Flur, greift nach seiner Jacke und rennt ins Treppenhaus, schlägt auch die Wohnungstür mit einem lauten Knall ins Schloss. Wenn er könnte, würde er alle Türen zuschlagen, die er sieht, er würde alles zerschlagen, und alles gilt ihm. Seinem Vater. Auch den will er zerschlagen in seiner endlosen Wut, hinter der ein endloser Schmerz lauert, vor dem ihn seine Wut noch beschützt, weil sie keinen Raum lässt für irgendetwas anderes, so groß ist sie.

Peters Herz schlägt laut. Gerade jetzt, wo er Kraft braucht, hat er keine. Er muss Lukas suchen. Er muss zum Bahnhof, er muss zu Lukas und ihm sagen, dass alles ganz anders ist. Ganz anders.

Er braucht ewig, bis er angezogen ist, seine Beine zittern, und er muss sich ständig setzen und Atem holen. Die Wirkung der letzten Blutspende ist schon vorbei. Das ist wahrscheinlich kein gutes Zeichen, wenn es so schnell geht.

Sein Auto springt an, zum Glück, sein Auto funktioniert inzwischen besser als er selbst. So ist das also, wenn man nicht mehr so kann, wie man will. Das ist überhaupt nichts für ihn. Gar nichts.

Er parkt das Auto am Bahnhof und läuft hinein. Als Erstes schaut er, ob Züge fahren, wann der nächste Zug Richtung Melsungen fährt, es dauert noch. Er setzt sich auf den leeren Bahnsteig, um dort auf Lukas zu warten. Er muss ihm doch sagen, dass er sich irrt. Niemals würde er Lukas um eine Spende bitten. Er will überhaupt niemanden bitten, und Lukas schon gar nicht. Es ist seine Krankheit, und er wird es selbst zu Ende bringen. Lukas wird damit nichts zu tun haben.

Peter beobachtet die Menschen am Bahnhof in der Nacht.

Sie wirken heimatlos, gestrandet. Er fühlt sich ihnen allen verwandt. Reisende, die hängengeblieben sind, die auf die letzte Verbindung warten, die sie noch nach Hause bringt. Ein Obdachloser, der in den Mülltonnen wühlt, bis er aufgefordert wird, es zu lassen, und sich davontrollt, um es woanders zu versuchen. Der abgestumpfte Blick der Menschen in Uniformen, die hier für Ordnung sorgen.

Er war lange nicht mehr in der Nacht an einem Bahnhof. Als Jugendlicher oft. Mit Interrail und Rucksack unterwegs in Europa. Wenn er kein Geld mehr hatte und das Wetter zu schlecht war, um in Parks zu übernachten, dann nahm er den nächstbesten Zug, schlief im Zug und schaute morgens erst, wo er gelandet war. Er hatte nie ein Ziel. Der Weg war das Ziel. Unterwegs sein. Kein Moos ansetzen.

Die Nachtgestalten am Bahnhof sind ihm vertraut. Ob sie Lukas auch vertraut sind oder ob sie ihm Unbehagen einflößen? Wo ist er bloß? Eine gutgekleidete Frau geht am Bahnsteig auf und ab. Zieht den Mantel enger um sich. Nervöse Schritte. Er spürt, wie unwohl sie sich fühlt. Bestimmt hat sie einen Anschlusszug verpasst. Sie ist nicht der Typ, der ein nächtliches Umsteigen in Frankfurt eingeplant hätte. Sie bleibt in Bewegung, sie hat Angst, sich irgendwohin zu setzen. Früher hätte er sie angesprochen. Hätte sie angelächelt, ihr die Angst genommen. Ein Flirt in der Nacht, eine kurze Begegnung, eine Berührung. Der flüchtige Duft eines fremden Parfums. Ablenkungen überall. Heute will er sich keine Sekunde ablenken, er muss nach Lukas schauen. Die Zeit der Ablenkungen ist vorbei.

Es dauert lange, bis sich der Bahnsteig am sehr frühen Morgen mit ein paar Reisenden füllt. Peter schaut sich um und sucht Lukas. Erst kurz vor dem Einfahren des Zuges entdeckt er ihn endlich. Hat Lukas ihn schon früher gesehen und sich versteckt gehalten? Er weiß es nicht. Er steht sofort auf, geht auf ihn zu, nur ganz kurz treffen sich ihre Blicke, doch Lukas schaut sofort weg, will ihn nicht sehen, geht weiter, aber Peter folgt ihm.

»Lukas, du musst mir glauben. Bitte. Ich weiß es selbst noch nicht lange. Als ich dir geschrieben habe, wusste ich es nicht. Es kam alles zusammen, ich komme selbst noch nicht damit zurecht ...«

»Mir egal.«

Lukas geht weiter, der Zug rollt in den Bahnhof. Das Getöse und das Kreischen der Bremsen schlucken alle anderen Geräusche. Lukas steigt ein. Kurz überlegt Peter, auch einfach einzusteigen. Wenn er sich noch einmal umdreht, wenn er noch einen Blick zurückwirft, dann tue ich es, denkt er. Dann fahr ich mit. Aber Lukas dreht sich nicht um und schaut nicht zurück. Peter spürt, dass er das respektieren muss. Er hat es sich ja selbst zuzuschreiben.

Alles, was dir geschieht, verursachst du selbst. Diesen Satz hat er einmal gelesen und ihn zu seinem Lebensmotto erkoren. Zu einem von vielen. Aber bisher hatte er den Satz immer so gedeutet, als bedeute er, dass er der Chef seines Lebens wäre. Als wäre es ein Satz über Freiheit und Selbstbestimmung. Er, der Bühnenbildner seines Daseins. Er hat es im Griff, er bestimmt, was passiert. Er baut seine Welt. Jetzt sieht er plötzlich eine andere Bedeutung. Als der Erbauer seiner Welt würde er Lukas natürlich nicht wegfahren lassen. Aber als derjenige, der einen Fehler gemacht hat, muss er mit den Konsequenzen leben. Die Bitterkeit, die ebenfalls in dem Satz liegt, schmeckt er zum ersten Mal.

Er fährt zur Wiese, auf der sie gestern gepicknickt haben. Gestern, erst gestern. Es ist erst ein paar Stunden her. Doch es kommt ihm vor, als wäre es ein Ereignis aus einem anderen Leben. Da, wo ihre Decke lag, ist das Gras noch platt. Er tritt vorsichtig in das Viereck und setzt sich genau in die Mitte. Langsam legt er sich hin, streckt sich aus, spürt den Boden unter sich und den Himmel über sich. Er schaut nach oben in den Himmel, der allmählich immer heller wird. Ein paar Vögel beginnen zu singen und den Himmel über ihm zu durchkreuzen. Er kennt sie alle nicht. Vögel haben ihn noch nie interessiert. Warum eigentlich, fragt er sich, während er hier liegt. Sie können schließlich fliegen. Sie können fliegen, sie sind vogelfrei, sie können den Himmel durchkreuzen. Sie sollten ihn interessieren. Die einzige Vogelart, zu der er je einen Bezug hatte, sind Möwen. Es gab diese eine Spielzeit in Hamburg, wo er als Gast ein Jahr lang Bühnenbildner am Theater war und in einem Hausboot gelebt hat, das ein Typ, der für ein Jahr auf Weltreise ging, ihm vermietet hat. Dieses Wohnen zwischen Wasser und Himmel, jedes Wochenende am Meer, nichts als Wolken, Luft, Licht. Die Schreie der Möwen. Ihr dauernder Hunger. Die Art, wie sie im Wind segeln und so aussehen, als hingen sie an Schnüren, die der große Weltenbildner am Himmel aufgehängt hat. Wenn er in Hamburg geblieben wäre, auf dem schwankenden Hausboot, oder noch näher am Meer gelebt hätte, wäre er vielleicht ein ganz anderer Mensch geworden.

Draußen beginnt es allmählich zu dämmern, aber Lukas schaut nicht hinaus, denn im Fenster sieht er nur sich selbst. Und er will am liebsten gar nichts sehen, gar nichts denken. Er macht seinen iPod an. Jetzt bräuchte er die Goldbergvariationen.

Obwohl sie ihn sofort an Martin Stadtfeld erinnern und an den Ferienkurs, den er nun nicht machen wird – nein, niemals wird er den Kurs machen –, findet er Beruhigung in den Tönen. Seine Klavierlehrerin hat ihm erzählt, Bach habe sie für seinen Freund und Unterstützer geschrieben, den Grafen Keyserlingk, der ihn darum gebeten hatte, etwas Sanftes, Munteres zu komponieren, was sein Gemüt in schlaflosen Nächten beruhigen sollte. In diesen Nächten bat er Goldberg, seinen Hofcembalisten, ihm die Variationen vorzuspielen. Die Töne klingen in Lukas' Ohren, füllen seinen Kopf, füllen sein Herz. Klare Töne in dunklen Nächten. Warum Graf Keyserlingk wohl schlaflos war? Bach dachte, dass man ein aufgebrachtes Gemüt am besten mit Variationen eines Grundthemas beruhigte. Lukas weiß nicht, was er davon halten soll. Wenn Peter sein Grundthema ist, dann beruhigen ihn die Variationen, die er mit ihm erlebt, jedenfalls kein bisschen.

Jetzt ist Schluss. Seine Mutter hat völlig recht. Man kann

ihm nicht vertrauen. Und es ist das Beste, wenn er nichts mehr mit ihm zu tun hat. Nichts.

Als er am Morgen nach Hause kommt, steht Sabine verwundert in der Tür zu ihrem Schlafzimmer. »Du bist schon wieder da?«

»Sieht ganz so aus.« Lukas hängt seine Jacke an die Garderobe, zieht die Schuhe aus, und Sabine schaut ihn unverwandt an. Vorsichtig fragt sie ihn, wie es war.

»Lass mich in Ruhe. Am besten.« Damit verschwindet Lukas in seinem Zimmer und zieht die Tür hinter sich zu. Ihm ist alles zu viel. Er hat keinen Bock mehr auf irgendwelche Eltern. Was hat er denn mit denen zu tun? Sollen sie ihren Scheiß doch alleine klären. Sie haben ihn in die Welt gesetzt und ihn noch nicht mal gefragt, warum sollte er sich auch nur einen halben Meter mit ihnen befassen? Was haben sie mit ihm und seinem Leben zu tun? Nichts!

Er hört Sabine vor seiner Tür schimpfen. Das war ja klar, dass das jetzt kommt.

»Super. Du bist keine drei Tage bei ihm und kommst völlig verstört wieder. Das war immer so. Immer! Und weißt du was? Deshalb war ich nur froh, als du irgendwann nicht mehr zu ihm bist. Das war jetzt das letzte Mal, da kannst du Gift drauf nehmen. Das letzte Mal war das!«

Er hört, wie sie wütend gegen ihre Tür schlägt, und verdammt, er kann auch Türen knallen. Er reißt seine Tür auf und brüllt in den Flur.

»Du hast ja keine Ahnung! Du kennst ihn doch überhaupt nicht!«

Er knallt die Tür wieder zu. Eine geschlossene Tür ist jetzt genau das, was er braucht.

Lukas kippt seinen Rucksack aus. Die Anmeldebögen für die Hochschule braucht er nicht mehr. Er wird nicht studieren, er will nicht Musik studieren. Klavier wird er auch nicht mehr spielen. Er will mit seinen Eltern nichts mehr zu tun haben. Vor allem nicht mit seinem Vater. Vielleicht spielt er nur seinetwegen? Vielleicht wollte er nur Pianist werden, weil das Klavier mit der Erinnerung an seinen Vater verbunden ist. Unbewusst. Peter will, dass er spielt, Sabine will nicht, dass er spielt. Und was will ich?, fragt sich Lukas. Was will ich? Er setzt sich ans Klavier, hebt den Deckel, schaut auf die Tasten. Lässt seine Finger stumm darübergleiten. Nimmt Abschied. Sein Herz klopft ihm bis zum Hals. Das ist jetzt der Abschied vom Klavier und dem Leben, von dem er dachte, dass er es führen wollte. Es muss etwas anderes kommen. Er wird nicht das Leben führen, das seinem Vater gefällt. Er muss sein eignes Leben finden. Langsam klappt er den Deckel zu. Scheiß aufs Klavier. Lukas wirft seine Noten in den Müll und lässt sich aufs Bett fallen. Er ist müde. Todmüde.

Sabine starrt auf die Tür zu Lukas' Zimmer, die er laut zugeknallt hat. Die Tür ist immer noch verschlossen. Fest verschlossen. Und sie steht draußen. Da ist es wieder, dieses einsame Gefühl. Sie geht in die Küche, um sich Kaffee zu kochen. Es ist einer dieser Tage, an denen die Dinge gegen sie zu sein scheinen. Erst verschüttet sie das Kaffeepulver, dann vergisst sie, den Wasserkocher anzustellen, und tut sich an der Spülmaschinentür weh, als sie ihre Lieblingstasse herausholt. Ihre Bewegungen sind ausufernd, aufgeregt und gleichzeitig zittrig. Sie muss sich an der Spüle aufstützen und ein paarmal tief durchatmen. Ratlos schaut sie in den Kühlschrank. Irgendwie hat sie keinen Frühstückshunger, erst mal nur einen Kaffee, denkt sie, und befürchtet schon, dass die Milch sauer ist. So, wie dieser Tag anfängt, würde das gerade noch fehlen. Vorsichtig schnuppert sie an der Milchtüte, probiert einen kleinen Schluck, aber sie ist noch gut. Wenigstens das. Wenigstens etwas, das in Ordnung ist heute Morgen.

Du hast ja keine Ahnung! Du kennst ihn doch überhaupt nicht! Was ist nur passiert? Lukas kommt früher zurück, spricht nicht mit ihr und schreit ihr dann diesen Satz ins Gesicht?

Gestern war sie noch so zuversichtlich, nach dem Friseurtermin, mit neuer Haartönung und den vielen Einkaufstüten. Das alles kommt ihr jetzt lächerlich vor. Gegen diese Gefühle hilft kein neuer Schlafanzug und auch kein Kaschmirjäckchen.

Eigentlich wollte sie am Nachmittag zu ihren Eltern fahren. Jetzt überlegt sie, ob sie das wirklich tun soll. Vielleicht macht Lukas ja genau dann die Tür auf und will mit ihr reden? Sie schüttelt über sich selbst den Kopf. Ganz bestimmt nicht. Nach diesem Satz. Die Tür bleibt sicher erst mal zu. Sie wird nicht absagen, sie wird trotzdem fahren. Zum Glück hat sie weder den Eltern noch den Schwestern überhaupt etwas davon erzählt, dass Lukas nach Frankfurt gefahren ist. Als hätte sie geahnt, dass es schiefgeht. Wenigstens braucht sie nicht wieder mit diesem Thema anfangen, das keins mehr sein soll. Verdammt, es soll kein Thema mehr sein. Nicht in ihrem Leben. Ihr Leben soll andere Themen haben.

Es sind keine fünfzig Kilometer bis zu ihren Eltern, trotzdem kommt es ihr immer vor wie eine Reise in eine andere Welt, wo auf tröstliche Weise noch alles so ist, wie es immer war. Nur dass sie nicht mehr dazugehört, das ist weniger tröstlich. Sie ist weggegangen. Und sie ist eine geschiedene Frau.

Die Landstraße schlängelt sich sanft durch Obstwiesen, am Ortseingang steht der Schuppen mit den ausgeblichenen Fetzen von Postern, die etwas angekündigt haben, jetzt aber keinen Sinn mehr ergeben.

Vor dem Haus der Eltern parkt schon das Auto von Susanne, ihrer ältesten Schwester. Susanne, die alles richtig gemacht hat, die nicht so ein Pech hatte wie sie. Denn so bezeichnet Sabines Familie ihre Trennung von Peter, als »Sabines Pech«. Dagegen steht Susannes Glück. So ein netter Mann. Und sogar schon Oma. Ihre älteste Tochter Verena hat einen jungen Mann geheiratet, auch aus dem Ort und auch so nett. Das erste Enkelchen ist vier und das zweite ist gerade geboren.

Stephanie, die mittlere Schwester, hat auch zwei Kinder. Alle haben zwei Kinder, bis auf Sabine, der der Mann weggelaufen ist, bevor sie ein zweites bekommen konnte. Stephanies jüngste Tochter Isabell ist nur ein Jahr älter als Lukas und studiert in Kassel. Isabells Entschluss hat in der Familie wenig Begeisterung ausgelöst. Man weiß ja, was passieren kann, wenn man in Kassel studiert. Schau dir nur Tante Sabine an. Da trifft man Jungs, die es vielleicht nicht ernst meinen. Pass nur gut auf! Isabell hat gelacht und Sabine zugezwinkert. Bis auf Sabine und Isabell ist die ganze Familie in der Nähe der Eltern geblieben, sie können sogar zu Fuß zu ihnen gehen, und wenn Susanne mit dem Auto gekommen ist, heißt das, dass sie Kuchen gebacken hat. Wahrscheinlich zwei. Am Kaffeetisch finden viele Platz, die Familie ist groß, sonntags wird gebacken, was das Zeug hält. Sabine ist die Einzige, die allein kommt, und sie weiß genau, dass sie sich wieder als Außenseiterin fühlen wird. Sie hatte schon angekündigt, dass Lukas eine Veranstaltung hat, etwas mit der Schule, um nicht von Peter sprechen zu müssen, damit keine unangenehmen Fragen aufkommen.

Während des Kaffeetrinkens sitzt Sabine stumm zwischen all den Paaren und Kindern und Enkeln. Sie nimmt gerne das neugeborene Baby, damit die Eltern mal in Ruhe ihren Kuchen essen können. Sie hat sowieso keinen Hunger. So fällt es wenigstens nicht auf, dass sie keine drei Stücke Kuchen isst. Und auch ihr Schweigen fällt nicht auf. Es sieht so aus, als ob sie dazugehört, nur in ihrem Inneren sieht es nicht so aus.

Scheidungen gibt es nicht in Frankenau. Man hört natürlich davon, aber sie kommen nicht vor. Bis zu Sabines Scheidung ist man von diesem neumodischen Zerrüttungskram verschont geblieben in der Familie. Sabine hat das Gefühl, dass man sie seitdem mit einer Mischung aus Bedauern und Herablassung betrachtet. Die Arme, so ein Pech. Das ist die eine Sichtweise. Die andere lautet: Sie konnte den Mann eben nicht halten. Dazu kommt: Wer in fremden Gewässern schwimmt, kann in Untiefen geraten. Wäre sie mal besser im Ort geblieben. Inzwischen reden sie kaum noch darüber, es ist alles gesagt, was es zu sagen gab. Die mitleidigen Blicke sind weniger geworden. Sabines Pech ist Normalität. Nur für sie nicht. Sie fühlt sich jedes Mal fehl am Platz, alleine in der großen Familie. Sie würde einiges darum geben, mit einem Mann und Kindern hier am Tisch zu sitzen und nachher mit ihrer eigenen Familie nach Hause zu kommen.

»Soll ich sie auch mal nehmen, damit du die Hände frei hast, um den Kuchen zu probieren?« Stephanie streckt die Arme aus.

»Es macht mir nichts ... Ich hab sowieso nicht so ...«

»Quatsch. Den Schmandkuchen *musst* du probieren. Und ich will auch ein bisschen Baby riechen.«

Sabine legt Stephanie die Kleine in den Arm und lässt sich von einer ihrer vielen Nichten ein Stück Kuchen auf den Teller schaufeln.

Isabell schaut sie an. »Lecker, oder? Mamas Schmandkuchen ist mein Lieblingskuchen. Wo hast du eigentlich in Kassel gewohnt, damals?«

Sabine nutzt den vollen Mund als Vorwand, nicht sofort zu antworten. »Erst ziemlich außerhalb, Nette und ich hatten eine Miniwohnung, weiter draußen war alles erschwinglicher. Später haben wir dann mitten in der Stadt gewohnt. Gar nicht weit vom Theater.« Von dieser Zeit will sie aber nicht reden, also versucht sie mit einer Frage abzulenken. »Gefällt's dir denn in der Stadt?«

»Absolut. Kassel ist jetzt ja nicht riesig, also verglichen mit

Berlin oder so, ist ja echt viel kleiner, aber ich find es toll. Ich mag die Straßenbahn und dass nachts so viele Lichter an sind, und so viele Leute, und die Kneipen ...«

»Und die Uni ...«, wirft ihr Vater ein.

»Genau!« Isabell grinst. »Die Uni. Vor allem die. Und ich mag, dass man erst mal niemanden kennt. Und niemand mich kennt. Vielleicht geh ich auch nach Berlin, in einem Jahr oder so. Langsame Steigerung, weißt du? Vom Landei zum Stadtkind bis zur Großstadtpflanze.«

»Das wär nichts für mich«, ruft Susanne dazwischen, und fast alle nicken zustimmend.

»So anonym«, fügt Stephanie hinzu. »Ist doch schön, wenn einen die Leute kennen, man geht aus dem Haus und wird gegrüßt ...«

Während nun alle über die Vor- und Nachteile des Stadt- und Landlebens diskutieren, was zu einem Lobgesang auf das Landleben wird, denn mit dem Stadtleben kennen sie sich ja nicht aus, schleicht Susannes kleine Enkelin Lilly zu Sabine und will auf ihren Schoß.

»Jetzt lass Bine mal essen«, mahnt Susanne, aber Sabine winkt ab und zieht die Kleine zu sich. »Blöd, wenn immer nur das Baby auf den Schoß darf, oder?«, sagt sie und bietet Lilly ein Stück von ihrem Kuchen an. Lilly lehnt sich an Sabine und futtert ihren Kuchen weg, wofür sie dankbar ist, dann bleibt das Stück wenigstens nicht auf ihrem Teller liegen. Mit vollem Mund dreht Lilly sich zu Sabine um. »Warum bist du ganz alleine hier?«

»Man spricht nicht mit vollem Mund«, kommt es sofort von der anderen Tischseite. Sabine ignoriert den Einwurf und schaut Lilly an. »Weil Lukas nicht mitkommen konnte. Der macht bald Abitur und hat heute ein Treffen mit der Schule.«

»Hat Lukas auch einen Papa?«

»Ja«, sagt Sabine und verstummt. Ja.

»Jeder hat einen Papa, das weißt du doch. Es muss immer eine Mama und einen Papa geben, sonst gibt es keine Kinder.« Lillys Mutter, noch nicht mal dreißig, hat das Familienbild voll verinnerlicht. Das Bild, aus dessen Rahmen Sabine fällt.

»Aber warum ist er dann nicht hier?«

Schweigen am Tisch. Kluges Mädchen, denkt Sabine. Man hört Vaters Gebiss beim Kauen knacken, und Mutter stößt ihn an. »Kau doch nicht so laut.«

»Das kann ich nicht anders.« Er zuckt hilflos die Achseln.

»Bei dem Preis könnte man ja auch erwarten, dass es nicht so laut knackt, oder?«, fragt ihre Mutter in den Raum, aber niemand antwortet. Sabine findet, man muss Lilly antworten.

»Manchmal haben sich Eltern nicht mehr lieb, dann trennen sie sich und dann geht einer weg. Und Lukas' Papa ist weggegangen.«

»Hatte der dich nicht mehr lieb?«

Lilly schaut sie mit ungläubigen großen Augen an.

Sabine schüttelt den Kopf.

»Und Lukas? Hatte der Papa Lukas auch nicht mehr lieb?« Jetzt hört Lilly vor Schreck auf zu kauen.

Lillys Mutter schaltet sich nun ein. »Eltern haben ihre Kinder immer lieb.«

Lilly schaut fragend in die Runde. Alle nicken.

»Immer«, bestätigt Sabine. Obwohl sie eigentlich denkt: Immer, mit einer Ausnahme. Peter. Hätte er denn überhaupt gehen können, wenn er Lukas so geliebt hätte, wie sie ihn liebt? Sie sieht, wie ihre Mutter ihr vom anderen Tischende aus zunickt. »Immer«, wiederholt ihre Mutter und schaut Sabine dabei direkt an. »Man hat seine Kinder immer lieb. Auch wenn man sie nicht versteht. Und sie einem fast das Herz brechen.« Ihre Mutter schaut nach unten, als ob es sie selbst erschrickt, dass sie so viel gesagt hat, und beginnt akribisch kleine Kuchenkrümel zusammenzufegen, mit dieser typischen Handbewegung, die Sabine vertraut ist, seit sie denken kann. Es ist eine kleine Stille entstanden nach den Sätzen ihrer Mutter, und Sabine ist plötzlich sehr gerührt. Als sie in die Runde schaut, spürt sie die Blicke der anderen. Alle haben es gehört, und alle wissen, dass sie damit gemeint ist. Sabines Pech hat ihrer Mutter damals fast das Herz gebrochen. In ihrer Welt ist so etwas noch nie vorgekommen. Und verstanden hat sie es auch nicht. Aber wie auch? Sabine hat es ja selbst nicht verstanden.

»Willst du noch ein Stück Kuchen?«, fragt sie deshalb schnell den Lockenkopf auf ihrem Schoß, und als Lilly nickt und auf den Schokoladenkuchen zeigt, greift sie nach einem Stück. Dabei begegnet ihr Blick noch einmal dem ihrer Mutter, und ein kleines Lächeln wandert zwischen ihnen hin und her. Gerade heute, denkt Sabine. Warum hat sie das gerade heute gesagt? Warum bekommt sie gerade heute dieses kleine Lächeln geschenkt? Ist das jetzt Alterssentimentalität? Dass man ihr, der Schwierigen, der Gescheiterten, der Sabine mit dem Pech, nach all den Jahren am Kaffeetisch mal eben sagt, dass man sie dennoch liebt? Über Gefühle wird in der Familie nicht gesprochen. Es wird überhaupt nicht viel gesprochen. Man glaubt nicht ans Reden. Was zählt, sind Taten. Umso bemerkenswerter, dass eben dieser Satz gesagt wurde.

Zum Abschied umarmt Isabell sie und lädt sie ein, mal vorbeizukommen in Kassel. »Ist doch nicht weit, wir gehen mal zusammen bummeln, oder?«

Sabine nickt, und Isabell speichert gleich ihre Telefonnummer in Sabines Handy ein. »Nicht dass es am Ende daran scheitert, dass du die Nummer nicht findest.« Isabell grinst sie an. »Die Frisur steht dir übrigens echt gut. Bis bald, ja?«

»Bis bald.« Es tut gut, von einem Mädchen in Lukas' Alter umarmt und auf einen Bummel eingeladen zu werden. Wenn der eigene Sohn einem die Tür vor der Nase zuschlägt, ist es schön, eine Nichte zu haben, der sogar die neue Frisur auffällt.

Auf der Heimfahrt denkt Sabine, dass Isabell tatsächlich ein bisschen anders ist als der Rest der Familie. Sie hat andere Sehnsüchte. Sie hat keine Angst vor dem Unbekannten. Als sie auf die Schnellstraße biegt, denkt sie, dass sie auch mal Sehnsüchte hatte. Dass sie mal ganz anders war. Ob sie so war wie Isabell? Ob die anderen sie so gesehen haben? Sie erinnert sich an das Gefühl, das sie damals hatte, als sie nach Kassel zog. Diese kribbelnde Erwartung. Sie muss lächeln. Sie mag plötzlich die Erinnerung an die junge Sabine, die sie einmal gewesen ist. So wie sie Isabell mag.

Peter weiß nicht, wie viel Uhr es ist, als er zurückkommt in seine Wohnung, wo alles noch von Lukas' wütendem Aufbruch erzählt und davon, wie er hektisch hinter ihm hergerannt ist. In der Küche stehen die Reste ihres nächtlichen Essens, Lukas' leere Schüssel, seine eigene Schüssel, die voll ist mit grauen aufgequollenen Haferflocken und eklig aussieht. Er nimmt die Schüssel und wirft sie komplett in den Müll. Schwer schlägt sie auf dem Boden des Mülleimers auf.

Er geht ins Arbeitszimmer, legt sich in Lukas' Bett und schließt die Augen. Er ist so müde, er hat das Gefühl, dass er nie mehr aufstehen kann. Als das Telefon klingelt, reagiert er nicht. Er hört, wie der Anrufbeantworter anspringt und Hannas Stimme fröhlich durch die Wohnung schallt.

»Hallo! Wollte mal hören, wie es euch beiden geht. Und was ihr heute macht. Ihr seid bestimmt schon unterwegs? Wenn du zurück bist, ruf mich an, ja?« Sie macht eine kleine Pause, holt Luft und flötet: »Ich bin deine Freundin!«

Peter dreht sich zur Wand, zieht Lukas' Decke über sich und spürt, wie der Schlaf ihn langsam umfängt. Er schläft unruhig, wacht immer wieder auf, seine Träume verflüchtigen sich, er gleitet zurück in den Schlaf. Mal schwitzt er, mal friert er, mal ist es dunkel, mal ist es hell. Lukas' Gesicht taucht auf, immer wieder. Hanna. Lukas' Gesicht, sprühend vor Wut.

Als er schließlich aufwacht, hat er überhaupt kein Gefühl dafür, wie lange er geschlafen hat. Es dauert einen Moment, bis er erkennt, dass er einen Tag und eine Nacht durchgeschlafen hat.

Unter der Dusche wird er wach. Das heiße Wasser tut gut. Er weiß nicht, wie lange er unter dem warmen Wasserstrahl steht, er hat das Gefühl, dass das Wasser alles wegwaschen kann. Den Schweiß der letzten Nacht, die Kopfschmerzen, die Kälte in seinen Gliedern, die schlechten Gefühle, die Krankheit, die sich in seinen Zellen ausbreitet, die Schwäche in seinem Innern, alles. Er könnte ewig unter dem Wasser stehen bleiben.

Später sitzt er im Bademantel an seinem Schreibtisch und sieht, was Lukas an die Pinnwand gepinnt hat, um die Lücken zu füllen. Das muss er gemacht haben, bevor er den Brief gefunden hat. Warum hat er diesen verdammten Wisch bloß aufbewahrt?

Es schnürt ihm den Hals zu, die Post-its zu lesen, die Lukas geschrieben hat, damit Peter aufholen kann. Lukas auf der neuen Schule, der komische Typ, der Klavier spielt. Wäre er da gewesen, er hätte ihm gesagt, dass es ihm höchstens noch ein paar Monate komisch vorkommen wird und dass ihn in ein paar Jahren alle beneiden werden. Die Jungs am Klavier bekommen schließlich die besten Mädchen. Aber er war nicht da. Und er hat es Lukas nicht gesagt.

Er war auch nicht da, als die Väter mit den Jungs Fußball gespielt haben. Dabei wäre er Lukas allerdings sicher eher peinlich gewesen. Die einzige Zeit, in der er Fußball gespielt hat, war ein Jahr in der Schule, bei einem fußballverrückten Lehrer, der montags im Sportunterricht die Bundesligatore vom Wochenende abfragte und Noten dafür vergab. Peter hat sich immer freiwillig gemeldet. Die Einsen, die er für die auswendig gelernten Tore bekam, glichen sein monströses Defizit in der Spielpraxis aus. Er war eine Katastrophe auf dem Spielfeld und immer der Letzte, der übrigblieb, wenn die Teams gewählt wurden. Er konnte mit vier Äpfeln jonglieren, aber dieses Hin- und Hergerenne um einen Fußball herum, das war nichts für ihn. Er war noch nie ein guter Teamplayer. Aber Lukas hätte es wahrscheinlich verkraftet. Besser als seine Abwesenheit.

Die kleinen Botschaften, die Lukas an seine Wand gepinnt hat, schmerzen ihn mehr als alles. Momente, in denen er Lukas gefehlt hat. Ein Leben, in dem er Lukas gefehlt hat. Da stirbt das Meerschweinchen, für das er keinen Käfig gebaut hat, und Lukas muss auch noch Sabine trösten, die anscheinend völlig überfordert war und mehr Mitleid für das verlassene Meerschweinchen aufbrachte als für Lukas. Wie viele Situationen mochte es noch gegeben haben, in denen Sabine überfordert war, weil er ihr nie geholfen hat? In denen Lukas etwas gefehlt hat? Und warum ist er nie auf diesen Gedanken gekommen? Warum hat er nie auch nur im Ansatz daran gedacht, dass er Lukas fehlen könnte?

Er nimmt die Post-its in die Hand, jedes Einzelne, und pinnt sie dann wieder an. So hat Lukas hier gesessen, er hat diese Gedanken gedacht und für ihn aufgeschrieben, und dann hat er sein Buch der Bücher aufgeschlagen. *Unterwegs*. Die Bibel seiner Jugend, und nicht nur seiner Jugend. Und dann hat er den Brief gesehen, der verraten hat, was er für sich behalten wollte. Lukas erzählt seinem Vater, wie sehr er ihn vermisst hat, und bekommt einen Schlag ins Gesicht. Denn sein vermisster Vater hat ihm etwas nicht erzählt. Er hat ihm nicht erzählt, dass er sterben wird. Dass er wieder gehen wird. Endgültig.

Als er später beim Arzt sitzt und ihm sagt, wie er sich nun alles vorstellt, endgültig, schaut Dr. Webermann ihn ernst an. »Das kann ich als Ihr Arzt nicht befürworten.«

»Verstehe ich. Sie wollen mich retten, das ist ja auch Ihr Beruf. Aber diese Rettung, die ist nichts für mich. Ich werde niemanden in der Familie fragen. Ich habe so nie gelebt, ich halte das gar nicht aus, Nähe, Mitleid.«

Sie schauen sich lang an, und dann nickt Dr. Webermann. »Wenn das Ihre Entscheidung ist, muss ich sie respektieren.«

»Ist hiermit gefallen.«

Dr. Webermann nickt ernst.

»Wissen Sie, ich habe gelebt. Ich habe vielleicht doppelt so schnell und doppelt so viel gelebt wie andere, vielleicht sterbe ich deshalb auch einfach früher.« Peter zuckt die Achseln.

»Wir werden alles tun, was wir können, um Ihre Lebensqualität zu erhalten und Ihr Leben trotz allem zu verlängern.«

»Ich brauche immer Luft. Ein offenes Fenster. Wind. Wenn das nicht mehr geht, brauche ich auch keine Verlängerung – behaupte ich jetzt mal so.« Er zuckt die Achseln. »Ich gehe in die Schweiz, solange ich noch alleine reisen kann. Ich habe mich schon kundig gemacht.«

»Für mich als Arzt ist es ein Schlag ins Gesicht, was Sie da sagen, aber als Mensch ... Ich habe Respekt vor Ihrer Entscheidung.«

Peter geht die Stufen zum Theater hoch und stößt fast mit Hanna zusammen, die schwungvoll aus der Tür läuft und ihn freudig anstrahlt. »Da bist du ja! Ich hab mich schon gefragt, wo du dich versteckt hast.«

»Und warum versteckt sich jemand?«, gibt Peter zurück und geht weiter, ohne stehen zu bleiben. Er sieht aus dem Augenwinkel, wie sie ihm verdutzt hinterherschaut.

»Um gefunden zu werden?«

Es tut ihm leid, aber er kann jetzt nicht bei Hanna stehen bleiben, unmöglich, er ist noch zu aufgewühlt. Er kann jetzt weder darüber reden, noch kann er so tun, als gäbe es nichts zu reden. Er muss sich erst wieder sammeln und ordnen, bevor er ihr wieder begegnen kann.

Auf der Probebühne hängt der Entwurf des Himmelsprospekts, davor die Transparente, auf denen sich riesige Dschungelpflanzen ranken und winden, übergroß und undurchdringlich.

»Auseinanderziehen, langsam, eins nach dem anderen!« Peter gibt das Kommando, und die Bühnenarbeiter beginnen alles zu bewegen.

»Auf der Hälfte Licht hochfahren, aber langsam!«

Das Dickicht lichtet sich. Das schier undurchdringliche Blattwerk gibt Stück für Stück den Blick frei auf den dahinter hervorscheinenden Himmel. Seinen Himmel. Groß und hell und verheißungsvoll leuchtet er, wie der Morgenhimmel, als Lukas bei ihm war. Wie der Abendhimmel bei ihrem Picknick.

Groß und leuchtend, sein Himmel. So hat er den Himmel mit Lukas gesehen. Nichts will er momentan weniger sehen als das. Jeder Schimmer scheint ihn zu verhöhnen, jede Wolke verspottet ihn. Himmel. Als ob es den für ihn gäbe!

»Na, wenn das kein Himmel ist. Da will man doch sofort entschweben, geradezu entschweben will man ... Jenseits, ich komme!«

Peter starrt Tommi an. »Entschweben. Du hast sie ja nicht mehr alle!« Kopfschüttelnd läuft er aus der Probe, alles zu viel. Zu viel Himmel, zu viel Lukas. Zu viel Entschweben. Er hört noch, wie Tommi ihm nachruft: »Das war aber doch ein Kompliment!« Aber er kann nicht anders, als blind davonzustürmen.

Peter läuft durchs Theater, an verwunderten Gesichtern vorbei, raus zu seinem Auto. Lehnt sich an die Autotür, versucht, sich zu beruhigen, wieder zu Atem zu kommen. Schwer lässt er sich in den Sitz fallen. Er kann nicht mehr. Sein Atem geht viel zu schnell. Die Anstrengung war zu viel für ihn. Sein Körper macht nicht, was er will. Er schlägt verzweifelt mit der Faust aufs Armaturenbrett. Er will weg. Er will abhauen, wie immer. Doch er kann nicht mehr. Sein Körper hält ihn fest. Er beugt sich übers Lenkrad, klammert sich verzweifelt fest und versucht, das Zittern, das ihn ergriffen hat, unter Kontrolle zu bringen.

Beim Abendessen schweigen sich Sabine und Lukas an. Sie will ihn so viel fragen, aber sie weiß nicht, wie sie anfangen soll. Sie weiß auch nicht, ob sie die Antworten wirklich hören will. Sie hat Spaghetti gekocht, Nudeln trösten doch immer so schön, und sie hat das Gefühl, sie könnten beide Trost gebrauchen. Schokoladenpudding hat sie auch gemacht, falls der Nudeltrost nicht ausreicht. Mit Schlagsahne.

Stumm drehen sie die Nudeln auf die Gabel. Schauen einander nicht an. Nach vier, fünf Gabeln legt Lukas das Besteck hin, schaut auf ihren Teller, dann langsam hoch zu ihr. Als ihre Blicke sich begegnen, schaut er rasch wieder auf ihren Teller.

»Warum hast du das Klavier verkauft?«

Er hat es also herausbekommen. Lukas hat herausbekommen, dass sie sein Klavier verkauft hat. All die Jahre hat sie befürchtet, dass er von dem Klavier erfährt und sie dafür hassen wird. Je wichtiger das Klavierspielen für ihn wurde, desto mehr hat sie es bereut und desto unmöglicher wurde es, es ihm zu gestehen. Aber da Peter ja sowieso keine Rolle spielte in ihrem Leben, ließ die Angst irgendwann nach, sie dachte, egal, er hat ja ein Klavier. Darauf kommt es doch letztlich an.

»Wir brauchten Geld. Es ging uns nicht so gut.«

»Es war ein Geschenk von Peter. Für mich. Du hättest was von dir verkaufen müssen. Es war das Einzige, was ich von ihm hatte.«

»Ich habe dir ja wieder eins gekauft ...«

Lukas schaut sie verzweifelt an. Vorwurf, aber auch Angst liegen in seinem Blick. Sie atmet tief ein und aus. Jetzt geht es um die Wahrheit.

»Ich hatte Angst, dass du so wirst wie er. An seinem Klavier. Ich habe ihn so oft nicht verstanden. Und dich wollte ich immer verstehen können. Ich wollte nicht, dass du so am Klavier sitzt wie er. Alle haben sich in ihn verliebt, wenn er gespielt hat. Er war so ausgelassen, alles fiel ihm so leicht ... Er hatte mit mir nichts mehr zu tun, wenn er gespielt hat.«

»Ich bin aber wie er.« Lukas schaut sie verzweifelt an. »Und ich bin überhaupt nicht wie er. Verdammt! Aber wie du bin ich schon gar nicht! Das ist mir hier echt alles zu viel!«

Er springt auf und verschwindet in seinem Zimmer. Sabine bleibt alleine sitzen und starrt in ihren halbvollen Teller. Die Trostnudeln haben eindeutig versagt. Sie hat nun auch keinen Appetit mehr.

Nach einer Weile steht sie auf und geht zu Lukas' Zimmer. Zaghaft klopft sie an die Tür. Keine Antwort.

»Lukas, es tut mir von Herzen leid, dass ich dein Klavier verkauft habe. Du hast recht. Ich hätte es nicht tun dürfen. Und ich wünschte, ich hätte es nicht getan.«

Stille.

Sie lehnt die Stirn an den Türrahmen und verharrt eine Weile so. Kein Laut dringt aus dem Zimmer. Ob er sie gehört hat? Sie hofft es inständig.

Später hört sie, wie er die Wohnung verlässt. Ohne sich zu verabschieden. Sie schaut in sein Zimmer, so als würde ein Blick hinein ihr versichern, dass er wiederkommt, dass alles wieder gut wird. Dass er nur etwas Zeit braucht. Ihr fällt auf, dass das Klavier zugeklappt ist und dass lauter Schulsachen auf dem Deckel liegen. Das hat sie noch nie gesehen. Der Deckel ist sonst selbst im größten Chaos immer frei, manchmal ist das die einzige freie Stelle im ganzen Zimmer. Damit Lukas den Deckel jederzeit anheben kann, wenn er spielen will. Oben auf dem Klavier, wo sich sonst immer die Noten stapeln, liegt jetzt nichts. Wo sind die Noten hin? Sabines Blick wandert weiter. Neben dem Papierkorb liegt ein ganzer Stapel, da sind sie also, und aus dem Papierkorb gucken Papiere, die offiziell aussehen. Sie tritt näher. Sie will nicht schnüffeln, das hat sie noch nie gemacht. Aber sie hat das Gefühl, dass sie verstehen muss, was los ist. Und hier könnte die Antwort liegen.

Sie zieht die Papiere heraus und sieht, dass es Aufnahmeformulare für die Musikhochschule sind. Lukas war also an der Hochschule, aber er hat nichts ausgefüllt, sondern alles weggeworfen. Warum? Vorsichtig legt sie die Sachen zurück in den Papierkorb. Ihr Blick fällt auf das Blatt, das unter den Formularen war, sie liest einzelne Wörter – Ferienkurs, Martin Stadtfeld. Das ist doch Lukas' Held. Warum wirft er alles weg?

Das Klingeln des Telefons lässt sie aufschrecken. Vielleicht ist es Nette. Sie hat ihr schon drei Mal aufs Band gesprochen, weil sie dringend mit jemandem reden muss. Das Schweigen zu Hause hält sie nicht aus. Sie hält es nicht aus, nicht zu wissen, woran sie ist, was passiert ist, warum plötzlich alles so anders ist. Aber es ist nicht Nette, es ist Bea, Lukas' Klavierlehrerin. Sie wundert sich, dass Lukas die Klavierstunde abgesagt hat, obwohl sie doch in nächster Zeit aufstocken wollten.

»Geht es Lukas denn nicht gut?«, fragt sie.

»Nein«, antwortet Sabine. »Es geht ihm nicht so gut.«

Peter sitzt im Auto vor dem Haus seiner Eltern und wünscht sich, die bleierne Müdigkeit und die Schwere in seinen Gliedern kämen nur daher, dass er nicht aussteigen will. Weil er das selbstgerechte Lächeln seines Vaters und Mutters sorgenvolle Miene nicht sehen will. Er gibt sich einen Ruck. An die bleierne Schwere wird er sich gewöhnen müssen. Auf dem Armaturenbrett liegen seit Tagen die Karten für die neueste Premiere. Seit Jahren bringt er seinen Eltern Premierenkarten, wenigstens etwas, was er richtig macht in ihren Augen. Dank ihm sehen sie alle Premieren, ob sie wollen oder nicht. Dieses Stück werden sie auch nicht mögen, da ist er sich sicher, viel zu modern und gewollt. Sie würden wahrscheinlich lieber *Nathan der Weise* sehen oder auch den *Zerbrochenen Krug*, Ibsen und Schnitzler, das machen sie gerne mit. Frisch oder Dürrenmatt sind auch noch okay. Aber alles, was nach 1970 geschrieben wurde, ist ihnen zutiefst suspekt. Sie werden seufzen, wenn sie von ihm erfahren, worum es in dem Stück geht und von wann es ist. Er wird ihnen den Himmel im Schlussbild ans Herz legen, vielleicht bleiben sie dann sogar bis zum Ende.

Er klingelt, hört die Schritte seines Vaters näher kommen, die Haustür geht auf, und er tritt ein. Sein Vater hat ausnehmend gute Laune. Es verwirrt Peter, wie freundlich er ihn anstrahlt, wie er ihn eifrig ins Haus zieht.

»Komm, komm rein, setz dich. Lene, schau mal, wer da ist! Setz dich zu uns, wir wollten grade einen Cognac trinken, von Onkel Fred. Der ist ganz hervorragend, du trinkst doch sicher ein Gläschen mit.«

Der Vater geht voraus, nimmt ein Glas für ihn aus der Vitrine, hebt stolz und gutgelaunt die Flasche. Peter folgt ihm verdutzt ins Wohnzimmer, auch seine Mutter strahlt ihn an. Was ist hier los?

»Wir freuen uns so, Peter. Wir sind so froh, so froh.«

»Worüber denn?«

Der Vater lacht, als hätte Peter einen Witz gerissen, und zwinkert ihm jovial zu. Als Peter immer noch nichts versteht, beugt er sich vertrauensvoll zu ihm und raunt ihm zu, dass Marie es ihnen schon erzählt habe. Peter schaut anscheinend verständnislos drein, denn er setzt hinzu: »Na, dass Lukas da war. Dass ihr euch ausgesöhnt habt. Marie hat euch zusammen gesehen in der Stadt ...«

Peter schüttelt den Kopf. »Da hat sich Marie wohl geirrt.«

Schweigen.

»Aha!« Nun hat Peter verstanden. »Deshalb der gute Tropfen von Onkel Fred. Meine Belohnung. Aber leider habe ich doch wieder alles falsch gemacht. Richtig sind wieder nur die anderen. Die mit den Karrieren und den Vorzeigefamilien.« Er schaut seine Mutter an. »Die Meiers zum Beispiel!«

Seine Mutter schüttelt den Kopf. »Das stimmt doch nicht. Du bist immer gleich so extrem. Da sagt man einmal, dass es bei den Meiers eben gut ging, und gleich ...«

»Ihr habt überhaupt keine Ahnung von meinem Leben.« Peter schüttelt müde den Kopf. Er schaut seinen Vater an, der sich erst langsam von dem Schlag erholt, dass doch nicht alles wieder in Ordnung ist. »Du siehst nur, dass mein Leben nicht so ist wie deines, und deshalb ist es falsch. Kann ich leider nichts dran ändern. Tut mir leid.«

Sein Vater schaut ihn verletzt an. Das verletzte, gekränkte Vatergesicht, dem er schon so viele Jahrzehnte lang ansieht, wie schrecklich es ist, dass er seines Vaters Werte nicht teilt. Das aufgeräumte, gutgelaunte Gesicht von eben ist verschwunden. Jetzt schaut er wieder in das verschlossene, richtende Gesicht, das er viel besser kennt.

»Was kann richtig daran sein, eine Ehe aufzugeben? Und seinen Sohn zu verlassen? Sage mir: Was ist daran richtig?«

»Die wunderbare Sabine und dein missratener Sohn haben nicht zusammengepasst, und sie hat Lukas so beeinflusst, dass er immer nur das Schlechteste von mir denkt! Selbst wenn ich das Beste meine. Genau wie du. Für euch kann ich auch nichts richtig machen. Keine Chance! Aber bald ist es vorbei, keine Sorge.«

Kurz erschrickt er, weil ihm das herausgerutscht ist. Aber sie reagieren nicht auf die Anspielung, sie geht unter in diesem Streit.

Der Vater geht kopfschüttelnd im Wohnzimmer auf und ab, die Flasche von Onkel Fred immer noch in der Hand. Seine Schritte sind müde. Wahrscheinlich ist er es genauso leid wie Peter. Komm, will Peter am liebsten sagen. Komm, wir lassen das einfach alles. Aber der Vater kann es nicht lassen. Er will weiterreden, weiterschimpfen. Es hat doch keinen Sinn, Vater, will Peter sagen. Aber für den Vater hat es Sinn.

»Du gibst so schnell auf. Warum gibst du so schnell auf? Glaubst du, deine Mutter und ich hatten es immer leicht? Wir mussten uns auch arrangieren!«

»Harmonie bekommt man nicht geschenkt«, fügt Mutter hinzu. Mutter, die in Harmonie schon immer eine Eins hatte. Mit Sternchen. Harmonie, ihre Lebensaufgabe. Ihre Lebensleistung.

»Ja! Hauptsache, es sieht nach außen hin gut aus! Harmonisch. Ich kann da nicht mitmachen. Dass Sabine und ich ein Kind bekommen haben, war ein Fehler. Die ganze Beziehung war ein Fehler.«

»Das darfst du nicht sagen, das ...«, sagt die Mutter, aber Peter fällt ihr ins Wort, bevor sie weitersprechen kann.

»Doch, verdammt! Ich darf es sagen. Wir haben als Paar versagt, und wir haben als Eltern versagt. Es gab keine Harmonie. Keine echte. Nie. Dass ich damals gegangen bin, war das Ehrlichste, was ich tun konnte. Ob es euch jetzt passt oder nicht.«

»Das stimmt nicht.«

Doch Mutter. Doch.

»Doch. Macht euch vor, was ihr wollt. Schaut ruhig weg! Dann seid ihr immer schön im Recht. Toll! Ich mach dabei nicht mit. Ich bin wenigstens ehrlich.«

Das Blut pocht in seinem Kopf, wie ein Sturm in den Schläfen. Der Sturm jagt ihn hinaus. Aufgebracht läuft er aus dem Haus und wirft sich ins Auto.

Ich bin wenigstens ehrlich. Dass ich nicht lache, denkt er. Er kurbelt im Fahren das Fenster herunter und schreit es lauthals hinaus. »Dass ich nicht lache!« Ein paar Menschen drehen sich nach ihm um, was ist denn das für ein Irrer, fragen sie sich wahrscheinlich. Ja, ein Irrer ist er. Irre.

Peter kommt in den dunklen Malersaal. In ein paar Werkstätten brennt noch Licht, aber im Saal ist niemand mehr. Es riecht nach Farbe. Hier will er sein. Wie weit ist mein Himmel, fragt er sich und schaltet das Licht an. Zartblauer Himmel, weiße Wolken. Feines Gold und Lila. Und da sind sie, die rosa Wölkchen, verdammt, es gibt aber keine rosa Wölkchen. Peters Himmel hat mit Rosa nichts zu tun. Peters Himmel ist schwarz. Hoffnungslos schwarz. Wütend nimmt er einen Pinsel und fängt an, schwarze Farbe über die Wolken zu malen. Unwetter ziehen auf. Noch mehr Unwetter. Er klatscht immer mehr schwarze Farbe auf die zartrosa Wolken. Er tobt, er nimmt den breitesten Pinsel und verausgabt sich völlig dabei, dicke schwarze Bahnen über seinen Himmel zu ziehen.

Irgendwann steht Hanna da, er weiß nicht, wie lange schon. Sie beobachtet verstört, was Peter da tut. Als sie merkt, dass er sie sieht, schaut sie ihn mit großen Augen an. »Was ist eigentlich los?«

»Alles ist los!«, ruft Peter. »Nichts ist los! Das große Nichts greift um sich!«

»Und was machst du da?« Hannas Stimme klingt vorsichtig. Er jagt ihr Angst ein, das merkt er.

»Schwarz.«

»Aha.«

Eine Weile sagt keiner etwas. Peter malt Bahn um Bahn mit dem breiten Pinsel, und es sieht aus, als ob der schöne, zarte Himmel von schwarzen Löchern aufgefressen würde. Vielleicht könnte er in eines dieser schwarzen Löcher fallen und verschwinden.

»Rosarot hat sich verabschiedet. Jetzt wird's rabenschwarz. Ohne Schnörkel. Schluss mit Schnörkel. Schluss!«

Hanna setzt sich auf eine Kiste und schaut ihm zu. »Und was ist mit Lukas?«

Achtlos lässt Peter den Pinsel sinken. Die Farbe fließt über seinen Schuh. Lukas. Er lässt sich müde auf den Boden sinken, setzt sich mitten hinein in sein Schwarz.

»Lukas.«

»Was ist denn nur passiert? Was ist mit Lukas?« Hanna klingt verzweifelt. Sie versteht nichts mehr. Sie weiß ja von nichts.

»Er ist weg. Ich habe ihm nicht gesagt, dass ich sterbe. Ich wollte es ihm nicht sagen. Aber er hat den Zettel gefunden.«

»Du stirbst?« Hanna schaut ihn fassungslos an.

»Den Zettel für die Stammzellenspende. Und er hat gedacht, ich hätte ihn nur deshalb eingeladen. Um ihn als Spender anzuzapfen. Und jetzt ist er weg. Das ist passiert.«

Hanna schaut ihn an, als wäre er nicht ganz bei Sinnen.

»Aber das wollte ich doch nie. Niemals! Das muss er mir doch glauben. Ich hätte ihn nie als Spender akzeptiert.«

»Peter? Du hast ihm nicht gesagt, dass du stirbst? Du *stirbst*?«

Peter nickt. »Besonders böse Leukämie. Schwieriger Fall. Nix zu machen. Ich wollte es niemandem sagen.«

»Was?« Hanna schaut ihn wieder an, als wäre er nicht bei Trost. Und das ist er ja auch nicht. Kein Trost weit und breit.

»Seit wann ...?« Hannas Stimme zittert.

»Ich war beim Arzt. Kurz bevor Lukas kam.«

Hanna lässt ihre Tasche fallen, geht langsam zu ihm und lässt sich neben ihn in das nasse Schwarz sinken. Sie sitzen schweigend nebeneinander, ohne sich zu berühren.

»Ich lass dich nicht allein.«

»Siehst du, genau deshalb wollte ich es niemandem sagen. Ich kann das nur allein durchstehen. Ich ertrag das nicht anders.«

Hanna nickt. »Aber irgendwann wirst du jemanden brauchen. Irgendwann brauchst du mich. Das ist so.«

»Ich will niemanden brauchen.« Peter schüttelt den Kopf. »Und ich will auch nicht sterben. Ich will nicht!«

Plötzlich trifft es ihn mit voller Wucht. Zum ersten Mal realisiert er es. Er wird sterben. Er wird nicht mehr sein. Er wird Hannas Körper nicht mehr fühlen. Er wird die Farbe nicht mehr riechen. Er wird Hanna nicht mehr riechen. Er wird nicht mehr hier sein. Ihn wird es nicht mehr geben.

Als Hanna sich an ihn lehnt, umarmt er sie verzweifelt, erdrückt sie fast in seiner wilden Verzweiflung, hält sie fest, hält sich an ihr fest. Zum ersten Mal strömen Tränen der Verzweiflung, zum ersten Mal will Peter leben, leben und nicht sterben.

Irgendwann haben sie sich beide beruhigt, liegen still nebeneinander, engumschlungen in Peters schwarzem Himmel.

»Ich will zu Lukas.« Es ist mehr eine Feststellung als ein Wunsch.

»Ich weiß«, sagt Hanna.

Und damit wird es eine Gewissheit. »Ich fahr zu ihm. Das kann ich ja. Ich kann einfach zu ihm fahren.«

Es scheint plötzlich ganz einfach.

Du übst gar nicht mehr.« Sabine lehnt im Türrahmen von Lukas' Zimmer und schaut ihn fragend an. Es ist eine Feststellung, aber natürlich hofft sie auf eine Antwort. Lukas schaut kurz auf, wendet sich aber gleich wieder seinen Büchern zu, als gäbe es nichts Wichtigeres auf der Welt. Er zuckt die Achseln und schweigt.

Sabine setzt sich in den Sessel, der voller Klamotten ist, sie schiebt sie einfach beiseite. Normalerweise würde sie einen Kommentar dazu abgeben, aber heute geht es ihr um etwas anderes. Sie will wissen, was passiert ist in Frankfurt. Lukas ist seit Tagen ein einziges Rätsel für sie.

»Ich dachte immer, ich freue mich, wenn du mal mehr für die Schule machst und weniger übst.«

»Dann kannst du ja jetzt jubeln.«

»Ich bin aber nicht froh.«

Wieder das Achselzucken. Er blättert eine Seite um. »Überhaupt nicht. Es fehlt etwas in der Wohnung. Es ist immer so still, und ich denke, es stimmt doch etwas nicht.«

»Du wirst dich dran gewöhnen müssen.«

»Wie meinst du das?«

»Ich spiel nicht mehr. Nie mehr.«

Überrascht lehnt Sabine sich im Sessel nach vorn.

»Warum das denn? Lukas, warum?«

»Was weiß denn ich?«, bricht es aus ihm heraus. »Warum spiel ich denn überhaupt Klavier?«

Sabine lehnt sich zurück. Jetzt beginnt sie zu verstehen, was in Lukas vorgeht. ›Ich bin aber nicht so wie er. Und wie du bin ich schon gar nicht.‹ Lukas sucht. Er sucht sich. Er hat seine Eltern in sich gefunden, nun sucht er sich selbst.

»Das Klavier hat mich immer an ihn erinnert. An seine Leichtigkeit, seine Lust am Spiel. Ich hab mich immer neu in ihn verliebt, wenn er Klavier gespielt hat. Alle haben sich dann in ihn verliebt. Er war lange nicht so gut wie du, es war nichts Ernstes für ihn. Es war ein Spiel für ihn.« Leise fügt sie hinzu: »Wie so vieles.«

Lukas hat sich zu ihr umgedreht und schaut sie interessiert an.

»Und deshalb war es nicht leicht für mich zu sehen, dass du das offensichtlich von ihm geerbt hast. Das Musikalische. Es hat mich anfangs zu sehr an ihn erinnert.«

»Warum hast du mir das nie erzählt?«

Sabine seufzt und schweigt einen Moment. »Kennst du das, wenn kleine Kinder sich verstecken wollen und dann einfach die Augen zumachen? Weil sie denken, wenn sie selbst nichts sehen, sieht sie auch kein anderer?«

Lukas nickt.

»Ich wollte mich damit nicht auseinandersetzen. Es nicht wahrhaben. Das ist auch der Grund, warum ich das Klavier verkauft habe. Es tut mir so leid, Lukas.«

Lukas zuckt die Achseln. »Egal. Ich spiel nicht mehr. Ich will nichts mehr mit ihm zu tun haben.«

»Was hat er gemacht, Lukas? Was ist passiert? Warum sagst du das?«

Lukas schaut sie mit seinen großen Augen an, verletzt und bockig und voller Gefühle, gegen die er sich wehrt.

»Er ist todkrank. Er stirbt bald. Deshalb hat er mich eingeladen. Er braucht einen Stammzellenspender. Da ist ihm sein Sohn eingefallen. Es hatte null mit mir zu tun, verstehst du? Null!«

»Was?«

Das darf doch nicht wahr sein, das kann doch nicht sein, denkt Sabine und ist überrascht, wie weh es ihr tut.

»Hat er das gesagt?«

Lukas schüttelt den Kopf. »Er hat überhaupt nichts gesagt, keinen einzigen Ton, das ist es ja! Er hat mich das ganze Wochenende um den Finger gewickelt. Toll, wir gehen ins Theater, da kann ich auf dem Konzertflügel spielen. Geil! Die Aufnahmeformulare in der Musikhochschule abgeholt, ah, er kennt den Typen in der Aufnahmekommission, wow! Ferienkurs bei Stadtfeld. Super! Nur, um mich zu kaufen. Damit ich für ihn spende. Ey, der ist jetzt schon tot für mich. Wär ich nur nicht hingefahren.«

So gerne Sabine Lukas zustimmen würde, so sehr sie sich noch vor kurzem über diesen Ausbruch gefreut hätte und darüber, dass er ihr in Sachen Peter recht gibt, jetzt hat sie das deutliche Gefühl, dass es nicht richtig ist. Dass das alles so nicht richtig ist.

»Hat er dich denn darum gebeten, für ihn zu spenden?«

»Er hat überhaupt nichts gesagt. Null! Ich hab's durch Zufall erfahren. Da lag ein Schreiben bei ihm auf dem Tisch.«

»Und hast du ihn gefragt …?«

»Nein. Ich bin gegangen. Er ist mir noch nachgelaufen, bis zum Bahnhof. Hat gesagt, dass alles ganz anders ist …« Er legt die Ellbogen auf seine Bücher und stützt den Kopf in die Hände. Leise, wie zu sich, murmelt er: »Hätt ich mal auf dich gehört.« Aber Sabine hat nicht das Gefühl, im Recht zu sein. Sabine will nur, dass es Lukas wieder besser geht.

»Was soll ich denn bloß machen?« Sabine schaut Nette fragend an, die gerade am Empfang steht und eine Patientenkarte sucht. Nette blickt auf und schaut sie nachdenklich an.

»Glaubst du denn, dass er Lukas nur eingeladen hat, um ihn als Spender zu benutzen?«

Sabine zuckt die Achseln. »Ich trau ihm alles zu. Aber ich hab im Internet nachgeschaut. Kinder kommen eigentlich als Spender erst mal gar nicht in Frage, weil es unwahrscheinlich ist, dass sie passen. Aber es gibt Fälle, wo es geklappt hat, weshalb man es mittlerweile versucht. Vielleicht weiß Peter das. Oder sein Arzt. Und er ist Lukas anscheinend auch nachgegangen und wollte ihm erklären, dass alles ganz anders ist. Ich weiß nicht, was ich davon halten soll.«

»Und wenn du ihn selbst fragst?«

»Peter?«

Nette nickt.

Sabine schüttelt den Kopf. »Was würde mir das nützen? Ich kann doch gar nicht unterscheiden, ob er mir die Wahrheit sagt oder nicht.«

»Hat er dich denn je angelogen?«

»Eigentlich nicht.«

»Eben. Er ist nicht der Typ, der lügt. Er hat immer alles direkt verhandelt.«

»Stimmt.« Sabine nickt. Nette hat recht. »Vielleicht wäre es für mich sogar einfacher gewesen, wenn er mich ab und zu angelogen hätte ... Ich will doch nur, dass es Lukas wieder gut geht!«

»Er muss sich irgendwie mit Peter auseinandersetzen. Das hängt ihm doch sonst ewig nach. Ihm hängt schon genug nach.«

»Du meinst, ich habe eh alles falsch gemacht ...«

»Du weißt genau, was ich darüber denke. Zu einer Beziehung gehören zwei. Und zum Scheitern einer Beziehung auch.«

Sabine schaut ihre Freundin fragend an. »Was soll ich denn jetzt bloß tun?«

Nette zuckt die Achseln. »Reden? Mit Lukas? Mit Peter?«

»Und der ganze Schlamassel so kurz vorm Abi.«

»Das Abi kann man nachholen. Mit einem Toten kann man nicht mehr sprechen.«

»Abi nachholen! Nette, du hast ja keine Ahnung, dann ist seine Zukunft vermasselt. Heutzutage muss doch der ganze Lebensweg geradlinig und effizient sein! Am besten schon vom Kindergarten an.«

»Lukas' Zukunft ist vermasselt, wenn er das Problem mit seinem Vater nicht löst. Er wird sich ewig fragen, warum sein Vater ihn eingeladen hat. Und irgendwann bekommt er keine Antwort mehr.«

Sabine sucht Material für den nächsten Termin zusammen, einen Hausbesuch bei Frau Winter. Während sie Schaumstoffstücke und Klebeband einpackt, denkt sie, dass Nette echt spinnt. Das Abi nachholen! So etwas kann nur jemand sagen, der keine Kinder hat und sich keine Sorgen um ihre Zukunft machen muss. Das Abi ist ständig Thema. Bei allen Elternabenden in der Schule, unter den befreundeten Müttern, selbst in Sabines Familie, wo fast niemand Abitur gemacht hat.

»Ihnen geht es heute nicht gut, oder?«

Erst will Sabine es abstreiten, aber dann setzt sie sich seufzend zu Frau Winter an den Küchentisch. Sie versucht ein Lächeln. »Merkt man das so sehr? Das tut mir leid.«

»Vielleicht wollen Sie mir erzählen, was Sie bedrückt? Während ich hier mit meinem Brot kämpfe?«

»Sie machen das schon sehr gut. Die Versuchung, jetzt alles mit links zu machen, ist groß. Aber wenn sie jetzt tapfer mit rechts üben, dann kommt das Gefühl bald wieder zurück.«

Sie schaut Frau Winter einen Moment dabei zu, wie sie versucht, ihr Brot mit Butter zu bestreichen. Sabine hat den Messergriff mit Schaumgummi umwickelt, damit Frau Winter das Messer besser halten kann.

»Ich habe Ihnen doch mal erzählt, dass es schlimm für mich war, als mein Mann uns verlassen hat. Mein Sohn war jetzt bei ihm, nach Jahren ohne Kontakt.« Sabine erzählt Frau Winter die ganze Geschichte, und sie merkt, wie gut es ihr tut, darüber zu reden. Es ist anders als mit Nette, die sie schon so lange kennt und die all ihre emotionalen Abgründe und die Wendepunkte in ihrem Leben miterlebt hat. Als sie fertig ist, schweigt Frau Winter und schiebt das Brettchen zu ihr herüber, auf dem sie das Butterbrot in viele krumme kleine Stückchen geschnitten hat.

Sabine nimmt sich ein Stückchen und lächelt Frau Winter unsicher an. »Das haben Sie gut gemacht. Während ich Sie hier zugetextet habe ... Es tut mir leid. Ich weiß auch nicht. Das kam einfach so rausgesprudelt. Ich weiß gar nicht, warum. Und vor allem weiß ich nicht weiter. Aber das ist ja auch egal. Jetzt geht es um Sie. Was sollen wir als Nächstes üben? Kaffee kochen?«

Frau Winter ignoriert die Frage einfach.

»Was ist Ihnen jetzt am allerwichtigsten in dieser Situation?«

Sabine schaut sie hilflos an. »Ich weiß nicht. Aber wir müssen jetzt wirklich nicht ...«

Frau Winter schaut sie weiter fragend an.

»Dass es Lukas gut geht. Ich komme schon irgendwie zurecht. Aber Lukas ... Lukas nicht. Es tut ihm alles viel zu weh.«

»Würde es Lukas besser gehen, wenn er sich mit seinem Vater aussöhnen würde?«

»Natürlich. Aber das ist ja völlig illusorisch.«

»Als ich Ihnen gesagt habe, dass es völlig illusorisch ist, dass meine lahme Hand hier jemals wieder zu irgendetwas imstande ist, da haben Sie mir gesagt, dass Wachstum genau dort entsteht, wo man es trainiert. Wenn ich mich recht erinnere, haben Sie mir auch gesagt – das hat mich beeindruckt, deshalb habe ich es mir gemerkt –, dass der Mensch ein handelndes Wesen ist.«

»Ja, das ist ein Grundsatz der Ergotherapie. Darauf baut alles auf, was wir tun.«

»Sie haben gesagt, dass Handeln der Ausgangspunkt für Veränderung ist.«

Sabine nickt. »Da haben Sie gut aufgepasst.«

Frau Winter deutet auf die Brotstückchen. »Und Sie hatten recht.«

Sabine schaut sie verwundert an. Natürlich hatte sie recht. Sie macht diesen Beruf schon lange genug, um das zu wissen.

»Sie sind eine gute Ergotherapeutin. Sie machen mir Mut. Sie helfen mir, die tauben, lahmen Stellen wiederzubeleben. Können Sie das nicht auch für sich sein? Ihre eigene Ergotherapeutin, die weiß, dass man durch Handeln alles verändern kann?«

Sabine schaut sie stirnrunzelnd an. Wie meint sie das?

»Ich denke mal darüber nach. Wenn Sie meinen ...«

»Ja, das meine ich.« Frau Winter nickt bekräftigend. »Und Sie selbst haben mich davon überzeugt. Und ja, das Kaffeepulver, das macht mir echt Probleme. Wie kriege ich das aus der Dose in den Filter? Da bin ich links genauso schusselig wie rechts.«

Sabine schaut sie prüfend an. »Wie wäre es denn mit

einer neuen Kaffeemaschine? Mit Pads oder Kapseln oder so was?«

Frau Winter denkt nach. »Ist eine Idee. Eigentlich wollte ich schon lange so eine. Eine Bekannte von mir hat so was, und ich mag den Kaffee bei ihr immer sehr. Ich dachte nur, dass ich mir die neue erst kaufe, wenn die hier kaputt ist. Aber jetzt habe ich ja einen Grund.«

Sabine nickt. »Und einen guten noch dazu.«

Frau Winter bringt Sabine zur Tür, um sie zu verabschieden. »Und denken Sie daran, drei ist eine sehr komplexe Zahl.« Sabine schaut Frau Winter verwirrt an. Was meint sie damit? Frau Winter lächelt kurz. »Vater, Mutter, Kind – das sind drei, die es nie leicht haben miteinander, oder? Die Erwartungen sind immer viel zu hoch.«

Als Sabine nach Hause kommt, ist Lukas nicht da. Auf dem Küchentisch liegt ein Zettel. *Bin bei Pauline. Bis morgen.* Vielleicht tut es ihm gut, mit Pauline zu reden. Wahrscheinlich fällt es ihm bei Pauline leichter als bei ihr. Sie war schließlich nie eine besonders gute Gesprächspartnerin, wenn es um Peter ging. Wie kann sie nur all ihre Fehler wiedergutmachen? Jetzt begreift sie erst, wie viel sie falsch gemacht hat. Lukas leidet. Und sie kann es kaum mit ansehen.

Nun versteht sie allmählich, was Frau Winter ihr damit sagen wollte, dass sie ihre eigene Ergotherapeutin sein soll. Wie vielen Patienten, deren Leben sich durch einen Unfall oder einen Schlaganfall plötzlich verändert hat, wie vielen hat sie beigebracht, dass es nur einen Weg gibt, damit umzugehen? Dass sie es akzeptieren müssen und trainieren. Die Welt wird nicht wieder, wie sie war, auch wenn man es sich noch so sehr wünscht. Aber man kann lernen, mit der neuen Situation umzugehen. Und mit einer neuen Herangehensweise an das Leben kann sich alles zum Guten verändern.

Sabine schüttelt den Kopf über sich selbst. Da muss erst eine Schlaganfallpatientin kommen, damit sie begreift, dass das alles für sie genauso gilt.

Bis tief in die Nacht hinein schaut sie sich die alten Fotoalben an, die sie ganz hinten im Regal verstaut hatte. Bilder von sich und Peter. Wie lange hat sie sich die nicht angeschaut? Ewig nicht. Sie hat alles weit weggepackt, was mit ihm zu tun hatte. Abgeschnitten, Nervenbahnen durchtrennt. Kann sie jemals wieder Leben spüren an diesen Stellen? Ein Bild schaut sie sich besonders lange an. Sie und Peter sitzen nebeneinander, sie lehnt sich an ihn, lächelt in die Kamera, er vergräbt sein Gesicht mit geschlossenen Augen in ihrem Haar. Sie sieht so glücklich aus, dass sie jetzt lächeln muss. Und er auch. Sie waren verliebt. Man sieht es. Alle beide. Und plötzlich erinnert sie sich wieder an das Gefühl von damals, an das Glück, das sie mit Peter hatte. Das hat sie lange nicht zugelassen. Peter war nur noch Schmerz. Nichts anderes. Hass. Verletzung. Plötzlich ist die glückliche Zeit wieder da. Sie hat sie völlig verdrängt. Vergessen wollen. Um Peter zu verurteilen und aus ihrem Leben zu verbannen. Er, der Böse, der Täter. Sie, die Arme, die Gute, die Verlassene, das Opfer. Dabei war er nicht böse. Er war, wie er war. Und genau dafür hat sie ihn einmal sehr geliebt.

Als Lukas am nächsten Tag aus der Schule nach Hause kommt, weiß sie, was sie tun muss. Sie hat Pizza geholt, und nun sitzen sie zusammen beim Mittagsessen. Nachdem sie das erste Stück schweigend vertilgt haben, schaut Sabine Lukas an und sagt: »Fahr zu ihm.«

Überrascht blickt Lukas auf. »Nein! Warum sollte ich? Ich will nicht zu ihm.«

Doch Sabine schaut ihn unbeirrt an und sagt sehr bestimmt: »Ich habe ihn gehasst, als er gegangen ist. Ich habe ihm nicht gegönnt, dass du ihn liebst. Ich wollte ihn bestrafen. Er sollte selbst erfahren, wie es ist, wenn man nicht mehr geliebt wird. Es war mir nicht klar, damals, dass ich dich damit auch bestrafe.«

Lukas hört reglos zu. Vielleicht will er das alles gar nicht hören, aber er muss. Und sie muss es ihm sagen.

»Ich habe tatsächlich nie gedacht, dass ich das mal sage. Aber ich habe viel falsch gemacht. Und du solltest zu ihm fahren. Und zwar jetzt. Sofort. Und bei ihm bleiben. So lange du willst. Und so lange du es brauchst.«

Lukas lacht ungläubig, schüttelt den Kopf. »Du glaubst doch wohl nicht, dass ich für den mein Abi schmeiße? Ich meine, hat er mal was für mich gemacht? Nie! Was soll das alles überhaupt? Er ist jahrelang der Arsch und ich spiele zu viel Klavier und lerne zu wenig, und jetzt ist es plötzlich das Gegenteil? Hey, sorry! Da komm ich nicht mehr mit.«

»Ich weiß, Lukas. Es tut mir so leid, dass ich das alles jetzt erst verstehe ... Aber du hast nur noch diese eine Chance. Es ist noch nicht zu spät. Und genau deshalb wirst du jetzt das tun, was ich sage. Und wenn's das letzte Mal ist, dass du auf mich hörst.«

Lukas schüttelt immer noch den Kopf. Aber Sabine bleibt unbeirrt. »Wir essen jetzt die Pizza auf, dann packst du deine Sachen, und dann fahre ich dich zu ihm. Und morgen gehe ich in die Schule und rede mit dem Direktor.«

Sie nimmt sich ein Stück Pizza und beißt hinein. Genauso werden sie es machen. Lukas' Augenbrauen zucken. Er versteht noch nicht, was plötzlich los ist, aber er widerspricht auch nicht. Langsam nimmt er sich noch ein Stück Pizza und isst es, während er sie skeptisch betrachtet.

Die Fahrt nach Frankfurt verläuft schweigend, nur das Navi gibt laut Anweisungen, wie sie zu Peter finden kann. Irgendwann sind sie da. »Sie haben Ihr Ziel erreicht.«

Sabine stellt den Motor ab. Lukas bleibt reglos sitzen und starrt geradeaus. Nach einer Weile holt Sabine Luft. »Lukas, nutz die Zeit, die bleibt. Wehtun wird es sowieso. Weh tut es doch auch jetzt.« Sie schaut ihn von der Seite an, er verzieht keine Miene. »Es ist schwer zu verzeihen. Ich glaube, es ist das Schwerste überhaupt. Ich habe da wenig Übung. Ich hab es dir nicht beigebracht.«

Er schaut sie stumm an. Schüttelt hilflos den Kopf.

»Geh zu ihm. Tu's für dich.«

Lukas steigt aus, nimmt den Rucksack vom Rücksitz, schaut seine Mutter an, mit gerunzelter Stirn und einem hilflosen Blick, der ihr die Tränen in die Augen treibt. Aber sie kämpft dagegen an. Er nickt ihr zu und schließt die Tür.

Sie lässt Lukas am Straßenrand stehen und fährt los. Im Rückspiegel sieht sie, wie er ihr nachschaut. Es bricht ihr fast das Herz, aber sie weiß, dass es richtig ist. Es muss sein. Sie fährt so lange, bis sie sicher ist, dass Lukas sie nicht mehr sieht. Dann fährt sie rechts ran. Das Auto hinter ihr hupt, aber das ist ihr egal. Denn jetzt kann sie die Tränen nicht mehr zurückhalten. Sie stützt sich auf das Lenkrad und weint und weint, jede Faser ihres Körpers wird vom Schluchzen durchgeschüttelt. Bis sie nicht mehr kann, bis keine Träne mehr übrig ist. Dann nimmt sie sich ein Taschentuch, sie hat immer ein Päckchen im Handschuhfach, zum Glück. Sie schnäuzt sich und legt sich einen Moment lang die kühlen Hände auf ihre heißgeweinten Augen. Das tut gut. Sie atmet einmal tief durch, trinkt einen Schluck Wasser aus ihrer Flasche und gibt »nach Hause« ins Navi ein.

Lukas schaut dem Auto seiner Mutter nach, bis es im Verkehr der Stadt verschwunden ist. Er setzt sich auf die Eingangsstufen von Peters Nachbarhaus. Was soll er bloß machen? Er könnte einfach zum Bahnhof gehen und wieder nach Hause fahren. Er versteht gar nichts mehr. Null. Sabine, die immer nur vom Abi redet und die Peter als den größten Fehler ihres Lebens bezeichnet, die nichts davon hielt, dass er zu ihm gefahren ist, erzählt ihm heute erst, wie sie sich in den größten Fehler ihres Lebens verliebt hat, dann behauptet sie, dass das Abi nicht so wichtig sei und dass er sofort zu Peter fahren solle.

Aber was soll er hier? Verdammt. Er will weg, aber er kann sich nicht bewegen. Es ist ein Gefühl, das er aus Träumen kennt. Man muss ganz dringend irgendwohin, aber man kann sich nicht bewegen. Lukas sitzt so lange auf den Stufen, bis ihm kalt wird. Dann steht er auf, geht zu Peters Haus und klingelt. Eine ganze Zeit lang passiert gar nichts. Er hofft schon, dass Peter nicht da ist und er damit einen Grund hat, wieder zu gehen. Doch dann brummt der Türöffner und er drückt die Tür auf. Okay, denkt Lukas. Dann halt doch. Er steigt die Treppe zu Peters Wohnung hinauf. Die Tür ist angelehnt. Lukas hört Schritte, dann öffnet sich die Tür ganz, und

Peter schaut ihn an, überrascht, ungläubig. Ein Lächeln breitet sich über seinem müden Gesicht aus. Er tritt einen Schritt zurück, um Lukas hereinzulassen. Lukas geht, ohne ihn noch mal anzuschauen, an ihm vorbei, wirft den Rucksack in den Flur und geht direkt in die Küche. Peter folgt ihm.

»Mein Gott, bin ich froh. Ich bin so froh, dass du da bist.«

Lukas schaut ihn abweisend an. »War nicht meine Idee.«

»Verstehe.« Peter nickt. »Pauline?«

»Sabine.«

»Sabine?« Peter klingt überrascht. Er zieht die Augenbrauen hoch. »Lukas, du glaubst mir doch, dass ich dich niemals bitten wollte, dich testen zu lassen, oder? Das ist wichtig. Ich wollte dich nie bitten, mein Spender zu sein. Nie. Es ist wichtig, dass du mir das glaubst.«

»Ich weiß überhaupt nicht mehr, was ich glauben soll. Ihr geht mir alle so was von auf die Nerven. Jeder redet nur noch Schwachsinn. Mann, ist auch egal!«

Lukas tigert auf und ab, er weiß nicht, wohin mit sich. Hinsetzen kann er sich nicht. Er lehnt sich an die Kochzeile. Peter lehnt im Türrahmen.

»Es ist nicht egal, Lukas. Ich will keine Spende. Von niemandem. Ich wollte es überhaupt niemandem sagen. Dir am allerwenigsten. Ich wollte die Zeit, die mir bleibt, so leben, als wäre nichts. Die Tage genießen, so gut es geht. Kannst du das verstehen?«

»Und dann wieder abhauen? Schon klar.« Lukas schüttelt den Kopf. »Du bist ein verdammter Egoist. Du denkst nur an dich. Und du merkst es noch nicht mal.«

»Ich glaube, wenn's ans Sterben geht, hat man das Recht, egoistisch zu sein. Das Recht, sich auszusuchen, wie man die Zeit, die einem noch bleibt, verbringen will.«

»Nur, du machst das schon dein ganzes Leben lang! Merkst du das überhaupt? Ich will so nicht sein. Ich will nicht so sein wie du. Ich bin froh, dass du abgehauen bist damals. Sonst hätte ich vielleicht noch viel mehr von dir.«

Sie schweigen. Lukas sieht, dass er Peter verletzt hat. Das tut irgendwie gut. Dass das, was er tut, eine Wirkung auf Peter hat. Nicht nur Peter kann verletzen. Er kann es auch. »Ich hab mich abgemeldet von dem Stadtfeld-Kurs. Du bekommst einen Teil von dem Geld zurück. Nicht alles. Dazu war es zu spät. Und die Aufnahmeprüfung mach ich auch nicht. Kannst du deinem Spezialtypen da sagen. Er braucht keine Zeit mit mir zu verschwenden.«

»Du darfst dein Talent nicht wegwerfen. Nicht aus Trotz, Lukas. Nicht so. Bitte. Du bist auf dem Weg, ein begnadeter Pianist zu werden. Du bist jetzt schon so gut, ohne Ausbildung bist du schon so gut. Du musst unbedingt weiterspielen.«

»Ich hab aber keinen Bock mehr! Ich hab auch keinen Bock auf so eine Zukunft. Immer unterwegs. Konzerte hier, Konzerte da. Künstlerleben. Dein Ideal. Ohne Bindung, immer unterwegs! So bin ich nicht. Und du brauchst mir schon gar nicht zu sagen, was ich machen soll. Du hast mit mir überhaupt nichts zu tun.«

»Du weißt, dass das nicht stimmt. Die Tage, die wir hatten, waren wunderbar, bis zu ...«

»Genau! Bis! Bis wann? Bis ich gemerkt habe, dass man sich auf dich einen Scheiß verlassen kann, dass du nie die Wahrheit sagst, dass du nur an dich denkst.«

»Ich wünschte von Herzen, du könntest das verstehen.« Peter hebt hilflos die Hände und schaut ihn an.

»Ich versteh dich aber nicht. Ich versteh nicht, wie du das machen konntest. Das hättest du gerne, dass wir uns verstehen, ich übrigens auch, aber wir tun's nicht, klar? Es ist nichts zwischen uns. Und ich scheiß aufs Klavierspielen.«

Jetzt ist es Peter, der auf und ab tigert.

»Lukas, das ist jetzt viel auf einmal, aber du musst ...«

»Gar nichts muss ich. Nichts! Das findest du toll, ich weiß. Oh, mein Sohn, der Pianist. Damit pass ich in dein Bild. Der Sohn, der Künstler. Kommt ganz nach mir. Ich komm aber nicht nach dir. Und das ist verdammt gut so.«

Peter nickt. Wortlos geht er aus der Küche ins Schlafzimmer, holt frische Bettwäsche aus dem Schrank, geht ins Arbeitszimmer und beginnt das Sofa für Lukas zu beziehen.

Lukas hilft nicht mit, obwohl er sieht, dass es Peter anstrengt, das Laken auf das Sofa zu spannen. Er schaut ihm schweigend zu. Ihm tut alles weh. Im Bauch, in den Gliedern, überall ein Ziehen. Alles tut weh, und er kann sich nicht bewegen. Irgendwann löst er sich aus der Starre, nimmt Peter die Decke aus der Hand und zieht den Bezug drüber. Peter setzt sich erschöpft hin. Lukas schüttelt die Decke ein paarmal kräftig und dreht sich dann zu Peter um.

»Hast du eigentlich mal eine Sekunde an mich gedacht, als du mich plötzlich unbedingt kennenlernen wolltest? Hast du mal überlegt, ob es überhaupt gut für mich ist, dich kennenzulernen?«

Peter schaut ihn an, fast ein bisschen überrascht. »Nein ...«, sagt er vorsichtig. Als käme ihm der Gedanke zum ersten Mal, jetzt, da Lukas ihn ausspricht.

»Und du wusstest, dass du krank bist. Du wusstest es, verdammt.«

»Ich dachte, ich tue das Richtige.« Peter schaut ihn betroffen an. »Wirklich.«

»Das Richtige!« Lukas wird wütend. »Das ist mal ein geiles Wort aus deinem Mund! Das Richtige. Du kümmerst dich jahrelang einen Scheißdreck um mich. Und dann spielst du einen Tag lang Papa, um dein Gewissen zu erleichtern. Oh Mann ... Das ist echt voll das Richtige!«

»Lukas ...«, setzt Peter an, aber er hat keine Chance.

»Kannst du dir eigentlich vorstellen, wie das ist? Erst hat man einen Vater. Dann ist er weg. Dann sieht man ihn mal einen Nachmittag. Oder 'n Wochenende. Und dann sieht man ihn plötzlich gar nicht mehr. Schluss mit Papa. Warum? Keine Ahnung! Okay, dann habe ich mich damit arrangiert. Dann eben kein Vater. Kein Vater, der mit mir in die Ferien fährt. Kein Vater, der mit mir Eis essen geht, wenn's Zeugnisse gibt, der einen Käfig für die Meerschweinchen baut, der mein Fahrrad repariert. Der mal zu mir hält, wenn die Mutter stresst, oder der einem erklärt, dass es normal ist, wenn Schamhaare wachsen. Kein Vater. Alles okay. Kein Vater.«

Lukas laufen die Tränen übers Gesicht, aber er ist viel zu aufgebracht, um das überhaupt zu bemerken.

»Es tut mir so leid, Lukas ...«

»Und jetzt kommst du an. Jetzt, wo du krank bist, da kommst du an! Und bist auch noch so, wie ... wie ... man es sich gewünscht hätte. Fast so jedenfalls. Verdammt! Da hab ich endlich einen Vater, und dann haut er wieder ab!«

Lukas stürzt sich auf Peter, um ihn zu schlagen, um ihm wehzutun, um ihm nah zu sein.

»Scheiße! Scheiße, Mann ...« Er schlägt auf seine Schulter ein, und Peter versucht ihn zu packen, ihn zu stoppen, ihn festzuhalten. »Du kannst jetzt nicht einfach so abhauen! Das kannst du nicht ... nicht einfach wieder abhauen ...«

Sie kämpfen. Sie kämpfen, um einander zu verletzen, um sich nah zu sein. Lukas will seinen Vater schlagen, seine ganze Wut an ihm auslassen. Papiere segeln zu Boden, eine Tasse fällt herunter. Doch Peter ist plötzlich stark, irgendwoher holt er die Kraft, um Lukas festzuhalten, und zusammen fallen sie auf den Boden. Peter hält Lukas fest, bis er nach ein paar Hieben nicht mehr kann. Sie halten sich aneinander fest, Lukas' Schultern beben. Irgendwann hat Lukas sich beruhigt, und er spürt, dass die Schultern seines Vaters ebenfalls beben. Haben sie jemals vorher zusammen geweint?

Peter holt eine Flasche Wasser, und sie trinken abwechselnd daraus. Es ist die Ruhe nach dem Sturm. Die Sturmschäden sind eine zerbrochene Tasse, blaue Flecken und ein gebrochener Damm. Die Überschwemmung hat nachgelassen. Das Gefühl fließt beruhigter weiter. Es tut weh, und es tut gut. Inzwischen ist es dunkel geworden, und sie schauen in den Nachthimmel, in dem man keine Sterne sieht, weil die Straßenlaternen viel zu hell sind.

Schließlich bricht Lukas das Schweigen. »Ich weiß noch, wie wir nachts am Fenster standen. Bei Gewitter. Du hast mich auf den Arm genommen, und wir haben in den Himmel geschaut, wenn die Blitze kamen, und auf den Donner gewartet. Du hast immer gesagt, der Himmel gibt uns eine Vorstellung. Und ich weiß noch, wie ihr gestritten habt. Sonst weiß ich nicht mehr viel.«

Peter nickt. Sie schweigen wieder, die Wasserflasche wandert hin und her. Kämpfen macht durstig. Nach einer Weile räuspert sich Peter. »Lukas. Der Klavierkurs. Ich fänd 's schön, wenn du teilnimmst.«

»Ich weiß, dass du das schön fändest. Ich mach's aber nicht. Ich mach jetzt gar nichts mehr. Vielleicht spiele ich ja nur Klavier, weil ich mich doch an dich am Klavier erinnere? Und es hat mit mir gar nichts zu tun? Vielleicht mach ich auch kein Abi, weil das etwas ist, was Sabine immer total wichtig war. Ich will nicht das machen, was meine Eltern gut finden.«

»Das kann ich verstehen. Ich wollte auch nie machen, was mein Vater will, das wirft er mir ja heute noch vor. Versprich mir was, Lukas. Wenn du mal Vater wirst, mach's besser als Opa und ich.«

»Versprich du mir auch was.«

»Okay.« Peter schaut ihn fragend an.

Lukas ist selbst ein bisschen überrascht, dass er das jetzt sagt. Aber die Worte kommen einfach. »Ich lass mich testen. Wenn ich passe, nimmst du mich als Spender.«

Peter schüttelt den Kopf. »Das kann ich ni…«

»Halt einfach die Klappe.«

Lukas ist sehr bestimmt, und Peter verstummt. Holt dann aber wieder Luft.

»Weißt du, wenn es nicht hinhaut, ich möchte nicht, dass du das Gefühl hast, dass du etwas mit meinem Tod zu tun hast.«

»Es würde mir aber was bedeuten. Egal wie es ausgeht. Dass wir uns wichtig sind. Trotz allem.«

Später sitzt Lukas vor Peters Pinnwand. Die Fotos hängen noch, die Post-its, die er geschrieben hat, sind dazwischengepinnt. Er schaut auf die Uhr. Es ist nach Mitternacht. Um die Zeit schläft seine Mutter schon. Er nimmt das Handy und schreibt ihr, bittet sie, ihm seine Fotoalben zu schicken, sein Zimmer zu fotografieren, die Bücher, die Bilder an seiner Pinnwand. Schlaf gut, setzt er noch hinzu. Schon wenige Sekunden später piepst das Handy. Sabine ist doch noch wach.

Ich packe alles ein und gehe morgen zur Post. Schlaf gut, Lukas. Ich lieb Dich. Mama.

Am nächsten Tag sitzt Lukas im Sprechzimmer von Dr. Webermann. Der Arzt fährt ihm mit einem Wattestäbchen über die Mundschleimhaut. »So, das reicht schon, um die DNA einzuschicken und zu bestimmen, ob du in Frage kommst.« Er zögert einen Moment und schaut Lukas ernst an. »Es ist sehr unwahrscheinlich, das weißt du?«

Lukas schüttelt den Kopf.

»Wir brauchen den möglichst identen Spender, das heißt,

so viele Übereinstimmungen in der DNA wie möglich. Kinder sind immer haploident, das bedeutet, fünfzig Prozent deines Genmaterials sind mit dem deines Vaters identisch, die anderen fünfzig Prozent sind von deiner Mutter. Wenn in den fünfzig Prozent von deiner Mutter zufällig ein paar Merkmale auch mit deinem Vater identisch sind, zehn Prozent würden schon reichen, dann kommst du als Verwandter ersten Grades ausnahmsweise in Frage. Mit einem nicht verwandten Spender würde man das nicht wagen, bei sechzig Prozent Übereinstimmung zu transplantieren. Bei leiblichen Kindern kann es funktionieren.«

»Und wie viel Prozent Übereinstimmung braucht man, wenn der Spender ein Fremder ist?«

»Am liebsten hundert. Neunzig. Weniger geht nicht.«

»Das heißt, dass die Ähnlichkeiten bei Eltern und Kindern schwerer ins Gewicht fallen?«

»Ja. Denn es ist ja keine Ähnlichkeit, es ist das gleiche, identische Gen, und man kann davon ausgehen, dass die Abstoßungsreaktion bei Spenden von leiblichen Kindern, wenn sie überhaupt kommt, nur sehr schwach ausfällt.«

Das Stäbchen ist jetzt in einem Röhrchen. Dr. Webermann klebt den beschrifteten Aufkleber darauf und legt es auf das Tablett. »Zuerst sucht man normalerweise bei den wahrscheinlichsten Spendern. In der Datenbank und in der Familie.«

»Er hat noch nie etwas gemacht, was man normalerweise macht. Da ist er irgendwie konsequent.«

»Und eigentlich testet man leibliche Kinder erst als letzte Chance, wenn gar nichts sonst mehr geht.«

Lukas nickt. »Vielleicht bin ich ja die letzte Chance.«

Der Arzt schaut ihn an. »Ich wünsche es euch sehr.«

Peter hat Lukas zum Arzt gefahren und wartet im Auto auf ihn. Er wollte nicht mit hochgehen. Irgendwie wollte er nicht, dass Lukas die mitleidigen Blicke der hübschen Sprechstundenhilfen sieht. Bestimmt flirten sie ein bisschen mit ihm, wenn er, der Kranke, nicht dabei ist.

Er rührt ihn, dass Lukas für ihn spenden möchte. Er muss es annehmen. Es war ihm sofort klar, dass er dieses Angebot nicht ausschlagen darf. Obwohl es ihn verwirrt und aufwühlt. Plötzlich ist da eine Hoffnung, und er weiß nicht, was er denken soll. Seine Gedanken schwirren durcheinander. Er wollte nie eine Spende, weil er glaubt, dass es ihn umbringen würde. Er ist sich sicher, dass es bei ihm nicht gelingen kann. Aber wenn er daran denkt, dass es Lukas' Stammzellen wären, die sich in ihm ansiedeln müssten, hat er das Gefühl, dass es gelingen könnte. Was er von anderen Verwandten oder von Fremden nicht annehmen wollte, nicht in sich haben wollte, wovon er nicht abhängig sein wollte, mit Lukas würde das gehen. Sein Körper würde Lukas' Zellen akzeptieren.

Wenn Lukas also wirklich in Frage käme, dann hätte er einen Spender, mit dem er sich auf die Prozedur einlassen würde. Dann stiegen seine Chancen, dass er die Krankheit überlebt, auf fünfzig Prozent. Wenn er zu den fünfzig Prozent gehörte, die es nicht schaffen, dann hätte er sich der letzten schönen Tage beraubt. Die müsste er dann im Krankenhaus verbringen, steril, ohne Luft, die durchs offene Fenster strömt, ohne Hautkontakt. Aber das würde er tun. Es wäre sein Opfer für Lukas. Das schuldet er ihm. Seine letzten Tage. Die zu wenig sind, immer zu wenig sein werden, für einen Vater und seinen Sohn.

Er greift zum Handy und ruft Hanna an. »Wie geht es dir?«, fragt sie atemlos ins Telefon.

»Lukas ist da. Lukas ist wiedergekommen, und wir sind gerade beim Arzt. Also, er ist beim Arzt. Hanna«, beeilt er sich weiterzusprechen, weil er nicht will, dass sie nachfragt, was Lukas beim Arzt macht, »hast du Lust, zu uns zu stoßen? In der Mittagspause? Kleinmarkthalle?«

Lukas ist ein bisschen blass, als er auf die Straße tritt. Peter spürt ein Ziehen. Es könnte ein Glücksgefühl sein, aber wenn es Glück ist, warum tut es so weh? Lukas kommt auf ihn zu, und sie schauen sich einen Moment schweigend an. Peter wischt sich übers Gesicht, grinst etwas unbeholfen. »Danke«, sagt er. Lukas lächelt, als Peter ihm sagt, dass sie gleich Hanna treffen.

Sie wartet schon vor der Kleinmarkthalle und geht strahlend auf Lukas zu.

»Wie schön, dass du da bist.«

Lukas kann Hanna so viel unbefangener anlächeln als Peter. Er zuckt die Achseln. »Mal sehen, wie schön es so wird.« Hanna stupst ihn in die Seite. »Klar wird es schön. Habt ihr auch so einen Hunger?«

»Jungs in Lukas' Alter haben immer Hunger.«

Lukas schaut Peter an, als er das sagt. Peter grinst. »Lernfähig, der Alte, hm? So, da sind wir. Weißt du schon, worauf du Lust hast?«

Sie betreten die Kleinmarkthalle und sind sofort umgeben von Stimmengewirr, Obstbergen und Gemüsestapeln, Käse, Fisch, Essen aus aller Welt, Gewürzdüften, Gerüchen von gebratenem Fleisch, türkischem Gebäck, alles ist da. Peter hat sogar etwas Appetit. Mit Hanna und Lukas an seiner Seite, die sich hungrig umschauen, überlegen, worauf sie Lust haben, da wird es auch ihm Spaß machen, etwas zu essen. Zumindest ein paar Bissen.

»Jetzt schauen wir mal, was dich hier anlacht. Und dann kaufen wir noch etwas ein für die nächsten Tage. Magst du eigentlich Käse?« Peter deutet auf den Käsestand, an dem sie gerade vorbeigehen. »Oder Fisch? Da hinten ist ein Fischstand. Die haben tolle frisch geräucherte Forellen, wenn du so was magst.«

»Fisch ist nicht so mein Fall. Zu Mamas Leidwesen.«

»Isst sie immer noch so gerne Fisch?«

Lukas nickt.

»Den mochte sie früher überhaupt nicht. Absolut nicht. Und dann waren wir in Griechenland, auf einer Insel, frag mich jetzt nicht welche. Da haben sie Fisch am Strand gegrillt, ganz frisch, da schmeckt er noch nach Meer und Freiheit und nicht fischig. Da sind wir jeden Abend hin, solange wir da waren. Seitdem mag Sabine Fisch.«

»Dann muss ich vielleicht auch mal da hin, vielleicht klappt's dann. Ich nehme so eine Wurst mit Brötchen hier. Und du?«

»Nehme ich auch«, antwortet Peter. »Ein Stück Fleischwurst, die hier ist spitze.«

Sie waren damals mit dem Zelt in Griechenland unterwegs. Es war ihr erster gemeinsamer Urlaub, ohne Ziel, ohne Plan, total verliebt und frei. Sie waren einfach zusammen unterwegs, blieben, wo es ihnen gefiel, zelteten wild am Strand, liebten sich im Sand, leckten einander das Salz von der Haut.

Ab und zu übernachteten sie in kleinen weißgetünchten Häusern mit knirschenden Bettgestellen, wo sie sich in den einfachen Badezimmern immerhin mal duschen konnten. Sie waren braungebrannt, ihre Haare waren strohig und ausgeblichen vom Salzwasser, am Ende des Urlaubs ließen sie sich kaum noch durchkämmen. Morgens tranken sie starken Kaffee und aßen süßes Gebäck, und wenn ihnen mittags trotz der unzähligen Küsse der Magen knurrte, holten sie sich Käse, Brot und Oliven und aßen im Schatten alter Bäume.

Sabine machte zum ersten Mal so einen Urlaub ohne Ziel. Anfangs war sie manchmal ängstlich, fragte, ob man wirklich einfach so wild zelten könnte, hätte lieber genau gewusst, wie lange sie irgendwo blieben und wo es danach hinging. Mit der Zeit wurde sie freier, jeden Tag ein bisschen freier, und Peter dachte, das ist die Frau, mit der man alles erleben kann. Er wäre gerne mit ihr ein ganzes Jahr lang um die Welt gereist, oder gleich zwei, warum nicht? Sie waren jung und brauchten nicht viel zu ihrem Glück. Aber Sabine schüttelte den Kopf, als er es ihr vorschlug. Sie hatte gerade eine Stelle, die ihr gefiel. Die könnte sie doch nicht einfach aufgeben, und er mochte seine Arbeit doch auch, am Theater? Er wünschte, sie hätte einfach ja gesagt damals. Auch wenn es nicht geklappt hätte, er wünschte, sie wäre in diesem Moment seine Verbündete gewesen. Seitdem war sie zu jemandem geworden, die immer wieder umgestimmt werden musste. Sie hatten immer häufiger versucht, einander von völlig entgegengesetzten Dingen zu überzeugen. Das war der Anfang vom Ende. Nur Fisch mochte sie anscheinend noch immer.

»Bist du schon mal mit Pauline verreist?«, fragt Peter, während sie auf Hanna warten. Sie holt sich natürlich irgendwas am Biostand, bestimmt sehr gesund. Peter findet es herrlich, in die würzige, fettige Fleischwurst mit dem knackigen Brötchen zu beißen.

Lukas schüttelt den Kopf. »Wollten wir nach dem Abi machen. Irgendwas Cooles. Kanada oder so. Oder Vietnam, oder Bali. Erst mal jobben und Geld verdienen und dann los, bis die Uni anfängt.«

»Ich glaube, Griechenland war damals unser Bali. Zu Hause zeig ich dir mal die Fotos. Wenn du willst.« Lukas nickt. Hanna kommt mit einem Stück Gemüsequiche zu ihnen, und sie setzen sich zum Essen draußen auf ein Mäuerchen.

»Was spielst du grade auf dem Klavier, Lukas?«, will Hanna wissen. Lukas hat den Mund voll und kann nicht antworten. Peter hat das Gefühl, dass ihm das ganz recht ist, und antwortet für ihn. »Lukas hat aufgehört, Klavier zu spielen.«

Hanna fällt fast die Quiche aus der Hand. »Was? Warum denn das?«

»Ich kann nicht immer nur machen, was ihr alle toll findet. Oh, das Wunderkind! Verdammt, ich weiß überhaupt nicht, wer ich bin!«

Hanna zuckt die Achseln und schaut ihn fragend an. »Du bist Lukas.«

»Aha!«, ruft Lukas laut. »Jetzt weiß ich aber Bescheid!« Er beißt in sein Brötchen und kaut. Dann erklärt er Hanna, warum er nicht mehr spielen kann.

»Das verstehe ich, Lukas, dass du das herausfinden musst.« Hanna hat ihm ernst zugehört und nickt nun. »Aber ich habe gehört, wie du spielst. So spielt man nicht nur, weil man einen Vater hat, der früher mal mit einem zusammen am Klavier saß. Wenn du kein Talent hättest, würdest du nicht so spielen. Dann würdest du dich vielleicht mal fragen, warum du so gerne Klaviermusik hörst, aber das war's dann auch. Und dein Talent, das bist du.«

»Keine Ahnung. Ich spiele jetzt jedenfalls nicht mehr.«

Lukas steht auf und geht zum Papierkorb, um seine Serviette hineinzuwerfen. »Will noch jemand Kaffee?«, ruft er ihnen zu. Beide nicken. Er verschwindet in der Markthalle, um für alle Kaffee zu holen.

»Hab ich zu viel gesagt?«, fragt Hanna Peter. »Das war ihm doch zu viel, er musste jetzt erst mal weg, oder? Ich habe ihn vertrieben.«

Peter nickt. »Ich glaube, es ist ihm wirklich alles zu viel. Aber das ist ja kein Wunder, oder?« Er schaut eine Weile über den Platz und nimmt Hannas Hand, hält sie fest in seiner. »Es ist verrückt, wie gerne ich das hätte, dass Lukas wieder Klavier spielt. Es wäre mir so ein Trost, das zu wissen. Dass ich ihm etwas mitgegeben habe. Ich fang schon an, meinen Vater zu verstehen! Ich hab nichts von ihm. Nichts! Das muss hart sein für ihn. Und ich dachte immer, es wäre nur hart für mich.«

Sabine bringt das Päckchen für Lukas zur Post und geht zurück nach Hause. Es ist ein anderes Gefühl, in eine leere Wohnung zu kommen und zu wissen, dass später jemand nach Hause kommt, als zu wissen, dass niemand mehr kommt. Sie wird sich daran gewöhnen müssen, dass es stiller wird in der nächsten Zeit. Und leerer. Lukas ist jetzt für eine Weile weg, und bald wird er ganz weg sein. Höchste Zeit, dass sie sich überlegt, was sie von ihrem Leben eigentlich erwartet.

Sie war die letzten fünfzehn Jahre lang damit beschäftigt, eine alleinerziehende, berufstätige Mutter zu sein. Davor hatte sie drei Jahre lang eine Familie mit Peter und Lukas, davor war sie ein Jahr lang unsterblich in Peter verliebt, davor war sie sechs Jahre lang meist allein, erst in der Ausbildung, dann berufstätig. Vorher war sie neunzehn Jahre lang das jüngste Kind in ihrer Familie. Vierundvierzig Jahre alt ist sie jetzt, und vier dieser Lebensjahre hat sie mit Peter verbracht, das ist gerade mal ein Elftel ihres Lebens. Aber wegen dieser vier Jahre hat sie sich fünfzehn Jahre lang schlecht gefühlt. Sage und schreibe fünfzehn Jahre lang hat sie sich als Opfer gefühlt. Das ist ein Drittel ihres Lebens. Das ist eindeutig zu viel. Das sieht ja ein Blinder, dass das zu viel ist, denkt sie. Höchste Zeit, dass sich das ändert.

Es tut ihr leid, dass Peter sterben wird, dieser Ausbund an Lebenskraft, an Strahlen, an Ausgelassenheit. Aber durch sein Schicksal wird ihr bewusst, dass es komplett in ihrer Hand liegt, was sie aus ihrem eigenen Leben macht. Sie kann das Leben führen, für das sie trainiert. Das hat sie bereitwillig jedem erzählt, der mit Bewegungsproblemen in ihre Praxis kam. Nur ihr eigenes Bewegungsproblem hat sie nicht erkannt. Es ist ihre Sache und allein ihre Aufgabe, etwas zu ändern. Sie nimmt sich einen Zettel von dem Block, der für Einkaufslisten in der Küche hängt, und will aufschreiben, was ihr in den Sinn kommt. Sie starrt auf das leere Blatt und wird ganz nervös. Es gibt nichts, was ihr sofort einfällt. Sie greift zum Telefon.

»Nette? Wenn du dir vorstellst, du müsstest eine Liste schreiben, was du in deinem Leben noch machen willst. Glaubst du, dir würden auf Anhieb ganz viele Sachen einfallen?«

Pause am anderen Ende der Leitung. Sabine vergewissert sich, dass Nette dran ist. »Nette?«

»Machst du das etwa gerade?«

»Ja.«

»Und dir fällt nichts ein?«

»Nein. Aber ich will anfangen, etwas aus meinem Leben zu machen.«

Wieder Pause am anderen Ende.

»Was ist denn passiert?«

»Lukas ist jetzt bei Peter. Frau Winter hat mir gesagt, ich soll mal meine eigene Ergotherapeutin sein. Absurd, oder? Aber völlig richtig. Und ich möchte ... von vorne anfangen. Das klingt blöd, weil man die Zeit nicht zurückdrehen kann. Aber ich habe das Gefühl, ich habe jetzt – also mal überspitzt gesagt – fünfzehn Jahre meines Lebens damit verbracht, mich als verlassene Frau zu definieren. Das reicht. Oder?«

Stille in der Leitung.

»Nette? Bist du noch da?«

»Ich bin sprachlos. Hast du was genommen? Hast du getrunken?«

»Nein. Ich weiß auch nicht. Ich hab plötzlich nachgedacht ... und, tja ... und jetzt sitze ich an dieser Liste, und mir fällt nichts ein, was ich aufschreiben könnte. Ernüchternd irgendwie.«

»Lass sie liegen, Bine. An einem festen Platz, mit Stift. Und lass dir Zeit, immer wenn dir etwas einfällt, schreibst du es auf. Die wird schon noch voll, die Liste ... Und Sabine, das machst du so was von richtig, ich kann es kaum fassen.«

Kurz nachdem sie aufgelegt hat, klingelt das Telefon wieder. Sabine geht dran und es ist noch mal Nette. »Mir ist eingefallen, dass wir immer nach Paris fahren wollten, um uns in Straßencafés zu setzen und den ganzen Tag Café au Lait zu trinken und Leute zu beobachten.«

»Und dabei zu rauchen und Pastis zu trinken.«

»Genau. Bevor wir zum Rotwein übergehen. Das wäre etwas für deine Liste, oder?«

»Ich schreibe es sofort auf.«

Sie legen auf, und Sabine schreibt »Paris« auf die Liste. Sie malt lächelnd einen Eiffelturm daneben.

Lukas folgt Hanna und Peter durch den Hintereingang ins Theater. Peter muss mit den Malern sprechen.

»Viel Glück«, sagt Hanna und wirft Peter einen bedeutungsvollen Blick zu.

»Warum braucht er Glück?«, fragt Lukas, und Peter seufzt. Hanna schaut Peter abwartend an, aber er reagiert nicht.

»Also«, erklärt sie. »In dem Bühnenbild spielt der Himmel eine ganz entscheidende Rolle. Und den zarten, verheißungsvollen Sonnenuntergangshimmel, den die Maler mit viel Mühe und Hingabe gemalt hatten, hat vor kurzem jemand nachts schwarz übermalt. Das mochten die Maler nicht besonders.«

»Jemand?«, fragt Lukas und schaut von Hanna zu Peter.

»Jemand«, bestätigt sie. »Jemand, der ziemlich verzweifelt war.«

Sie schaut zu Boden und wendet das Gesicht ab. Lukas weiß, dass sie Peter liebt. Er hofft so, verdammt noch mal, er hofft so sehr, dass er Peter retten kann.

Im Malersaal wird es still, als sie hereinkommen. Carlo, der mit den anderen an den Dschungeltransparenten arbeitet, wechselt einen Blick mit den Malern. Er legt den Pinsel ab und geht auf Peter und Lukas zu. Als er vor ihnen steht, holt

Carlo Luft, um loszuschimpfen. Aber dann bläst er sie wieder aus und reißt stattdessen theatralisch die Hände in die Höhe. »Ach Peter, warum? Warum hast du das gemacht? Es war doch ein schöner Himmel.«

Peter seufzt. »Was soll ich sagen, Carlo, es war wirklich ein schöner Himmel. Das war nicht der Grund, es tut mir leid. Es tut mir leid!«, ruft er laut in den Saal. Stille. Alle schauen Peter an, keiner sagt etwas.

Lukas überlegt erst gar nicht, er fängt einfach an zu sprechen. »Es war wegen mir, glaub ich«, sagt er zu Carlo. Er merkt, dass Peter ihn überrascht von der Seite anschaut. »Ich bin sein Sohn, und ich hab ihm echt Ärger gemacht. Er hat sich aufgeregt, weil ich so 'n Scheiß gebaut hab ...«

»Und zu viel getrunken hab ich auch«, fügt Peter hinzu. »Viel zu viel. Carlo, bitte, ich mal euch den Himmel. Ihr müsst es nicht noch mal machen. Ich mach es. Okay? Aber sprich wieder mit mir. Bitte.«

Einen Moment schauen sie sich stumm an. Dann nickt Carlo. »Kinder können einen zur Weißglut treiben, was?«

Peter grinst. »Ja. Kinder, Väter. Alle, hm?«

Jetzt grinst auch Carlo. Das sehen die anderen Maler und wenden sich wieder ihrer Arbeit zu. Das Stimmengewirr schwillt langsam wieder an. Lukas und Peter gehen durch den Saal. Peter schaut Lukas von der Seite an. »Jetzt hast du mir den Arsch gerettet. Danke.«

Lukas sieht den Prospekt, der an der Seite aufgehängt ist wie ein Mahnmal. Acht mal sechs Meter schwarze Schlacht, und dazwischen Reste von fein koloriertem Himmel mit goldenen Wolken.

»Wowhowhow ... Das warst du? Wann war das? Wann hast du das gemacht?«

»Es ging mir nicht gut.«

»Das sieht man.«

»Du hast das ganz richtig getroffen eben. Es hatte mit dir zu tun. Und mit meinem Leben. Und mit allem, was ich falsch gemacht habe. Und was ich jetzt nicht mehr ändern kann. Und mit Verzweiflung. Aber jetzt bist du hier. Und ich werde jetzt einen richtigen Himmel malen. Du kannst mitkommen, dabei kann man sich gut unterhalten.«

»Kannst du das auch? Malen wie die hier?«

Peter nickt. »Ich kann vieles ein bisschen. Ein bisschen malen, ein bisschen Klavier spielen, ein bisschen fotografieren, ein bisschen schreiben. Bin so ein typischer Halbbegabter. Im Gegensatz zu dir. Du bist ein Komplettbegabter. Und ich sag das nicht ...«

»Lass es«, bittet Lukas ihn. Peter schaut ihn ernst an und nickt. »Okay. Ich lass es. Ich sag nichts mehr. Aber du versprichst mir, dass du darüber nachdenkst.«

Lukas nickt.

Die nächsten Tage entwickeln einen ganz eigenen Rhythmus. Morgens frühstücken sie zusammen. Dann gehen sie zu Peters Pinnwand, und Lukas hängt Bilder auf. Dabei erzählt er Peter von seinem Leben, und Peter hört zu. Später gehen sie ins Theater. Lukas lernt dort in Peters Bühnenbildnerzimmer fürs Abi, und wenn die Maler nach Hause gehen, dann gehen sie zusammen in den Malersaal, wo Peter den Himmel malt. Er sieht genauso aus wie der Himmel, der sich bei ihrem Picknick am Main über ihnen ausgedehnt hat, nur noch schöner. Peters Himmel für Erwachsene. Während Peter malt, liest Lukas Kerouac. So eine Sprache hat er noch nie gelesen, so unbändig und rau und poetisch zugleich. Und rhythmisch. Manchmal jagen die Worte wie Musik über die Seiten. Wenn er es liest, beginnt er, Peter zu verstehen, zu ahnen, was ihn antreibt. Den Freiheitsdrang, den Willen auszubrechen und für etwas zu brennen. Die Suche nach Schönheit und Abenteuer und Absolutheit, nach Außer-sich-Sein und gleichzeitigem Bei-sich-Sein, die Suche nach Liebe, nach einem Weg und vielleicht auch nach einem Ziel. Sterne funkeln am Himmel, Flüsse schlängeln sich in unbekannte Fernen, es leuchten Regenbögen und Straßen glänzen, und überall warten Mädchen und Visionen und Erkenntnisse. Und Drogen. Mannomann, und nicht wenige. »Hast du auch Drogen ausprobiert?«, will Lukas irgendwann wissen.

»Wir haben viel probiert, ja. Wir haben natürlich gekifft, wir haben Pilze getrocknet, Kräuter geraucht, alles Mögliche ... Nicht unbedingt zum Nachahmen, hörst du?«

»Jaja.«

»Vor allem heute nicht, diese Designerdrogen sind gefährlicher als das, was wir uns damals reingepfiffen haben. Da lässt du die Finger von, klar?«

Lukas grinst. »Jawoll, Papa.«

Ab und zu sehen sie Hanna. Sie reden über vieles. Aber sie reden nicht darüber, dass sie alle angespannt auf das Ergebnis von Lukas' Typisierung warten und bei jedem Telefonklingeln zusammenzucken.

Peter und Lukas sitzen vor der Pinnwand, Lukas erzählt Peter gerade, wie er Pauline kennengelernt hat. Da klingelt das Telefon. Dieses Mal ist es so weit, dieses Mal ist es die Arztpraxis. Plötzlich hört Peter wieder das Rauschen im Ohr, das allmählich anschwillt. Stumm reicht er Lukas das Telefon. Lukas geht in die Küche und schließt die Tür hinter sich. Peter kann seine angespannte Stimme hören, aber nichts verstehen. In diesem Moment entscheidet sich, wie es mit ihm weitergeht. Er kann nichts mehr selbst entscheiden, jetzt entscheiden andere. Er würde lügen, wenn er sagte, es wäre ihm egal. Oder er wolle lieber sterben als leben. Natürlich hofft er. Er versucht, nicht zu sehr zu hoffen. Aber es ist verführerisch, sich auszudenken, dass das Schicksal einfach vorbeiziehen könnte, dass die Medizin ihn vielleicht retten könnte. Dass sein Sohn ihn retten könnte. Vielleicht.

Als Lukas mit dem Telefon in der Hand wieder ins Arbeitszimmer kommt, weiß Peter sofort, dass er nicht gerettet werden wird. Lukas kann ihn nicht anschauen. Er setzt sich aufs Sofa und sagt kein Wort. Peter lässt sich langsam neben ihm nieder und schließt die Augen. Er fühlt sich schwach. Er muss einen Moment geschlafen haben, denn als er die Augen wieder öffnet, sitzt Lukas an seinem Schreibtisch. Er sieht verweint aus, und Peters Adressbuch liegt aufgeschlagen vor ihm. Peter steht auf, nimmt Lukas das Buch aus der Hand, klappt es zu und legt es weg. Dann legt er den Arm um ihn. Lukas zögert kurz und lehnt dann langsam den Kopf an ihn.

»Verdammt, warum sagst du es nicht deinen Schwestern? Warum bittest du sie nicht alle um Hilfe? Alle! Vielleicht ...«

»Das ist es ja, Lukas. Dieses vielleicht, genau das ist es, was ich nicht ertrage. Diese Anrufe, so wie eben ... Das ist zu hart für mich. Das schaff ich nicht noch ein paarmal. Bitte lass mir diese Zeit jetzt, so wie sie ist. Lass uns diese Zeit. Wir werden glückliche Tage haben.«

»Aber es ist doch die letzte Chance. Warum wirfst du die weg? Warum tust du nichts? Warum ...?«

»Ich hab darüber nachgedacht, Lukas. Wirklich. Aber es ist leichter für mich, es zu akzeptieren. Lass uns jeden Tag genießen. Das wäre am schönsten.«

»Am schönsten wäre es, einen Vater zu haben, der bleibt. Der nicht wieder abhaut.«

»Ich will alles andere als abhauen. Glaub mir, noch nie wollte ich so gerne bleiben.«

»Und warum tun wir dann nicht alles ...?«

»Meine Zeit läuft ab. Sie ist kostbar. Und sie würde nur noch aus Angst, Bangen, Enttäuschung, Tränen bestehen. Alle würden heulen. Mich bedauern. Keiner würde mehr mit mir lachen.«

»Es ist ja auch nicht zum Lachen.«

»Und es gibt ohnehin keine Garantie, dass es mit einer Spende gut gehen würde.«

Lukas sieht ihn schweigend an. Peter weiß, dass es nicht leicht ist, das zu verstehen. Vielleicht versteht er es auch selbst nicht. Er versucht, Lukas zu erklären, dass ihm die Vorstellung Angst einjagt, in Quarantäne dahinzusiechen, ohne die Gewissheit, dass es überhaupt klappt mit der Stammzellentransplantation. Und selbst wenn, dann müsste er Immunsuppressiva nehmen, wäre ständig krank, müsste andere Menschen meiden, weil sie ihn anstecken könnten. All das macht ihm mehr Angst, als der Gedanke zu sterben. »Sterben werden wir sowieso. Ob wir wollen oder nicht.«

Lukas schaut ihn hilflos an. »Und das sagt der, der immer das absolute Leben gesucht hat! Jetzt fang ich grade an zu verstehen, warum du damals weg bist. Und jetzt zählt das auf einmal nicht mehr?«

»Doch, es hat alles ein und denselben Grund. Ich ertrage es nicht, gefangen zu sein. Nicht in einer Beziehung, die mich einengt. Nicht in einem Krankenzimmer. Auch nicht in einem Körper, der mich einengt. Dann glaube ich lieber an den freien Geist, der sich auf eine Reise ins Ungewisse macht, wo es eine Freiheit gibt. Der sich in der Freiheit auflöst, aus der er kommt. Es ist die Luft, glaube ich. Ich glaube, ich komme aus der Luft.«

Lukas vergräbt das Gesicht in den Händen.

»Ich weiß, das ist alles zu viel. Zu viel für dich. Und ich wünschte sehr, es wäre anders. Ich wünschte, ich hätte all die Zeit nicht verstreichen lassen, in der wir uns hätten kennenlernen können. Glaub mir Lukas, das ist der bitterste Gedanke.«

Lukas hat ein Stückchen Papier in der Hand, das er immer kleiner faltet, noch mal und noch mal knickt er es. Bis es nicht mehr geht. Sie schauen beide auf das immer winziger werdende Bällchen Papier.

»Ich kann dich nur bitten, es zu verstehen, Lukas. Noch eine kleine, schöne Zeit. Bitte.«

Lukas schnipst das Papier in den Papierkorb, der unter dem Schreibtisch steht. Er schüttelt den Kopf. »Ich versuch's. Okay?«

»Okay.«

»Wir müssen los, oder?« Lukas steht auf und schaut Peter fragend an, aber Peter deutet auf die Pinnwand. »Erst will ich wissen, wie du Pauline kennengelernt hast. Hast du sie gesehen und gedacht, die ist es? Oder ging es eher so allmählich?«

»Du willst jetzt echt über Pauline reden? Jetzt?«

»Ja, das wolltest du mir erzählen, als das Telefon geklingelt hat. Und ich bin neugierig. Wie verliebt sich Lukas? Komm, erzähl deine Liebesgeschichte!«

Lukas grinst ihn kopfschüttelnd an.

»Okay. Also, wir waren beide im Musik-Leistungskurs. Das war am Anfang der Zwölften, und wir haben kleine Konzerte gegeben, mit denen wir uns den anderen vorgestellt haben. Jeder hat etwas auf seinem Instrument vorgespielt, es gab alles Mögliche, Posaune, Blockflöte, Cello, Klavier, einer kam mit einer Tuba aus dem Blasorchester und hat ein Solo für Tuba gespielt.«

»Und was hat Pauline gemacht?«

»Pauline hat sich ans Schlagzeug gesetzt. Das war der Hammer. Weißt du, wenn du sie siehst, denkst du so, ach, die ist voll süß. Hat so einen Dutt wie alle Mädchen, weißt du, was ich meine? Und sie hat immer bunte Sachen an und viele Ketten und tausend Taschen, man denkt bei ihr an alles, nur nicht an Schlagzeug. Und dann ging sie voll ab, wir waren alle am Wippen, sie hat so viel Kraft. Das kommt bei ihr alles so direkt raus. Wumm.«

»Wenn du Klavier spielst, kommt auch alles so direkt raus.«

»Aber etwas ganz anderes.«

»Das mag sein.«

»Ich fand sie sofort irgendwie gut. Sie ist so bunt und so eigenständig, sie passt sich nicht so an. Ihr ist es nicht wichtig, was die anderen machen. Das war gleich wie ein Magnet, weißt du, was ich meine?«

»Ich weiß ganz genau, was du meinst«, grinst Peter. »Und?«

Er schaut Lukas fragend an. »Habt ihr schon ... du weißt schon?«

»Muss ich da jetzt echt mit meinem Vater drüber reden?«

»Mit wem sonst?«

Lukas grinst. »Klar haben wir. Was denkst du denn?«

»Und wie war's so?«

»Gut.« Lukas verdreht die Augen. »So gut, dass wir es immer wieder tun. Mann, das reicht jetzt aber!«

Peter lacht. »Ich glaube, ich würde sie gerne kennenlernen. Was meinst du? Lad sie doch ein, sie kann vorbeikommen am Wochenende. Ihr vermisst euch doch bestimmt? Ich glaube, ich würde sie mögen, oder?«

»Das geht? Ich meine, wenn's dir nicht so gut geht ...«

»... dann werdet ihr euch schon irgendwie beschäftigen können. Ich meine, wenn ihr es immer wieder tut ...«

Sie grinsen sich an.

»Ich ruf sie nachher an. Wenn das echt okay ist?«

Lukas strahlt, wenn er von Pauline spricht. Das gefällt Peter, wenn Lukas so strahlt, und er nickt ihm zu. »Mach das. Wirklich. Ich freue mich, wenn sie kommt.«

Auf dem Weg ins Theater fragt Peter Lukas, ob Sabine Pauline mag. Lukas seufzt. Was soll er da sagen?

»Aha«, stellt Peter fest. »Doch so gerne?«

»Ja, nein. Sie mag sie schon. Aber sie ist eifersüchtig, glaube ich. Sie guckt immer so ... so betont nett, wenn ich sage, dass ich zu Pauline gehe oder dass sie kommt. Verstehst du? Sie findet es bestimmt doof, dass ich lieber ... Na ja, vielleicht ist jetzt ja alles anders. Ich meine, sie hat mich ja sogar zu dir gefahren.«

»Sabine hat dich selbst hierhergefahren? Wie kam das denn?«

»Keine Ahnung. Ich habe ihr gesagt, wie krank du bist, und dann kam sie schon am nächsten Tag damit an. Sie meinte, ich müsste unbedingt zu dir, weil wir nur noch diese eine Chance haben. Das hat sie gesagt.«

Peter nickt. Er ahnt, was es Sabine gekostet haben muss. Wenn er an das Telefonat vor kurzem denkt, wo sie ihn noch mit ihrer Wut überschüttet hat. Es ist ein weiter Weg von einer Sabine mit dieser Wut zu einer Sabine, die Lukas zu ihm bringt.

»Und glaub mir, ich verstehe nicht, wie das kam«, sagt Lukas. »Ich versteh das alles nicht mehr. Ihr seid ganz schön strange.«

»Du kriegst grade viel ab, Lukas. Was ich dir gerne erspart hätte. Aber ich glaube, es ist besser so. Besser als vorher.«

Lukas schaut ihn an. »Ich hab keine Ahnung, ob es besser ist. Null.«

Peter sitzt in seinem Bühnenbildnerzimmer und versucht wieder, einen Brief zu schreiben. Diesmal an Sabine. Er fängt mehrmals neu an, zerknüllt ungeduldig beschriebenes Papier und zerreißt manches Blatt, bis er die Worte gefunden hat, mit denen er hofft, sie zu erreichen. Er denkt an die Sabine mit dem Fahrrad und dem verwunderten Blick, an die Sabine mit den sonnengebleichten, fast weißen Sommerurlaubshaaren, an die verzweifelten Tränen in ihrem roten, verweinten Gesicht.

Im Malersaal ist der Himmelsprospekt auf dem Boden ausgebreitet. Peter steht mittendrin, mit den Füßen im Himmel, denkt er. Und mit dem Kopf auf der Erde. Manchmal hat er das Gefühl zu schwanken. Er weiß nicht, ob es eine von der Krankheit herrührende Schwäche ist oder ob es das schwebende Gefühl ist, das ihn ergreift, weil er zu viel Himmel unter den Füßen hat. Das Himmelsblau ist nun angelegt, in vielen Helligkeitsstufen, wolkendurchsetzt. Prüfend schaut er auf die Himmelsbilder, die er in letzter Zeit gemacht hat. Sie hängen an einem Pfosten im Malersaal. Gold. Orange. Rot. Pink. Lila. Nun muss er entscheiden, welche Farben dazukommen, welche Farben sein Himmel haben wird. Sein perfekter Himmel.

»Lass uns einen Umweg machen«, schlägt Peter vor, als sie später ins Auto steigen. »Wir fahren mal bei deinen Großeltern vorbei, okay?«

»Okay.« Lukas schaut ihn fragend an. Peter sieht es aus dem Augenwinkel.

»Sie wissen nicht, dass du da bist. Sie wissen nichts. Gar nichts. Wir überraschen sie.«

»Ich dachte, dir würde null daran liegen, sie zu überraschen? Nett zu sein?«

Peter nickt. »Mir hat gerade jemand beigebracht, dass es ziemlich toll ist, wenn ein Sohn über seinen Schatten springt und einen Schritt auf seinen Vater zumacht. Und da dachte ich, ich versuch das auch mal.« Sie halten an einer Ampel, und Peter schaut zu Lukas rüber, der grinsen muss.

»Du bist echt lernfähig. Hammer. In deinem Alter.«

»Vielleicht geht es schief. Vielleicht geht es gut. Wir werden sehen. Auf jeden Fall ist es leichter, das auszuprobieren, wenn du dabei bist. Wir müssen ja nicht ewig bleiben.«

Als sie vor dem Haus seiner Eltern anhalten, stellt Peter den Motor ab und schaut Lukas ernst an. »Und, Lukas, bitte kein Wort, okay?«

Es dauert einen Moment, bis Lukas nickt. Aber er nickt. »Okay.« Er streckt die Hand nach dem Türöffner aus, hält aber kurz inne und schaut ihn an. »Peter – ich bleib jetzt bei dir.« Er sagt nicht, bis zum Schluss, aber genau das meint er. Eine Woge tiefer Zuneigung erfasst Peter, wogt in ihm auf und zu Lukas hin, und als er spricht, klingt seine Stimme rau.

»Du weißt, dass ich das nicht befürworten kann als dein Vater. Dein Abi, deine Zukunft ...«

»Halt die Klappe. Und: Kein Wort. Okay?«

Peter nickt lächelnd. »Okay.«

Als sie vor der Haustür stehen und darauf warten, dass ihnen jemand aufmacht, fällt Peter auf, dass er noch nie so glücklich hier gestanden hat. Er will es Lukas sagen, da geht die Tür auf, und sein Vater schaut ihn an. Sein Gesicht ist verschlossen, er zeigt keine Reaktion, kein Gefühl, als er Peter sieht. Das ist die Nachwirkung ihres letzten Streits. Sie schauen sich einen Moment stumm in die Augen, und dann sagt Lukas von der Seite »Hallo, Opa«.

Blitzschnell verwandelt sich das ernste Gesicht. Nach einem kurzen Staunen beginnt es zu strahlen, und es rührt Peter, das zu sehen. Er ist froh, dass sie hier sind, dass sie beide über ihren Schatten gesprungen sind, erst Lukas, dann er. Beim Reingehen dreht der Vater sich um, lässt Lukas vorgehen und nimmt stumm Peters Hand. Er drückt sie zweimal fest, die wärmste Geste zwischen ihnen seit Jahren. Peters Hand erinnert sich plötzlich an diesen Druck. Der Körper erinnert sich so viel unmittelbarer. Der Händedruck bedeutet: Alles ist gut.

»Schau mal, Lene ...«, ruft der Vater, aber dann unterbricht er sich und flüstert Lukas zu: »Nein, wir sagen nichts. Geh einfach mal rein, geh du vor und begrüß sie, das wird eine Überraschung!« Er nickt Lukas zu und schaut Peter an, wie um sich zu vergewissern, dass er noch da ist. Peter lächelt. Er spürt es in seinem Gesicht, aber nicht nur dort, er hat das Gefühl, sein ganzer Körper lächelt.

Sabine und Nette diskutieren in den Pausen zwischen den Behandlungsterminen immer neue Reiseziele. Am Mittag haben sie schon Europa durch und bis zum Abend die ganze Welt. »Aber es geht ja nicht nur darum zu reisen. Das ist es ja gar nicht, was ich suche. Was ich suche, ist ...«

Nette schaut sie erwartungsvoll an. »Ja?«

»So etwas wie meinen Mittelpunkt, mein Leben. Ich suche etwas, das ich aus mir heraus machen kann. Verstehst du? Diese Reisen sind schöne Unternehmungen, aber ich will nicht von mir wegkommen, ich will zu mir hinkommen. Wer bin ich, wenn ich keine alleinerziehende, enttäuschte Frau bin? Wer bin ich? Wie bin ich? Vielleicht bin ich ja eigentlich ganz lustig und weiß es noch gar nicht?«

Nette nickt nachdenklich. »Würdest du dich eigentlich auch gerne mal wieder verlieben?«

Sabine nickt. »Aber ich glaube, ich kann das gar nicht mehr. Wie geht das? Das letzte Mal habe ich versucht zu flirten, da war Lukas noch nicht mal in der Schule. Und das ist gründlich schiefgegangen.«

»Das verlernt man nicht«, sagt Nette und grinst. »Wenn der Richtige kommt, dann kannst du das wieder. Ist wie Fahrrad fahren. Oder schwimmen. Das verlernt man auch nicht.«

»Der Richtige. Ach, Nette.« Sabine seufzt. »Den gibt's doch gar nicht. Weißt du noch, wie ich früher immer gewartet habe, auf den Richtigen? Und dann war es doch der Falsche.«

»Eine Zeitlang war er doch der Richtige. Vielleicht brauchst du nicht den Richtigen fürs Leben, sondern erst mal den Richtigen zum Flirten?«

Sabine lacht. »In der Theorie klingt das alles gut, Nette. Aber in der Praxis? Ich kann's mir ja rein theoretisch schon kaum vorstellen.«

Während Sabine am Abend nach Hause geht, denkt sie über das Gespräch mit Nette nach. Der Gedanke, sich jemals wieder zu binden, war zwar irgendwie immer präsent, aber eher auf abstrakte Weise. Erst war sie viel zu verletzt, dann war Lukas noch so klein. Dann wurde Lukas älter, und sie wusste nicht, wie er reagieren würde. Eigentlich fand sie ihr Leben meistens auch so anstrengend genug. Wo wäre der Raum gewesen für einen neuen Menschen? Das Wichtigste war, für Lukas da sein zu wollen, dann ihre Arbeit mit den vielen oft auch ermüdenden Kontakten mit den Patienten, die Fortbildungen, der Haushalt, Nette, ihre Familie, ihr Ruhebedürfnis nach anstrengenden Tagen.

Eigentlich macht sie der Gedanke schon glücklich, dass sie sich diesen Stachel gezogen hat, diesen Peter-Stachel, der sie die ganzen letzten Jahre so schmerzlich gepikst hat. Seit sie sich dessen bewusst wurde, dass sie auch glücklich mit ihm war, dass sie eine schöne Zeit hatten, und vor allem, dass er ihr Lukas geschenkt hat, seitdem spürt sie diesen Stachel nicht mehr.

Zu Hause findet Sabine einen Brief von Peter im Briefkasten. Sie schleicht eine Weile darum herum, bis sie so weit ist, sich ein Glas Wein einzugießen und sich mit dem Brief an den Küchentisch zu setzen. Seine Schrift würde sie immer wiedererkennen. Allein, wie er eine Anschrift auf einen Umschlag schreibt, sieht schön aus. Besonders. Sie dreht den Brief ein bisschen hin und her und leert das Glas, bevor sie ihn öffnet und liest.

Liebe Sabine,

ich bin sehr dankbar, dass Du Lukas hierhergeschickt hast. Es war nicht leicht für Dich. Das weiß ich. Umso mehr berührt es mich, dass Du es getan hast. Ich habe das Gefühl, von ihm jetzt noch alles lernen zu können, was man im Leben gelernt haben sollte.

Du und ich, wir sind keinen leichten Weg gegangen, und die Fehler, die wir beide gemacht haben, können wir jetzt nicht mehr ungeschehen machen. Wir konnten nicht aus unserer Haut und haben einander sehr verletzt. Wir sind unvollkommen, Menschen eben. Vielleicht können wir gnädiger sein gegenüber den eigenen Unzulänglichkeiten und denen des anderen? Wenn ich jetzt an Dich denke, erinnere ich mich an Deinen überraschten Blick, als ich Deinen Pullover aufgehoben habe, Deine strahlenden Augen, als Du das Meer gesehen hast, Deine unbekümmerte Entschlossenheit, mit der Du in Griechenland Deine hoffnungslos verfilzten Haare einfach abgeschnitten hast. Wir haben uns gegenseitig die strahlende, junge Unschuld genommen und einander aus dem Paradies vertrieben, in dem wir so neugierig unseren ersten Kaffee zusammen getrunken haben. Was am Ende von uns beiden bleiben wird, ist Lukas. Sei stolz auf ihn. Du hast einen wunderbaren Menschen großgezogen, Sabine, und ich danke Dir für alles, was Du für ihn getan hast und zweifellos noch tun wirst.

Peter

Als Lukas Paulines bunte Tücher und Ketten sieht, die durch die Menschenmenge im Bahnhof auf ihn zu wippen, spürt er, wie froh er ist, dass sie da ist. Wie in einem Film, denkt Lukas, als sie aufeinander zugehen. Er umarmt sie, ihre Haare kitzeln sein Gesicht, und er fühlt ihren Körper unter den Klamotten. Ihr Haar duftet nach Shampoo. Bestimmt hat sie sich heute früh extra die Haare gewaschen.

»Und, was machen wir jetzt?«, fragt sie neugierig und schiebt ihn ein Stück von sich weg, um sein Gesicht sehen zu können. »Ich hab irgendwie Schiss, deinen Vater kennenzulernen, ich bin noch nie jemandem begegnet, der weiß, dass er stirbt. Und dann ist es auch noch dein Vater.«

»Wir gehen ins Theater, da malt er an seinem Himmel für das nächste Theaterstück. Wir können uns das Theater anschauen, wenn du willst, die ganzen Werkstätten und so, das wird dir gefallen. Und dann kannst du ihn dir erst mal ansehen.«

Lukas wusste schon, dass Pauline es toll finden würde im Theater, aber dass es sie so sehr begeistert, hätte er nicht gedacht. Peter strahlt wie ein Honigkuchenpferd, als er Pauline alles zeigt. Sie stellt tausend Fragen, die Befangenheit hat sie genau in dem Moment vergessen, in dem sie Peter gegenübersteht. Staunend, mit offenem Mund, steht sie im Malersaal, schaut nach oben, dreht sich im Kreis, um nichts zu verpassen. Peter lächelt Lukas an. »Tolles Mädchen.« Irgendwie ist Lukas plötzlich sehr stolz und noch verliebter in Pauline.

Hanna und Pauline mögen sich auch auf Anhieb. Hanna zeigt ihr den Saal, in dem die Näherinnen sitzen, die meterlange Stange mit den bunten Kostümen, die Stoffe, die Skizzen, die Zimmer der Gewandmeister mit den großen Tischen für den Zuschnitt, die halb drapierten Schneiderpuppen. Pauline steht mit großen Augen vor Hanna: »Wie wird man das? Was muss ich machen, um hier arbeiten zu können?«

Und Lukas denkt, klar, das ist ihr Ding. Das ist genau das Richtige für Pauline. Und Hanna, die sich darüber freut, schlägt ihr vor, als Erstes ein Praktikum bei ihr zu machen und alles kennenzulernen. »Wir schreiben nachher eine Bewerbung für eine Praktikumsstelle, und dann versuche ich, dafür zu sorgen, dass sie wohlwollend bedacht wird, okay?«

Pauline strahlt. »Super.«

Bei Francesco sitzen sie am selben Tisch wie immer. Peter hat fast immer das Glück, dass sein Lieblingsplatz frei ist. Francesco grinst alle an. »Ah, Familie von Peter wird immer größer! Ist gut für einen Mann, wenn Familie größer wird.« Lukas denkt an ihr erstes Essen hier vor ein paar Wochen, und er spürt, dass Peter auch daran denkt. Sie schauen sich an, und Peter legt kurz den Arm um seine Schulter, drückt ihn fest. Er schaut – wie immer – nicht in die Karte. Hanna und Pauline blättern vor und zurück, aber Lukas klappt die Karte einfach zu. Er weiß, was er heute essen wird.

Als Peter seine obligatorische Puttanesca, schön scharf, mit einem Viertel Roten bestellt, nickt Lukas. »Das nehm ich auch.« Peter freut sich, offensichtlich gefällt es ihm, dass Lukas sich ihm anschließt. Lukas fühlt sich auf einmal so verbunden mit Peter, dass er sich über sich selbst wundert. Hanna und Pauline schauen sich an und bestellen auch Puttanesca, und Francesco freut sich: »Gut für die Küche. Alle das Gleiche.«

»Das ist das erste Mal, dass wir zusammen Rotwein trinken.«

»Es ist überhaupt das erste Mal, dass ich Rotwein trinke«, sagt Lukas. »Ich hoffe, ich mag ihn.«

»Machst du jetzt einen auf erwachsen, oder was?«, fragt Pauline. »Rotwein ist so was von erwachsen. Ich bin noch Kind. Ich mag nur Weißwein. Und am liebsten so richtig süßen.«

»Wenn ich ihn nicht mag, trinkst du ihn für mich, oder?« Lukas schaut Peter fragend an, und Peter nickt und ruft Francesco noch mal an den Tisch. »Heute nehmen wir nicht den Hauswein, heute nehmen wir den besten Montepulciano, den du hast. Er muss Lukas schmecken. Ganz weich. Nicht zu herb. Wir brauchen ein gutes Einsteigermodell.«

»Dann eine Flasche Lieblingswein von Chef, soll ich bringen?«

»Unbedingt.«

Als Peter ihn bei seinem ersten Schluck erwartungsvoll anschaut, wiegt Lukas den Kopf hin und her. »Das braucht noch ein paar Jahre, glaub ich …«

Lukas beobachtet, wie Peter nachdenklich aus dem Fenster schaut, und ahnt, was er denkt. In ein paar Jahren können sie nicht mehr zusammen Rotwein trinken. Er nimmt noch einen Schluck. Und noch einen. Vielleicht kann man sich ja auch schneller daran gewöhnen. Als er sein Glas fast geleert hat und ihm schon richtig warm im Bauch und leicht im Kopf ist, prostet er Peter mit dem letzten Rest zu: »Doch nicht so übel. Auf dich.«

Es ist ein lustiger Abend, Lukas hält Händchen mit Pauline, Peter hält Händchen mit Hanna, sie drehen ihre Nudeln auf die Gabeln, ihnen wird warm vom Wein. Sie haben alle rote Tomatenlippen, und Lukas hat tatsächlich das Gefühl, erwachsen zu sein. Erwachsener als sonst auf jeden Fall. Obwohl er nicht behaupten kann, dass Rotwein jetzt zu seinen Lieblingsgetränken gehört. Pauline ist auch ganz anders als sonst. Bestimmt, weil sie nicht bei ihren Eltern sind. Obwohl, sie sind ja bei Eltern, im weitesten Sinne. Sie sind bei seinem Vater. Aber trotzdem, alles ist anders.

Später schlendern sie angeheitert durch die Straßen zu Peters Wohnung. Die Jungs haben ihre kichernden Mädchen im Arm, alles fühlt sich leicht an und gut. Wenn Lukas mit Pauline bei Sabine ist, fühlt es sich nicht so an, dann ist alles irgendwie befangen, und Lukas würde Pauline nicht in den Arm nehmen, während seine Mutter ihnen gegenübersitzt.

Plötzlich bleibt Peter abrupt stehen. Hanna versucht ihn weiterzuziehen, sie hat anscheinend schon mitbekommen, warum er stehen geblieben ist. »Komm, Peter, lass uns nach Hause gehen jetzt. Vergiss es, komm ...«

Aber Peter bleibt beharrlich stehen. Als Lukas und Pauline näher kommen, sehen sie auch, warum. Er steht vor dem erleuchteten Schaufenster eines Beerdigungsinstitutes und schaut sich die Bilder an, die dort hängen. Sie bleiben alle vier vor dem Fenster stehen. Lukas hat plötzlich das Gefühl, völlig nüchtern zu sein. Der Rotwein, der den Kopf eben noch leicht gemacht hat, verursacht nun ein Stechen in seinen Schläfen, und er spürt das Pochen seines Blutes.

Ein grüner, heller Wald ist auf einem großen Plakat abgebildet. Sonnenlicht fällt durch das Laub. *Friedwald, die Alternative für die letzte Ruhe* steht auf einer Tafel neben dem Bild eines hellen, sonnigen Waldes voller lebendiger Bäume. Das Pochen in Lukas' Schläfen wird lauter. Alle sind plötzlich ganz still.

»Da wird einem vorgegaukelt, man würde in einem schönen Wald spazieren gehen. Bis in alle Ewigkeit. Amen.« Peter klingt aufgebracht.

»Nein«. Hanna schüttelt sehr bestimmt den Kopf. »Da wird denen, die um jemanden trauern, ein Ort gegeben, wo sie durch einen schönen Wald spazieren und an den Menschen denken können, den sie verloren haben.«

Hastig und mit lauter Stimme liest Peter alles zum Thema Friedwald vor. »›Die Asche Verstorbener wird in einer biologisch abbaubaren Urne beigesetzt, mitten in der Natur, an den Wurzeln eines Baumes. So eröffnet sich eine natürliche und würdevolle Alternative zu den gewohnten Bestattungsorten. Die Grabpflege übernimmt im Friedwald die Natur. Informieren Sie sich über die verschiedenen Grabarten und die Preise, und entscheiden Sie selbst, welche Baumgrabart Ihrer Individualität und Ihrem Lebensentwurf gerecht wird. Für eine umfassende Beratung stehen wir Ihnen gerne zur Verfügung.‹ Puh.« Peter schüttelt den Kopf. »Eine biologisch abbaubare Urne. Leute, selbst wenn sie biologisch abbaubar ist, man kann mich doch nicht in eine Pappschachtel stecken und verbuddeln! Ich muss an die Luft!«

»Es ist auf alle Fälle schöner als ein Friedhof, auch für uns. Oder?« Hanna schaut Lukas an.

»Schön?«, fragt Lukas aufgebracht. »Ich kann nichts Schönes daran finden. Tut mir leid.« Er spürt, wie Pauline den Arm um ihn legt und ihn festhält. »Ich will damit nichts zu tun haben. Das ist mir zu viel, ey, voll zu viel!«

Er geht weiter, schnell weg von dem Schaufenster. Weg von diesen Gedanken. Pauline läuft ihm hinterher, versucht mit ihm Schritt zu halten, aber Lukas will nur weg, weg, weg. Pauline gibt auf und fällt zurück.

Okay, Peter sieht nicht aus wie das blühende Leben. Aber er ist so lebendig, verdammt. Er lacht, er liebt, er trinkt, er raucht, er malt, er lächelt, er küsst Hanna, er umarmt ihn. Das soll so bleiben, verdammt noch mal, es soll so bleiben. Er soll in keinen Sarg und in keine Erde und in keine biologisch abbaubare Urne. Er soll leben. Er soll Peter bleiben. Er soll sein Vater bleiben.

Später liegt er mit Pauline auf dem Sofa in Peters Arbeitszimmer, das mittlerweile fast sein Zimmer ist. Er vergräbt sein Gesicht im Duft ihrer Haare. Er hält sich an ihr fest, und Pauline hält ihn fest, umschlingt ihn mit Armen und Beinen. Er beginnt zu schluchzen. Er will es nicht, er will nicht hier liegen und vor Pauline von diesen Schluchzern durchgeschüttelt werden. Er will nicht, aber es schüttelt ihn. Pauline sagt nichts, sie hält ihn einfach nur fest, bis das Beben vorüber ist und er wieder atmen kann.

Lukas will Pauline erklären, warum er so weinen musste. Es ist ihm peinlich, dass sie es mitbekommen hat, trotzdem ist es gut, dass sie da ist. Aber während er nach einer Erklärung sucht, merkt er, dass Pauline schon ganz gleichmäßig atmet. Sie ist eingeschlafen. Und obwohl er sich die Nase putzen müsste, weil sie vom Heulen verstopft ist, bleibt er ganz ruhig liegen, um sie nicht zu wecken, während so viel aufgewühltes Gefühl in ihm auf und ab tobt.

Peter und Hanna liegen engumschlungen in Peters Bett. Das Fenster ist wie immer offen, und der Vorhang weht leicht im Wind. Sie sind wach, an Schlaf ist nicht zu denken.

»Ich kann in keinen Sarg, ich will nicht langsam verfaulen. Also, das steht schon mal fest: verbrennen. Aber ich kann auch nicht in eine Urne, luftdicht verpackt, und bestattet schon gar nicht. Und biologisch abbaubar nützt mir auch nichts, wenn ich dann unter der Erde bin.«

»Und dass deine Asche dann einem Baum beim Wachsen hilft? Dass er neue Blätter treibt, jedes Frühjahr, und dass ich unter dem Baum sitzen kann und Lukas auch, ist das kein tröstender Gedanke für dich?«

»Irgendwie nicht. Nein. Leider. Ich brauche mehr Luft. Ich will, dass meine Asche fliegt, dass sie unterwegs ist, weißt du, dass sie sich in der Luft verteilt und frei ist. Im Wind. Das ist ein tröstender Gedanke für mich.«

»Das wird hier nicht gehen. Dazu muss man irgendwo ins Ausland. Das ist nicht schön für uns, denk ein bisschen an uns, bitte.« Hanna schaut ihn an, und er zieht sie noch enger an sich.

»Ich kümmere mich drum, versprochen. Ihr braucht einen

Ort, wo ihr euch erinnern könnt, ich will an die Luft. Es wird eine Lösung geben.«

Sie schauen schweigend in den Nachthimmel, dessen rosafarbenes Licht durchs Fenster hereinstrahlt.

»Ich werde nie mehr mit geschlossenem Fenster schlafen können. Oder im Stockdunkeln«, sagt Hanna.

»Schlimm?«

»Nein. Anders halt.«

Als Hanna doch irgendwann schläft, steht Peter leise auf. Er kann nicht schlafen. Er ist immer müde, aber es kommt ihm wie Verschwendung vor, jetzt zu schlafen. Er setzt sich in die Küche und beginnt, alles aufzuschreiben, was noch zu tun ist. Er muss sein Leben aufräumen, so lange er noch die Kraft dazu hat. Und sich um alles kümmern, was danach kommt. Er will ordnen, was sich ordnen lässt, damit Hanna und Lukas das nicht machen müssen, oder seine Schwestern, seine Eltern. All die Dinge, die er im Laufe seines Lebens angesammelt hat. Zum Glück ist er kein Sammler, er hat nie gehortet, sein Besitz ist nicht groß. Allerdings sind die Zeiten vorbei, in denen sein Hab und Gut in einen Koffer gepasst hat, mit dem er sich jederzeit auf die Reise begeben konnte. Man schafft Dinge an, oft zufällig, man lebt mit ihnen, und irgendwann gehören sie zu einem. Ein paar Sachen will er Hanna schenken, einiges seinen Schwestern und seinen Eltern. Auch einigen Leuten im Theater will er etwas vermachen. Und Sabine? Das eine oder andere aus ihrer gemeinsamen Zeit ist vielleicht bei ihr gut aufgehoben. Das griechische Kaffeekännchen, das kleine Bild vom Paradies, das sie ihm zur Hochzeit geschenkt hat. Alles bekommt durch ihn eine Bedeutung. Sein Zuhause wird bald nur noch eine Ansammlung von Kram sein, der die Bedeutung, die er ihm gegeben hat, verloren hat. Ob die Sachen eine neue Bedeutung bekommen oder nicht, liegt nicht in seiner Hand. Eigentlich soll

Lukas alles bekommen, was er haben will. Die Wohnung, die Möbel, die ihm gefallen, das Auto. Das gefällt ihm mit Sicherheit. Und es wird ihm etwas bedeuten.

Am nächsten Tag bringen sie Pauline zum Bahnhof, dann fahren sie Hanna nach Hause. Auf dem Weg zurück in seine Wohnung biegt Peter plötzlich ab, und Lukas schaut ihn fragend an. Peter grinst. »Überraschung.«

Er fährt zu seinem Lieblingsplatz, der Wiese am Main. Am Feldweg oberhalb der Wiese hält Peter an.

»Fahrrad fahren habe ich dir nicht beigebracht. Leider. Aber jetzt fahren wir Auto. Okay?«

Lukas schaut ihn überrascht an. Peter gibt ihm den Autoschlüssel und steigt aus.

»Damit du über den Abschiedsschmerz von Pauline hinwegkommst.«

Peter grinst, und Lukas steigt aus und steigt auf der Fahrerseite wieder ein.

Nachdem er den Citroën bestimmt viermal abgewürgt und das Gaspedal zum Ausgleich einige Male heulend durchgetreten hat, so dass Peter mit einem Ruck nach dem anderen im Sicherheitsgurt hängt, fährt Lukas ganz ruhig die Feldwege auf und ab. Ein paar Spaziergänger schauen ihnen empört nach. Peter winkt ihnen fröhlich zu, während es Lukas eher peinlich ist. Aber dann grinsen sie sich an. Und Peter hat ein Gefühl von Stolz. Witzig, denkt er. Ich bin stolz, weil mein Sohn mein Auto fährt. Ist es doch so simpel? Er muss über sich grinsen, und Lukas schaut ihn fragend an.

»Nichts«, sagt Peter. »Es ist nichts. Du fährst einfach gut. Das Auto steht dir.«

Später sitzen sie auf der Wiese und schauen hinunter zum Fluss. Sie halten ihre Gesichter in die Nachmittagssonne, die heute richtig wärmt, und sehen dem Wasser beim Fließen zu. Der Himmel spiegelt sich silbern im Fluss. Es riecht nach Wiese und Natur, und Peter wartet lange, bis er Lukas sagt, worum er ihn bitten will.

»Lukas, ich werde in die Schweiz gehen, wenn es so weit ist. Wenn es mir noch so gut geht, dass ich das alleine hinkriege. Ich will nicht dahinsiechen. Ich will so sterben, wie ich gelebt habe. Unabhängig.«

Lukas schaut ihn verzweifelt an. »Ich will jetzt nicht darüber reden. Ich will nicht. Ich halte das nicht aus. Erst ist es schön, und dann plötzlich so was. Gestern genauso, wir gehen essen, und dann bleibst du bei dem Scheißbestatter stehen und erzählst was von biologisch abbaubaren Urnen. Ich will das jetzt nicht schon wieder!«

»Irgendwann ist es zu spät, Lukas. Lass uns das besprechen, solange es geht. Solange wir hier auf der Wiese sitzen und zusammen in die Weite schauen. Das hilft. Wenn du später mit allem allein bist, wird es nicht leichter.«

Lukas senkt den Kopf und schweigt. Peter wartet auf ein Zeichen, dass er weiterreden kann. Es ist alles so schwer für Lukas. Wenn er es ihm nur nicht so schwermachen müsste. Aber sie müssen jetzt da durch, Schritt für Schritt, sonst hätte er das Gefühl, wieder abzuhauen. Er wird zwar gehen, aber er will Lukas nicht einfach stehenlassen, es soll kein Abhauen sein. Deshalb muss er alles mit Lukas besprechen, damit Lukas nicht alleine dasteht am Ende. An seinem Ende. Peter wartet.

Langsam färbt sich der Himmel. Es wird Abend. Während das Licht allmählich schwächer wird, wirkt plötzlich alles viel intensiver. Die Farben, die Gerüche, alles tritt deutlicher hervor, als ob die Welt vor dem Eintritt der Dunkelheit noch einmal auf sich aufmerksam machen wolle. Schau, so sieht es aus! Und morgen wird es wieder so sein!

Irgendwann, es kommt Peter vor wie nach einer Ewigkeit, schaut Lukas endlich auf. »Die Schweiz also?«

Peter nickt. »Ja. Da habe ich mich schon lange angemeldet. Für alle Fälle. Als ein Kollege gestorben ist, hat mich das nachdenklich gemacht, und ich habe mich damals dafür entschieden, dass mir diese Option immer offenbleiben soll. Natürlich habe ich nie gedacht, dass ich es wirklich mal nutzen würde. Aber mir war schon immer klar, dass ich, auch wenn es ums Sterben geht, die Selbstbestimmung brauche, für die ich mein ganzes Leben gekämpft habe. Kannst du das verstehen?«

Lukas nickt.

»Und ich will auch in der Schweiz verbrannt werden. Die haben keine Bestattungspflicht, das heißt, du könntest meine Asche dort abholen und dann verstreuen. Hier, an meinem Lieblingsplatz. Würdest du das machen für mich?«

Lukas atmet schwer aus und schüttelt den Kopf.

»Oh Mann, du lässt ja echt nichts aus. Sitzt hier neben mir und fragst, ob ich deine Asche verstreue. Scheiße.«

»Es würde mir sehr viel bedeuten, wenn du es tust. Es würde bedeuten, dass du mir verzeihen kannst. Letztendlich.«

Lukas schaut ihn von der Seite an. Diese großen Augen. Peter sieht sich selbst in Lukas' Augen klein und verzerrt, sie halten den Blick lange.

»Wann meinst du, also wann ... Hast du eine Ahnung, wann du das machen wirst?«

»Wenn mir die Bluttransfusionen nicht mehr helfen. Bevor es richtig schlimm wird. Ich will nicht ins Krankenhaus. Nicht an Maschinen hängen. Kein Opfer werden. Vorher fahre ich in die Schweiz. Weißt du, Lukas, ich werde gehen, wenn's am schönsten ist. Ohne Abschied. Ohne Tränen. Wir werden lachen, und ich werde dann einfach weg sein. Und du wirst dich an mich erinnern, wie wir hier sitzen, wie wir zusammen Auto fahren. Du wirst dich an das erinnern, was am schönsten war. Das ist es, was ich dir mitgeben will. Okay?«

Lukas sagt nichts. Sie sitzen schweigend nebeneinander und schauen zum Fluss, der sich jetzt im Abendrot wie ein rosarot leuchtendes Band durch die Wiesen zieht. Gleich wird es dunkel sein.

»Ich denke drüber nach«, sagt Lukas.

Und das ist das, was ihm in diesem Moment am möglichsten erscheint. Peter weiß, dass es viel ist.

»Danke.«

Lukas nickt.

Lukas und Hanna haben für Peter eine große Tafel im Wohnzimmer aufgebaut. Georg und Lene, Marie und ihre Tochter Stella suchen lachend und schnatternd ihre Plätze am Tisch, und selbst Ingrid, die immer missmutig guckt, sobald sie mit Peter in einem Raum ist, hat heute ein fröhliches Gesicht. Ihre jeweiligen Männer stehen noch etwas unbeholfen herum und halten sich an den Gläsern fest. Sie waren noch nie vorher bei Peter eingeladen.

»Ich glaube, der letzte Geburtstag, den du mit uns allen gefeiert hast, war dein achtzehnter, oder?« Marie hat ihren Platz an der Tafel gefunden, Peter und Lukas haben Tischkärtchen gebastelt.

»Also, so lange ist das jetzt auch nicht her«, sagt Peter mit gespielter Entrüstung. »Aber in der Tendenz liegst du wahrscheinlich richtig.«

Lukas grinst Peter an. »Den Familienmenschen in dir hast du bisher ja auch sehr geschickt verborgen ... Zeig mal, Marie, was hast du noch mal auf deiner Karte?«

Marie hält ihr Kärtchen hoch. Darauf ist ein Schneeglöckchen gemalt. »Weil das meine Geburtstagsblumen sind, oder?« Peter nickt.

»Ich war immer so frustriert, die Sommergeburtstagskinder hatten Rosen, Tulpen und was weiß ich nicht alles auf dem Tisch stehen, und bei mir gab es immer nur Schneeglöckchen. Aber mittlerweile liebe ich sie. Es sind die hoffnungsvollsten kleinen Blumen, oder?«

»In Bio haben wir gelernt, dass sie kleine Kraftwerke in sich haben, mit denen sie genug Energie aufbringen, um die gefrorene Erde um sich herum aufzutauen, damit sie rauswachsen können.«

»Ach was. Wirklich?« Georg probiert den Wein, den Peter ihm gerade eingegossen hat. »Hm. Guter Tropfen ... Also, vom Wein hat er Ahnung! Das muss man ihm lassen.«

Irgendwann haben alle ihren Platz gefunden, sie sitzen und essen, was Peter und Lukas zusammen für alle gekocht haben, es wird gelacht, es wird geredet. Der Wein fließt großzügig, und das Essen schmeckt allen. Peter isst und trinkt nicht viel. Seit ein paar Tagen hat er kaum noch Appetit, was Lukas mit großer Sorge beobachtet. Aber heute Abend gelingt es Peter, es irgendwie zu verbergen. Nur einmal sieht Lukas, wie Peters Mutter ihren Sohn so anschaut, als könnte sie etwas sehen, was die anderen nicht bemerken. Wie dünn er geworden ist und blass. Aber der Moment vergeht, und Peter sitzt gutgelaunt mitten an der Tafel. Lukas sitzt neben ihm und passt auf ihn auf. Er darf sich nicht so anstrengen, seine Kräfte schwinden mit jedem Tag, und er muss viel schlafen. Vorhin hat er eine Stunde geschlafen und sich dann aufs Sofa gesetzt, während Hanna und Lukas die Vorbereitungen getroffen haben, die für Peter viel zu anstrengend waren. Die Tafel aufbauen, die Stühle herbeischleppen, den Tisch decken.

Plötzlich ist Lukas froh, dass sie diesen Abend feiern, Peters Geburtstag, und jetzt versteht er auch, warum Peter nicht wollte, dass irgendjemand von seiner Krankheit weiß. Denn er hat recht, alle wären traurig, keiner würde mit ihm lachen.

Lukas fällt es leicht zu lachen, weil Peter es ihm leicht macht. Ihre Blicke treffen sich, und sie verstehen sich wortlos. Es ist Peters letzter Geburtstag, und es soll alles schön sein.

Dann weiß Lukas plötzlich, was er tun muss. Den ganzen Tag hat er daran gedacht, dass er Peter etwas schenken will. Unbedingt. Aber natürlich wollte Peter nichts haben. Das Geschenk ist dieser Tag, das ist ein wunderbares Geschenk, weißt du, hat er gesagt.

Abrupt steht Lukas auf, geht zum Klavier und klappt den Deckel auf. Er dreht sich um, schaut in die Runde, Peters und seine Blicke treffen sich. »Das ist für Peter. Für meinen Vater. Zum Geburtstag.«

Er spielt das Stück, das er damals im Konzertsaal gespielt hat. Er legt alles hinein, was er Peter sagen will, alles. Die Musik füllt den Raum, füllt die Wohnung, sie füllt ihn, und er spürt, wie sehr er es vermisst hat zu spielen, und er weiß auch, dass er wieder spielen wird. Das ist *er*. Das ist Lukas. Und Klavier spielen ist das, was er will. Er ist aufgewühlt und glücklich zugleich, und er spürt die Wohltat dieser Töne, die alle, die in diesem Raum zusammensitzen und zuhören, miteinander verbinden.

Als er fertig ist, lässt er die Hände in den Schoß sinken und dreht sich dann langsam zu den anderen um. Peter und Hanna haben Tränen in den Augen.

»Hey, ich wollte euch eine Freude machen!«, ruft er ihnen zu, und sein Blick bleibt an Peter hängen, der ihn anlächelt. »Danke«, sagt er leise. »Danke, Lukas.«

»Das war aber auch rührend«, sagt Georg und räuspert sich, »sehr emotional. Wenn du in diesem Alter schon so spielst, Junge, da bin ich gespannt, was noch kommt!«

Lene nickt, und Georg trinkt einen Schluck. Als er das Glas wieder absetzt, schaut er Peter an. »Das hat er eindeutig von dir. Du bist der Künstler in der Familie. Wir sind alle so pragmatische Menschen, oder, Lene? Nur du hattest immer dieses spezielle Etwas. Keine Ahnung, von wem du das hast. Aber so ein Geburtstagsessen mit Konzert, das hat doch was. Das gibt's nicht in jeder Familie. Auf Peter! Auf einen besonderen Sohn! Und seinen besonderen Sohn!«

Alle stoßen an, und Lukas sieht, wie Peter mit den Tränen kämpft. Zwei Väter, zwei Söhne. Es kann so einfach sein. Und so sauschwer. Aber jetzt, in diesem Moment, ist es einfach schön. Und mitten in diesem glücklichen Gedanken greift plötzlich eine kalte Hand an sein Herz.

Es ist schön. Am schönsten. Wenn es am schönsten ist, will Peter gehen. Er schaut ihn an, und er weiß, dass es stimmt. Peter wird bald gehen.

Peter liegt noch im Bett, als Lukas morgens aufsteht. Hanna ist schon ins Theater gegangen, und Lukas räumt die Reste des Festes weg. Als die Spülmaschine läuft und der Tisch wieder so steht wie sonst, macht er Kaffee und geht mit zwei Tassen zu Peter ans Bett. Peter ist blass. Lukas setzt sich auf den Bettrand, während Peter sich die Augen reibt und sich aufsetzt, um die Tasse entgegenzunehmen.

»Danke. Hab ich verschlafen? Wie spät ist es denn?« Er versucht, auf den Wecker zu schauen. Lukas zuckt die Achseln.

»Elf oder so. Nicht so spät.«

Lukas trinkt ein paar Schlucke aus seiner Tasse. Kaffee trinken hat er von Peter gelernt. Sabine ist die Teetrinkerin. Kaffee kommt ihm erwachsen vor. Männlich. Er stellt die Tasse ab und schaut Peter an. »Ich habe so eine Werbung gesehen, Führerschein in fünf Tagen. Den mach ich jetzt. Und dann fahr ich dich. Sag wann, und ich fahr dich. Okay?«

Peter schaut ihn mit großen Augen an. Er versteht sehr schnell, wovon Lukas spricht.

»Lukas, ich will nicht, dass ...«

»Ich werde nicht heulen. Ich werde versuchen, froh zu sein, dass du so gehen kannst, wie du es dir wünschst, okay? Ich schaff das. Ich will dich hinfahren. Wir machen uns zusammen auf den Weg. Ich bin dein Sohn, ey! Lass mich das für dich tun. Ich soll ja auch deine Asche verstreuen. Du musst mir einfach vertrauen. Dann kriegen wir das hin.«

Peter schaut ihn nachdenklich an.

»Wie willst du denn sonst dahin kommen? Im Zug? Mit einem Taxi? Am Ende noch in einem Opel?« Und sehr bestimmt wiederholt Lukas sein Vorhaben: »Ich fahre dich. In deinem Auto. *On the road*, wir zwei. Vor uns die Straße, über uns der Himmel. Okay?«

Peter nickt zögernd. »Okay.«

Peter hat auf den Abend gewartet. Es ist so weit. Als die Sonne gerade hinter den Bergen verschwindet und der Himmel sich zu einem immer tieferen Blau verfärbt, öffnet er die Türen zur Terrasse. In dem Apartment hat er mit Lukas die letzten zwei Tage verbracht. Zwei letzte Tage zusammen. Lukas und er schauen sich an. Er setzt sich in den Liegestuhl, den Lukas schon für ihn auf die Terrasse gestellt hat. Die Luft riecht frisch und rein, wie Bergluft eben riecht, belebend, denkt Peter und muss lächeln. Er füllt seine Lungen. Atmet ein, atmet aus.

Den Tag über war er ruhig und gefasst, nun schlägt sein Herz laut. Er ist aufgeregt. Die Reise, die er nun antritt, führt ins Unbekannte. Aber es ist sein Weg, er hat ihn gewählt, und er wird ihn gehen. Er schaut zum Himmel, an dem der Abendstern aufsteigt. Das ist sein Stern. Das ist der Moment. Ein letzter Blick. Lukas und der Abendstern.

Peter trinkt das Glas, das man ihm reicht, zügig aus. Er schluckt den letzten Tropfen und lehnt sich zurück. Der Stern wird heller. Der Abend ist da. Jetzt. Lukas am Klavier. Das ist für Peter. Für meinen Vater. Die Goldbergvariationen zur Besänftigung des unruhigen Gemüts. Hanna. Lukas. Sein Vater. Auf einen besonderen Menschen. Musik.

Lukas lächelt ihn an. Ein Gefühl schmerzlicher Wehmut in jeder Faser seines Seins. Dann eine unwiderstehliche Müdigkeit.

Lukas bleibt noch ein paar Tage in Zürich. Nachdem er sich ausgeheult hat und sich zwei Tage lang fiebrig, krank und schwach gefühlt hat, so dass er schon Angst hatte, er sei nun selbst an Leukämie erkrankt, wacht er am Morgen des dritten Tages auf und fühlt sich plötzlich besser. Erleichtert. Und gesund. Er liest zum bestimmt hundertsten Mal den Abschiedsbrief, den Peter ihm geschrieben hat, und wird zum ersten Mal nicht von Weinkrämpfen geschüttelt. Okay, ein ziehendes Gefühl wandert durch seinen Körper bis in die Augen, es fließen Tränen und ein Schluchzen lauert im Hals, aber es überwältigt ihn nicht. Nicht völlig. Es streift ihn nur. Das macht die Übung, denkt er, oder er ist jetzt einfach völlig ausgeheult, und es ist keine Träne mehr übrig.

Er stellt sich eine halbe Ewigkeit unter die Dusche, spürt das heiße Wasser an sich hinunterlaufen, und es tut gut. Dann geht er frühstücken. Es fühlt sich ein bisschen komisch an, allein in einem Hotel zu frühstücken, das hat er noch nie gemacht, aber er hat solchen Hunger. Nachdem er gefrühstückt hat, fühlt er sich wie neugeboren.

Er weiß, dass er jetzt telefonieren muss. Als sie losgefahren sind, hat Peter seine Abschiedsbriefe eingeworfen. An Hanna, seine Eltern, seine Schwester Marie, an Carlo vom Theater. Lukas hat ihn noch gefragt, ob sie nicht doch bei Hanna vorbeifahren sollen. Es kam ihm so unfair vor, dass sie sich nicht verabschieden konnte. Aber Peter hat den Kopf geschüttelt. Hanna und er haben zusammen beschlossen, dass er einfach fährt, wenn es so weit ist. »Sie weiß, dass sie die Frau ist, die ich liebe, bis dass der Tod uns scheidet.«

Lukas nimmt sein Handy und wählt Hannas Nummer. Sie ist sofort dran, er muss gar nichts sagen. Bevor er auch nur einen Ton herausbekommt, fragt sie ihn schon, wie es ihm geht.

»Es geht ganz gut«, sagt Lukas. »Und wie geht es dir?«

»Auf und ab«, sagt Hanna. »Das wird jetzt mein Leben, glaube ich. Auf und ab. Ich muss das üben. Es klappt noch nicht wirklich.«

Er hört, wie sie laut einatmet, und weiß, dass sie weint.

»Es war okay, weißt du. Es war okay, Hanna. Es ging ihm gut.«

»Das ist gut.« Sie muss sich schnäuzen, und danach klingt sie gefasster. »Brauchst du Hilfe? Brauchst du jemanden? Soll ich zu dir kommen?«

Aber Lukas sagt nein. Er schafft das hier alleine. Bei dem ganzen Formalkram wird er von der Organisation unterstützt. Eric, der Peter betreut hat, hilft ihm dabei. Eric ist ein ruhiger Typ, vielleicht Anfang vierzig. Mit Bart und Karohemd. Irgendwie sieht er aus, als käme er direkt aus den Bergen, wo er nach langen Wanderungen Brotzeiten macht und in die Ferne schaut. Er vermittelt das Gefühl, dass man sich total auf ihn verlassen kann.

Als sie sich später treffen, fragt Lukas ihn, warum er diesen Job macht. Eric erklärt, dass es ihm sinnvoll erscheint und dass es ihm guttut, im Leben etwas Sinnvolles zu tun. Dass es ihm selbst die Angst vor dem Tod nimmt. Dann will er von

Lukas wissen, wie er klarkommt. Lukas braucht nicht lange nachzudenken: »Ich verstehe ihn jetzt. Wenn man an Leute im Krankenhaus denkt, an die Schläuche und Maschinen, dann war das hier irgendwie auch schön. Das hört sich bescheuert an. Aber es war irgendwie würdevoll. Es war richtig. Oder?«

»Wenn du es so empfunden hast, dann war es richtig. Weißt du, jeder hofft auf Rettung, wenn er krank ist. Und wenn diese Hoffnung schwindet, dann kann man sich nur noch selbst retten. Und das ist sehr individuell, wie man sich selbst retten will. Dein Vater hat sich gerettet, indem er selbst entschieden hat, wann und wie er gehen will. Es war für ihn der richtige Weg.«

Gehen, denkt Lukas, klingt auf alle Fälle besser als sterben. Und es fühlte sich auch so an. Irgendetwas von Peter ist weggegangen. Und irgendetwas ist noch da.

Sabine, Pauline und Hanna rufen ihn jetzt jeden Tag besorgt an und fragen ihn, wie es ihm geht und ob er Hilfe braucht. Aber es fühlt sich für ihn richtig an, hier alleine zu sein, um die letzten Dinge seines Vaters zu regeln. Er muss immer wieder daran denken, wie es war, als Peter starb. Er will es auch, er muss es sich immer wieder erzählen, weil er weiß, dass es das Wichtigste ist, was er erlebt hat. Dass es ihm bleiben wird. Und das soll es auch.

Sie haben den letzten Tag zusammen verbracht. Haben lange nebeneinander auf einer Bank am See gesessen. Es war ein ganz kurzer Weg dorthin, doch Peter musste sich schon davon ausruhen. Sie haben ihre Hände verglichen und festgestellt, dass Lukas Peters Hände geerbt hat. Sie haben dem Spiel von Licht und Wolken im See zugeschaut. Sie waren essen, sie haben Rotwein bestellt, aber kaum davon getrunken, weil sie das Gefühl hatten, ganz klar sein zu müssen. Geredet haben sie wenig. Es war alles gesagt. Sie waren zusammen, einfach so. Vertraut, als würden sie sich lange kennen. Und das war das Beste für diesen Tag.

Irgendwann war es so weit. Eric hat noch mal gefragt, ob Peter es wirklich will, dann hat er Lukas noch mal gefragt, ob es ihm wirklich gut geht mit dem Gedanken, dabei zu sein. Peter und er haben sich umarmt. Ein letztes Mal, hat er gedacht, aber es war so abstrakt, es ist gar nicht wirklich bei ihm angekommen. Ich muss doch jetzt weinen, hat Lukas gedacht, und verzweifelt sein. Und Peter doch auch. Aber sie waren es nicht. Sie waren einfach da, in dem Moment. Zusammen. Und es war gut.

Peter hat sich in den Liegestuhl gesetzt, den Lukas so hingestellt hatte, dass Peter den Abendstern sehen konnte. Eric hat Peter das Glas gereicht und sich dann hinter die Terrassentür gestellt, damit Lukas und Peter das Gefühl hatten, alleine zu sein. Alles war so unwirklich und so wirklich zugleich. So verschwommen und scharf, so wichtig und so flüchtig. Ein letzter Blick.

Peter ist eingeschlafen. Ganz ruhig. Und dann ist es geschehen. Erst schlief Peter, dann, ein paar Minuten später, war nur noch sein Körper da. Das, was Peter ausmachte, selbst während er schlief, war plötzlich weg. Weggeflogen. Gegangen. Er ist wieder unterwegs, dachte Lukas und schaute unweigerlich nach oben, zum Himmel, zum Abendstern. Zu den anderen Sternen, die nach und nach zu funkeln begannen. Lukas fühlte sich plötzlich größer als sonst, er atmete ein und aus und hatte das Gefühl, ein Teil von allem zu sein. Von Peter, vom Himmel, von den Sternen, den Bergen, die im Hintergrund aufragten, und von der Luft, die ihn umgab, die alle umgab. Die enge Beklommenheit in seiner Brust war für einen Moment verflogen, und er hat sich so weit gefühlt, wie sein Blick reichte. Oder noch weiter.

Und Lukas konnte es akzeptieren, auch wenn ihm die plötzliche Trauer, die ihn später traf wie ein Boxschlag ins Zwerchfell, komplett die Luft nahm. Es war schrecklich. Es war traurig. Es war gut.

Am letzten Abend sitzt Lukas am See. Im dunklen Wasser spiegeln sich die Lichter der Uferpromenade, er trinkt ein Glas sehr teures Bier, als Sabine anruft. Es fällt ihr schwer zu glauben, dass es ihm gut geht. Das weiß er. Das hört er. Aber es geht ihm wirklich nicht so schlecht. Er weiß, dass er Peter geholfen hat, dass alles so war, wie er es gewollt hat. Dass es gut für sie beide war, dass sie diese Zeit hatten. Jeden Streit, jede Wut, jede Träne, jedes Lachen. Und er weiß, dass er jetzt, wo er keinen Vater mehr hat, mehr Vater hat, als er sich je hätte vorstellen können. Mein Vater. Er kann das Wort sagen, das sein persönliches Unwort war, ohne dass es sich seltsam anfühlt. Vater, das ist jetzt ein schönes Wort. Das ausgelassen klingt und verrückt. Nach Rotwein, nach Lachen, nach Himmel, nach Haferflocken mit Kakao. Und nach Liebe.

»Ich weiß jetzt, warum du dich in ihn verliebt hast«, sagt Lukas am Telefon zu Sabine. »Er ist cool. Er war cool. Es ist viel besser zu wissen, dass man überhaupt auf der Welt ist, weil ihr euch verliebt habt. Das fühlt sich gut an.«

Sabine schweigt eine Weile, dann sagt sie: »Ich weiß es auch wieder. Das Leben ist wirklich viel leichter, wenn man das weiß. Dass ich es uns so schwergemacht habe ... Ich wollte ihn abspalten von mir. Aber das geht ja gar nicht. Ich hab etwas von mir mit abgespalten, was eigentlich zu mir gehört. Und es tut jetzt gut, das wiederzuhaben.«

»Genauso geht's mir auch«, sagt Lukas.

»Weißt du«, sagt Sabine leise, nach einer Weile, während der Lukas nur ihren Atem gehört hat, »ich denke jetzt, dass wir wirklich nicht zusammengepasst haben, außer für eine kurze, verliebte Zeit. Aber ich bin nicht mehr so wütend auf ihn. Schließlich ist es doch so: Nur weil ich ihn kennengelernt und geliebt habe, gibt es dich überhaupt. Es gibt dich nur seinetwegen. Ich bin ihm sehr dankbar dafür.«

Morgen wird Lukas zum ersten Mal eine lange Strecke alleine fahren. Auf der Hinfahrt saß Peter neben ihm. Das Seitenfenster war die ganze Fahrt über einen Spalt offen, wie immer. Wegen dieser bescheuerten Frischluft, die er immer brauchte. Es war so kalt im Auto.

Fahr vorsichtig, ja? Erst kommt die SMS von Sabine, dann ein *Gute Fahrt* von Pauline, und Hanna schreibt *Komm gut zurück*. Er muss grinsen. Drei Frauen machen sich jetzt Sorgen um ihn. Er antwortet ihnen, kauft sich Kaugummis und etwas zu trinken, und dann schnallt er die Urne mit der Asche seines Vaters auf dem Beifahrersitz an und fährt los. Aber irgendetwas stimmt nicht. Er seufzt und fährt rechts ran. Er angelt sich seine Jacke vom Rücksitz, schlüpft hinein und kurbelt das Fenster auf der Beifahrerseite etwas runter. Für die Frischluft, die er immer braucht. Jetzt ist es richtig. Lukas fährt los.

Vor ihm liegt die Straße. Vor ihm liegt seine Zukunft. Ein Hochgefühl steigt plötzlich in ihm auf, und er kurbelt sein Fenster komplett herunter und ruft laut hinaus: »Niemals Opel fahren! Niemals!« Ein Mädchen am Straßenrand dreht sich erschrocken nach ihm um. »Lieber Fahrrad!«, ruft er ihr zu, und im Rückspiegel sieht er, dass sie lacht.

Als er am frühen Abend in Frankfurt ankommt, ist der Himmel wunderbar rot und golden und lila. Es ist Peters Himmel für Erwachsene. Lukas fährt direkt zu Peters Lieblingswiese und hält auf dem Feldweg oberhalb an. Er nimmt die Urne und steigt aus. Er streckt sich und geht langsam hinunter auf die Wiese, die für ihn jetzt voll ist mit Erinnerungen. Dann öffnet er die Urne.

»Auf Wiedersehen!«, ruft er laut in den Himmel. »Auf Wiedersehen! Du warst der coolste Typ! Wo immer du jetzt bist, ich hoffe, es ist für dich am schönsten …«

Die Asche weht im Wind davon. Lukas bleibt so lange stehen, bis er sich sicher ist, dass sie komplett weggeflogen ist und ihre Reise begonnen hat. Und er weiß, dass auch seine Reise nun beginnt. Er ist jetzt unterwegs. Unterwegs in seinem Leben.

Lieber Lukas,

geh Deinen Weg. Und denk dran, es wird immer wieder hell. Wenn das mit dem Himmel klappt, guck ich Dir von dort zu, und Du kannst Dir sicher sein: Wenn ich von da aus etwas für Dich tun kann, dann tue ich es.

Lukas, spiel Klavier! Suche Dein Glück! Und fahr niemals einen Opel. Das Beste, das ich hinterlasse, bist Du.

Peter